Tabea S. Mainberg

Two Faces – Verbotenes Verlangen

Prolog

November – ein Monat, der durch Nässe und Düsternis besticht. Der 19.11.2004 präsentierte sich sogar trister denn je. Latenter Nieselregen, klamme Kälte und eine wie aus grauem Beton bestehende Wolkendecke unterstrichen den Kummer der Menschen, die schweigend den Sarg zur Grabstätte auf dem Gemeindefriedhof begleiteten. Das Glockengeläut, das nach dem Verlassen der Kirche einsetzte, konnte die Schluchzer nicht übertönen, doch je weiter wir uns von der Kapelle wegbewegten, desto stiller wurde es. Das Knirschen des Kieses unter den Füßen der Trauernden kam mir auf einmal unangenehm laut vor.

Obwohl ich festes Schuhwerk und eine warme Jacke trug, fröstelte es mich. Von den vielen Tränen, die ich mittlerweile vergossen hatte, brannten meine Augen und die Nase lief ohne Pause. Die permanente Frage nach dem Warum hämmerte gegen meine Stirn. Wieso musste meine beste und liebste Freundin Kessy mit siebzehn Jahren sterben? Weshalb gelang es ihr nicht, sich von ihren Dämonen zu befreien?

Die Sargträger positionierten sich vor dem Erdloch, das sie in wenigen Minuten auf ewig verschlingen würde. Kessys Eltern und ihre Geschwister standen mit versteinerten Mienen hinter dem Pastor, der unsere kleine Gemeinde in der Nähe von Marburg seit Jahren betreute. Die Trauergäste verteilten sich weitläufig über den Ort der Stille und des Todes. Viele meiner Mitschüler, Lehrer sowie Verwandte und Freunde von Kessys Familie nahmen Abschied. Der Verlust eines jungen Menschen berührte unzählige Mitglieder unseres Dorfes, die Kessy das letzte Geleit gaben. Die vielen Kränze, Blumenbouquets und Kerzen verdeutlichen einmal mehr, welch einen Schock die Tragödie auslöste.

Der Pfarrer setzte mit fester Stimme seine Zeremonie fort. Ich hörte nicht hin. Das Geschwafel eines gutmütigen Gottes, der die Hand über uns hält, kotzte mich mehr denn je an. Wo war denn dieser göttliche Herrscher gewesen, als Kessy in die Fänge von skrupellosen Verbrechern gelangte? Wo, verdammt noch mal, war seine Fürsorge geblieben, die ihr vielleicht das Leid erspart hätte?

Der Druck auf meiner Seele ließ mich seit dem Verschwinden von Kessy nicht mehr los. Uns verband eine Ewigkeit als beste Freundinnen. Zusammen buddelten wir im Sand, besuchten gemeinsam die Schule und im Teenageralter teilten wir alle Geheimnisse. Fast alle.

»Wir trauern um Kirsten Schlüter, die vom rechten Pfad abgewichen ist …«, drangen die Worte an mein Ohr.

Was für ein Bullshit. Sie ist nicht abgewichen, sondern sie wurde von irgendwelchen miesen Typen aus Frankfurt vom Weg gezerrt.

»Wir begleiten sie gemeinsam, um ihr nachzublicken, wenn sie vorausgeht in eine neue Welt, in ihre ewige Heimat …«

Bei der Formulierung hatte ich den dringenden Wunsch, den Pfarrer laut anzuschreien oder ihn persönlich in seine neue Welt zu schicken.

Alles begann bei einem Wochenendausflug. Wir hatten die Erlaubnis, bei einer Freundin zu übernachten, die vor einiger Zeit mit ihrer Familie nach Frankfurt gezogen war. Für uns *Landeier* war das ein aufregendes Erlebnis, mit dem Zug in die hessische Metropole zu fahren, um für einen Tag dem beschaulichen Dorfleben zu entfliehen. Dass Anja bereits in Kreisen verkehrte, die jedem Erziehungsberechtigten normalerweise die Haare zu Berge stehen ließen, ahnte niemand. So kam es, dass wir heimlich die gesamte Nacht um die Häuser zogen. Anjas Eltern verbrachten das Wochenende bei Verwandten, so hatten wir sturmfreie Bude und kein Mensch bemerkte unseren nächtlichen Ausflug. Ich fühlte mich dabei unwohl, wollte jedoch nicht als Spaßbremse wirken. Kessy, die viel cooler als ich auftrat, tauchte mit Begeisterung in das aufregende Nachtleben ein. Das Schicksal nahm seinen Lauf, als sie einen Typen traf, in den sie sich sofort verknallte. Zugegeben ein sehr smarter Mann, der es verstand, sie in der Disco, in die wir uns hineingeschmuggelt hatten, zu umgarnen. Dass an diesem Ort Drogen konsumiert wurden, bekam ich erst im Nachhinein mit.

Nach dem Wochenende veränderte sich meine beste Freundin. Ich hörte nur noch den Namen Joe. Joe hier, Joe dort. Selbstverständlich tolerierten ihre Eltern den Kontakt nicht. Rückblickend betrachtet, ist es nahezu unmöglich, einen verliebten und eigensinnigen Teenager aufzuhalten. Sogar meine Bedenken schlug sie in den Wind. Nachdem sie mit diesem Joe geschlafen hatte, verfiel sie endgültig seiner Scheinwelt in Frankfurt. Die Spannungen in ihrem Elternhaus nahmen zu, sodass es eskalierte. Nichts hielt sie mehr in ihrem bis dahin behüteten Teenagerleben. In einer Nacht- und Nebelaktion verschwand sie, um ihr Leben mit diesem Joe zu verbringen. Es gab keine Information, die das belegte, dennoch gab es keinerlei Zweifel, dass das der Grund für ihr Verschwinden war.

Zu dieser Zeit hörte ich zum ersten Mal die Bezeichnung *Loverboy*. Smarte Typen, die sich an unbedarfte Teenager heranmachen und ihnen Liebe und Treue vorspielen. Wie der Kerl es schaffte, junge Frauen wie Kessy emotional in eine Abhängigkeit zu bringen, war mir einst ein Rätsel. Doch die Polizei erklärte uns damals, dass regelmäßig der Zeitpunkt kommt, an dem die Loverboys in großen finanziellen Nöten stecken. Sie flehen um Hilfe, da angeblich ihr Leben bedroht wird. Ein erfolgreicher Klassiker. Das Ergebnis bei der perfiden Vorgehensweise ist immer identisch: Alle Mädchen, die den Absprung in letzter Sekunde nicht schaffen, landen auf dem Strich. Es ist grausam und die Kunden sind Männer, die ihre Väter sein könnten. Noch heute bin ich fassungslos und mein Herz krampft sich zusammen, wenn ich mir vorstelle, dass Kessy von einem der Wichser gefickt wurde.

Doch alle Bemühungen, sie ausfindig zu machen, schlugen fehl. Die Polizei nahm an, dass sie nicht gefunden werden wollte.

Durch die Ereignisse wandelte sich mein Leben schlagartig. Ich vermisste Kessy und litt darunter, nicht zu wissen, wo sie sich aufhielt und wie es ihr erging. Ich hoffte bis zur letzten Minute, sie gesund wiederzusehen.

Den Tag mit der schrecklichen Nachricht ihres Todes werde ich niemals vergessen. Die Schmerzensschreie der Mutter, die in unmittelbarer Nachbarschaft wohnte, höre ich noch immer. Vermutlich begleiten sie mich ein Leben lang. Die schlimmsten Befürchtungen bestätigten sich. Keine junge Seele hält Missbrauch über längere Zeit aus. Alle griffen sie zu Rauschgiften, die sie von ihren mittlerweile brutalen Zuhältern problemlos erhielten. Kessy starb an einer Überdosis Crystal Meth, diese Droge gehörte üblicherweise nicht zu denen der Szene, da es schnell für körperlichen Verfall sorgt. Das war schlecht fürs Geschäft. Die Ermittler vermuteten, dass sie sich das Gift selbst besorgte, denn die Wirkung ist intensiv und lässt einen das Elend besser als mit Kokain ertragen. Außerdem ist es billiger, da die Opfer eines Loverboys kaum über Geld verfügen. Sie müssen jeden verdienten Cent abgeben und falls es nicht genug ist, werden sie geschlagen. In meinen Albträumen sah ich Kessy, wie sie durch die Hölle ging.

Zunächst wussten wir nicht, was sie durchlebte. Welche Qualen sie erlitt. Die Ungewissheit fühlte sich zu der Zeit wie ein Mühlenstein auf unser aller Schultern an. Ich weiß im Rückblick nicht, ob es den Schmerz vermindert hätte, wenn uns die grausamen Details verborgen geblieben wären: Ihre Leiche wurde wie Müll im Main entsorgt und verfing sich in einer Schiffsschraube. Das bohrende Gefühl der Machtlosigkeit gegenüber diesen Organisationen, löste eine ungeheure Wut in mir aus. Die Polizei gestand, dass sie es für unwahrscheinlich hielt, das Verbrechen aufzuklären. Der vielleicht einzige Trost des Dramas war, dass sie in Würde begraben werden konnte. An einem Ort, an dem wir unseren Erinnerungen nachhängen und uns ihr nahe fühlen können. Der Kummer jedoch, der verliert sich nie.

Ich kehrte gedanklich wieder an den Ort des Kummers zurück. Die Kirchenglocken läuteten erneut und der Sarg wurde langsam hinabgelassen. Das Leid und die Trauer sind in einem solchen Augenblick nicht in Worte zu fassen. Mit weichen Beinen trat ich an das offene Grab.

»Ich werde dich nie vergessen«, wisperte ich und warf eine extra zusammengestellte Bildercollage mit den schönsten Aufnahmen des gemeinsamen Lebens auf den braunen Holzsarg. Fotos, auf denen wir lachten, scherzten, Grimassen schnitten, zusammen im Freibad sonnten, Dorffeste, Geburtstage feierten, auf Klassenfahrt in den Alpen waren,… Alles Momente, die mir bewiesen, dass meine beste Freundin, die wie eine Schwester für mich war, mir für immer entrissen wurde.

»Ich trage dich tief in meinem Herzen.« Schluchzend wandte ich mich ab. Ich musste weg, konnte es nicht länger aushalten.

An dem Tag manifestierte sich mein Lebens- und Berufsziel. Ich beschloss, mich bei der Polizei zu bewerben, um dafür zu sorgen, Arschlöchern wie diesem Joe das Handwerk zu legen. Ich wusste, dass ich nicht die Macht besaß, die Welt zu retten. Dennoch schwor ich, einen winzigen Teil dazu beizutragen.

Sweet Home

Sybille (Billy) Winkler – April 2017

Erschöpft parkte ich den Kleinwagen vor unserem Haus. Ein für den Monat ungewöhnlich warmer Tag neigte sich dem Ende zu. Da die Kiste, Baujahr 2006, keine Klimaanlage besaß, klebten mir die Kleider am Körper. Ich freute mich auf eine kalte Dusche und auf ein kühles Bier, um den Feierabend einzuläuten. Einen Moment harrte ich aus, um eine Radiomeldung zu Ende zu verfolgen. Jedoch sprang die Frequenz eigenständig hin und her, sodass ich den Inhalt nur bruchstückhaft mitbekam.

»Radio Eriwan, na toll«, murmelte ich. Ich nannte es so, da es sich anhörte, als schalte sich ein Störsender ein, um einen Lauschangriff zu starten. »Okay, dann nicht.«

Ursprünglich hatte ich geplant, ein neues Auto zu kaufen, doch das musste ich zurückstellen. Der Erwerb des Häuschens in einer Randgemeinde von Frankfurt sprengte das Budget. Mein Mann Markus hatte sich mit den anstehenden Renovierungsarbeiten gehörig verkalkuliert. Ein Haus mit Renovierungsstau aus den Fünfzigerjahren entpuppte sich als die Büchse der Pandora, einmal geöffnet, ließ sie sich nicht mehr schließen. Da wir den Kauf gemeinsam entschieden und uns einen lang gehegten Wunsch erfüllten, bissen wir die Zähne zusammen. Eigentum bedeutete in dem Fall, Verzicht auf lieb gewonnene Extras wie ein funktionierendes Autoradio.

Markus' Kastenwagen konnte ich nicht sehen. Vermutlich hatte er sich wieder einmal im hiesigen Baumarkt festgefressen.

Mir war es von jeher ein Mysterium, was Männer dazu bewog, mit steigernder Faszination Schrauben, Schleifmaschinen und der weiteren Produktpalette zu verfallen. Er hatte mir per vor zwei Stunden eine Nachricht geschrieben, dass ihm für die abschließende Parkettverlegung im Obergeschoß Leisten und sonstiger Kleinkram fehlten.

Glücklicherweise besaß mein Mann Talent in etlichen Handwerkssparten. Als Schreiner konnte er viele Arbeiten professionell erledigen. Beim Thema Heizung, Sanitär und der Elektrik stieß er jedoch an seine Grenzen, was uns bereits diverse Pannen beschert hatte. Da er sich ausschließlich nach Feierabend und an den Wochenenden der Renovierung widmete, ging es langsam voran. Ich bemühte mich, ihn in allen Bereichen zu unterstützen. Meine Fähigkeiten in handwerklichen Dingen waren allerdings beschränkt und ich fungierte als eher Handlanger. *Billy, hol mal den Kleister aus dem Auto. Billy, rühre bitte die Farbe um.* Im Grunde rannte ich wie ein gejagtes Kaninchen hin und her, Trepp auf, Trepp ab. Meine Begabung lag im Gestalterischen. Ich liebte es, Möbel, Tapeten, Gardinen und Fliesen auszusuchen, ich konnte es gar nicht abwarten, endlich damit loszulegen.

Der Job als Kriminalkommissarin ließ mir nur minimalen zeitlichen Spielraum. Die stetig anfallenden Überstunden und Wochenenddienste sorgten in der letzten Zeit für Diskussionen. Trotz der zeitraubenden Instandsetzung, weigerte ich mich, meine Stundenzahl herunterzuschrauben und die angestrebten Karriereziele aus den Augen zu verlieren. Dafür hatte ich zu lange gekämpft und mir den Status im BKA Frankfurt hart erarbeitet. Gleichberechtigungsdebatte hin oder her; wir Frauen hatten es schwerer als unsere männlichen Kollegen.

Markus' Argumente, dass ich die Prioritäten anders legen sollte, wiegelte ich schlicht ab.

Zügig zerrte ich zwei Einkaufstüten aus dem Kofferraum und schleppte sie zum Hauseingang. Mir lief der Schweiß den Rücken herunter, da zudem noch meine Laptoptasche über der Schulter hing.

»Wo ist der verdammte Schlüssel?«, grummelte ich und suchte fahrig in der in die Jahre gekommenen Messenger Bag. Wie immer versteckte er sich in den Untiefen und verhedderte sich beim Herausziehen mit allerlei Inhalt. Ich merkte, wie sich Anspannung aufbaute. »Ich hasse es, Scheißding.«

Geschickt balancierte ich den Schlüssel in das Zylinderschloss, ärgerte mich darüber, dass Markus nicht abgeschlossen hatte und stolperte beim Betreten über einen Berg Verpackungsmüll.

»Ruhig bleiben, nicht aufregen«, murmelte ich, da mich in der Küche ein nicht abgeräumter Frühstückstisch empfing. Das Geschirr des gestrigen Abends stand ebenfalls noch im Spülbecken. Ich seufzte genervt, da Markus in seiner bekannten Manier alles hatte stehen lassen, obwohl ich ihn darum gebeten hatte, die Sachen in die Spülmaschine zu räumen. Dass er schon immer ein Chaot war, wusste ich und hatte mich damit arrangiert, da er es verstand, sich auf charmante Weise herauszureden. Dabei sah er mich mit einem unschuldigen Dackelblick an, sodass ich ihm niemals ernsthaft böse sein konnte.

Meinen außergewöhnlich frühen Dienstschluss wollte ich mir nicht vermiesen lassen und so verstaute ich die Lebensmittel im Kühlschrank, räumte die Maschine aus und das dreckige Geschirr ein. Im oberen Stockwerk kämpfte ich mich durch die Hinterlassenschaften eines überstürzten Aufbruchs. Da wir noch kein Geld für Türzargen hatten, verdeckten Planen die Zimmereingänge. Das hatte wiederum den Nachteil, dass bei Schleif- oder Bohrarbeiten alle Räume einstaubten. Ich beruhigte mich mit dem Gedanken, dass auch das irgendwann einmal ein Ende finden würde und wir gemütlich den Feierabend auf unserer Terrasse, die ebenso wenig fertiggestellt war, verbringen könnten. Meine Pläne, am vergangenen Wochenende mit der Beseitigung des Gestrüpps in dem verwilderten Garten zu beginnen, waren einem unerwarteten Diensteinsatz zum Opfer gefallen. Deswegen hatte ich mir vorgenommen, mich die Tage darauf nicht wegen der halb fertigen Arbeiten zu beschweren. Allerdings fragte ich mich, wie lange es her war, dass ich problemlos meinen Feierabend mit einer Dusche hatte genießen konnte.

Im Schlafzimmer ließ ich mich auf das ungemachte Bett fallen. Das Bettgestell hatte Markus eigenhändig gefertigt und mir zur Hochzeit vor sechs Jahren geschenkt. Ich liebte die verspielten zarten Details aus Holz, die die Seiten und das Kopfteil zierten. Dann wanderte mein Blick durch den Raum. Der alte Kleiderschrank hatte den Umzug nicht überlebt. Auf einen versprochenen selbst gebauten wartete ich bislang vergebens. Etliche Kleidungstücke schlummerten noch in den Umzugskartons und ein Kleiderständer diente als vorübergehendes Provisorium. Ein gemütliches Schlafzimmer bedeutete mir viel und ich hatte darauf bestanden, den Raum so weit es ging fertigzustellen. Das Kleidungsaufbewahrungsdesaster zauberte ich mit einem Vorhang weg. Die Gardinen hingen, die alte Kommode meiner Oma hatte ihren Platz gefunden und es gab sogar eine Lampe. Unbestritten der gemütlichste Raum des Eigenheims, was bei all den Kompromissen schon viel aussagte.

Wenngleich das Zimmer der anhaltenden Sexflaute wenig entgegenzusetzen hatte. Der Stress der letzten Monate hatte unser Liebesleben auf ein Minimum reduziert. Vielleicht lag es auch an der langen Beziehung mit Markus. Zu Beginn hatten wir uns das Gehirn herausgevögelt. Ich erinnerte mich, dass ich schon mit einem nassen Höschen in die gemeinsame Wohnung gekommen war und es kaum erwarten konnte, seinen stattlichen Schwanz in mir zu spüren. Zu jener Zeit hatten wir auch viel um die Ohren. Meine duale Ausbildung beim BKA forderte mich und Markus pendelte täglich fünfzig Kilometer zum Arbeitsplatz und zurück. Das hatte uns aber nicht gehindert, eine Menge Spaß miteinander zu haben, sobald wir uns im gleichen Raum befanden.

Mit einem Seufzer sprang ich hoch und zog die verschwitzten Klamotten aus. Auf Zehenspitzen huschte ich über den staubigen Flurboden und freute mich auf eine kalte Dusche.

»Was in aller Welt … Nö! … Ich kotze!« Der Anblick eines Farbeimers in der Badewanne sprengte meine bisherige Gelassenheit. Markus hatte Pinsel ausgewaschen und vergessen, sie wegzuräumen. Wütend leerte ich den Eimer, donnerte ihn in den Flur und begann die Farbreste voller Zorn wegzuschrubben. Ich dankte Gott, dass Markus noch nicht zurückgekehrt war. Sonst hätte ich mich wahrscheinlich tätlicher Körperverletzung schuldig gemacht.

Nach einer halben Stunde stand ich endlich unter der Dusche. Das angenehm kühle Wasser und der Duft von meinem Lieblingsshampoo erfrischten und entspannten mich. Wie so oft in der letzten Zeit beschloss ich, den Ärger herunterzuschlucken. Eine Auseinandersetzung bis hin zu einem handfesten Streit wollte ich umgehen. Irgendwann musste diese Baustelle schließlich ihr Ende finden.

»Billy, rate mal, wen ich getroffen habe?« Markus schlug die Plane an der Tür zur Seite und ich zuckte zusammen, da ich ihn nicht gehört hatte. »Oh, die Pinsel.«

Ganz ruhig Billy, nicht aufregen, atme tief durch … Nur die bewusst durchgeführten Atemübungen verhinderten einen Tobsuchtsanfall. Da ich sowieso fertig war, drehte ich den Wasserhahn ab und kletterte aus der Wanne.

»Mhhm.« Es fiel mir schwer, zu lächeln.

Er musterte mich flüchtig. Doch kein Wort eines Komplimentes oder dergleichen kam über seine Lippen. Früher bekam er beim Anblick meiner üppigen, wohlgeformten Brüste und des knackigen Pos einen Ständer. Spontaner Sex war eine heiße Leidenschaft, die wir ausgiebig genossen. Es gab nicht einen einzigen Ort in der alten Wohnung, an dem wir es nicht getrieben hatten.

»Wen hast du getroffen?«, fragte ich und schlang ein Badetuch um, seine Gleichgültigkeit löste ein Schamgefühl bei mir aus.

»Einen ehemaligen Schulfreund. Er ist ebenfalls hier in die Gegend gezogen.«

»Die Welt ist klein.« Ich wischte den beschlagenen Spiegel ab und begann, meine langen Haare zu bürsten. »Ich muss unbedingt zum Friseur, die Farbe ist ausgeblichen.« Ich sprach eher zu mir selbst, denn Markus fuhr einfach fort.

»Na ja, auf jeden Fall haben wir an der Imbissbude vor dem Baumarkt ein Bierchen getrunken und er hat uns für morgen spontan zum Angrillen eingeladen.«

»Ah.« Das, was mir dazu einfiel, wollte ich nicht aussprechen. Eigentlich war geplant, die Terrasse gemeinsam zu entrümpeln. Er hatte mir versprochen anzupacken, da viele Teile zu schwer und sperrig waren, sodass ich es ohne seine Hilfe nicht schaffte.

»Das ist doch super. Also ich freue mich, endlich mal ein bekanntes Gesicht zu sehen.«

»Wann?« Ich wollte keine Spielverderberin sein.

»Gegen sieben. Am Freitag ist Feiertag.«

»Ach ja, Ostern, ist mir komplett entfallen.«

»Ich habe zugesagt. Ist doch okay?«

Nein, ist es nicht, dachte ich, erwiderte jedoch: »Wenn ich es zeitlich schaffe, gern.«

»Dann wirst du es eben einrichten.« Er grinste und wandte sich pfeifend ab. Seine gute Laune ging mir auf die Nerven. *Ich sollte mir mal eine Scheibe davon abschneiden.* Es wollte mir nicht gelingen und es kostete mich Mühe, zumindest eine neutrale Miene aufzusetzen.

Einige Zeit später kam ich zu ihm ins Wohnzimmer. Er saß vor dem Fernseher und hatte eine Tüte Chips in der Hand. Ich betrachtete ihn. Für mich war es Liebe auf den ersten Blick gewesen. Ein großer, stattlicher Kerl, sportlich und mit einer sympathischen Ausstrahlung, der sein Umfeld zum Leuchten brachte. Die lockere und positive Lebenseinstellung gefiel mir, da sie einen Kontrast zu meiner durchstrukturierten und ehrgeizigen Lebensweise darstellte. Ein Charakterzug, der sich insbesondere mit dem Erwerb des Hauses als problematisch herausstellte, da er sich in den Jahren kein bisschen verändert hatte. Nach dem Motto: *Komm ich heut' nicht, komm' ich morgen.*

»Willst du nicht auch erst mal duschen?« Sein verschwitzter Anblick und die Arbeitskleidung wirkten wenig anziehend.

»Gleich«, murmelte er mit vollem Mund und ohne die Augen

von dem Bildschirm abzuwenden, auf dem sich zwei Kerle ein abenteuerliches Autorennen inklusive Schießerei lieferten. Wortlos stapfte ich in die Küche und holte mir ein Bier aus dem Kühlschrank. Gedankenverloren lehnte ich an der Küchenzeile. Die Einbauküche war, bis auf diverse Feinheiten, fertig. Ich nannte es den *Winkler-Endstatus*. Markus fehlte einfach der Sinn fürs Detail.

Trotz all des Chaos' hatten sich meine Gefühle zu ihm niemals geändert. Im Moment dominierten eben die etwas schlechteren Zeiten, aber es gab keinen Zweifel, dass wir diese gemeinsam überstanden.

Am Donnerstagabend fuhren wir zu Swenja und Paul Hilgers. Das Ehepaar wohnte in einem schmucken Neubauviertel. Ich seufzte bei dem Anblick der Immobilien. Auch wenn ich beim BKA Karriere machte, blieb das ein unerreichbarer Traum.

»Schick«, murmelte ich und stieg aus meiner alten Kiste. Vor dem Haus seines ehemaligen Schulkameraden standen ein SUV und ein Cabrio.

»Er hat Karriere als Wirtschaftsprüfer in einer renommierten Kanzlei gemacht.«

»Wann sind sie hier eingezogen?«

»Vor drei Monaten oder so.«

»Ah!« Der Eingangsbereich sah top gepflegt aus und in dem Vorgarten blühten die ersten Blumen. Ich dachte an unseren Urwald und mein Magen zog sich unangenehm zusammen.

Der Empfang fiel für meinen Geschmack zu herzlich aus. Swenja begrüßte mich freundschaftlich mit Umarmung. *Ich hasse das! Du kennst mich doch gar nicht!*

»Wir gehen mal auf die Terrasse, mein neuer Gasgrill ist der Wahnsinn.« Paul und Markus verschwanden umgehend.

»Haha, mein Mann ist bei solchen Anschaffungen wie ein kleines Kind.«

Das konnte ich bestätigen und murmelte: »Ja, das kenne ich. Albern.«

Swenja wirkte wie ein Abziehbild dieser Hausfrauen aus dem US-Fernsehen, die einerseits erfolgreich im Job waren und gleichzeitig hübsch gestylt sowie energiegeladen die abendlichen Dinnergäste empfangen konnten. »Ach, sei nicht zu streng mit den Männern. Sie sind eben große Kinder. Haha.« Ihr blödes und künstliches Lachen störte mich. »Ich zeige dir erst mal unser Haus, ja?« Die Hausherrin zwang mir eine Besichtigung auf. »Einhundertfünfzig Quadratmeter, zwei Bäder …«

Die Details drangen nicht zu mir durch, als ich ihr folgte. Zugegebenermaßen beeindruckte mich die gesamte Ausstattung. Keine Staubschicht, überall Türen, keinerlei halb tapezierte Wände und nicht ein einziger unausgepackter Karton. »Sehr chic«, lobte ich und ein Kloß bildete sich in meinem Hals, der unaufhörlich wuchs, je mehr ich an unser Zuhause dachte.

»My Home is my Castle«, flötete Swenja. »Ich bin stolz darauf. Es ist traumhaft, hier zu wohnen.« Sie begann die Vorzüge aufzuzählen und schwelgte in ihren weiteren Plänen zur Ausstattung. Kellerausbau, Möbel für das Gäste- und Kinderzimmer – bla, bla. Es fehlte nur noch, dass sie mir ihren begehbaren Kleider- und Schuhschrank zeigte, den ihr Mann ihr geschenkt hatte.

An diesem Abend verhielt ich mich schweigsam, trotz Swenjas Versuche höflicher Ehefrauen-Konversation. Für Markus' Geschmack zu ruhig. »Warum bist du so abweisend?«, flüsterte er mir in einem unbemerkten Moment zu, da die Hilgers fasziniert vor dem monströsen Gasgrill standen, um uns die zweite Runde der gegrillten Leckereien zu kredenzen. »Du wirkst unhöflich.«

»Ich bin müde«, wich ich aus. »Es tut mir leid.«

»Bitte, Billy, Süße, setze ein anderes Gesicht auf.« Ich nickte, er lächelte und hauchte mir einen Kuss auf den Mund. »Es ist ein wunderschöner Abend. Und weißt du was unglaublich ist?« Er ließ mir keine Möglichkeit zu antworten und strahlte. »Er steht immer noch im Kontakt mit unserem damaligen Fußballverein.«

»Ah.« Was sonst sollte ich sagen?

»… und das Haus. Ich bin begeistert.«

»Ja eben«, rutschte es mir heraus. Er sah mich verständnislos an. In diesem Moment registrierte ich, dass er von meinen Gefühlen und der in mir keimenden Unzufriedenheit keinen Schimmer hatte.

Zur Bestätigung stand er auf und gesellte sich zu den Hilgers. Da er die Bierflasche mitnahm, suchte er vermutlich eine aufgelockerte Atmosphäre.

»Es ist schon ein Unterschied, seitdem wir den Grill nutzen. Das Fleisch wird gleichmäßig braun, da schau mal – die exakten Bratstrukturen, wie vom Sternekoch.« Der Grillmeister platzte nahezu vor stolz und seine Frau strahlte, als sei er der Konstrukteur dieses monströsen Gasgrills.

Keiner nahm in dem Moment Notiz von mir. Ich kam mir dämlich vor, aber alles in mir weigerte sich, mich zu ihnen zu stellen. Trotz aller Bemühungen gelang es mir nicht, zur Stimmungskanone zu mutieren. Da ich mich bereit erklärt hatte zu fahren, trank ich keinen Alkohol. In einer Runde mit drei angetrunkenen Menschen kam ich mir wie eine Außenseiterin vor. Sie sprachen viel über die Vergangenheit, zu der ich nichts zu sagen vermochte. Die lustigen Anekdoten aus ihrer Schulzeit katapultierten mich umgehend in die Zeit von Kessys Tod. Ich erinnerte mich, dass sich die Stimmung niemals mehr von dem schrecklichen Ereignis erholte. Warum nahm Markus darauf keine Rücksicht und lenkte von dem Thema ab? Stattdessen bogen sich die Männer vor Lachen.

Später überlegte ich, mit Markus zu sprechen und ihm meine Gefühle zu erklären. Dazu kam es jedoch nicht. Er fiel müde ins Bett und schlief sofort ein. Ich kam mir seltsam verloren vor und fühlte mich mies. Mit offenen Augen starrte ich an die Decke. Die Kirchturmuhr schlug dreimal. Bis zu meinem *Sweet Home* schien es noch ein unendlich langer Weg. Ob ich jemals das Ziel erreichte? In den Stunden kurz vor Sonnenaufgang kamen mir erstmals Zweifel.

Klare Ziele

Billy Winkler

Durch die Monitore verfolgte ich die Befragung eines smarten, südländisch aussehenden Mannes. Das widerliche, arrogante Auftreten löste bei mir Folterfantasien aus. Antonio Bressan lehnte sich auf dem Stuhl zurück, streckte ein Bein aus und verschränkte die Arme vor der Brust. Durch das kurzärmlige Shirt fiel mein Augenmerk auf eine protzige Armbanduhr.

»Du Wichser«, zischte ich leise. »Wie oft musste sie dafür die Beine breitmachen?« Bei seinem Anblick hatte ich sprichwörtlich Schaum vor dem Mund.

Meine Kollegen Röder und Zimmermann betraten den Verhörraum. Sofort blaffte Bressan die beiden an: »Was soll das? Alter, ich bin eh spätestens in einer Stunde wieder draußen. Ihr könnt mir gar nichts.«

Unbeeindruckt von der Äußerung nahmen die Kollegen ihm gegenüber Platz.

»Verhör mit dem Verdächtigen Antonio Bressan. Anwesend sind die Hauptkommissare Thorsten Röder sowie Georg Zimmermann.« Thorsten sah auf die Uhr. »Es ist 15.23 Uhr, Dienstag, der 25. April 2017.«

»Herr Bressan, Sie wissen, warum Sie hier sind?«, begann Georg die Befragung.

»Was weiß ich, was die Tussi erzählt hat. Ich habe nix gemacht.«

»Ihnen wird vorgeworfen, die sechzehnjährige Anika Mayer

zur Prostitution gezwungen und gegen ihren Willen in der Wohnung in der Cordierstraße festgehalten zu haben.«

»Das ist Bullshit. Die hat das freiwillig gemacht. Wenn die Schlampe etwas anderes erzählt, lügt sie.«

Ich rieb mir mit den Händen übers Gesicht. Wie ich diese Bastarde hasste. Obwohl uns zum ersten Mal seit Längerem die Verhaftung eines Loverboys glückte, empfand ich kaum Euphorie. Zu unsicher gestaltete sich der weitere Verlauf. Die Typen verfügten über ein Netzwerk und die Hintermänner, die einen immensen Teil abkassierten, beschäftigten gut bezahlte Anwälte. Obwohl die Verhaftung wochenlange Recherchearbeiten und Observationen erfordert hatte, wussten wir, dass wir lediglich einen Handlanger gefasst hatten. Wie so oft nur ein Tropfen auf dem heißen Stein. Die Beweislage gegen Bressan stützte sich allerdings auf die Aussagen eines Aussteigers. Das war mehr, als wir sonst vorweisen konnten. Auch wenn der Staatsanwalt Anklage erhob, in der Vergangenheit gab es wenige rechtskräftige Urteile, welche die Loverboys für den Rest ihres Lebens aus dem Verkehr zogen.

Die größte Gefahr sah ich jedoch in der Standfestigkeit von Anika, die letztendlich die Hauptbelastungszeugin verkörperte. Schaffte sie es oder knickte sie, wie so viele vor ihr, ein? Weshalb gelang es den Männern, die Teenager in eine emotionale Abhängigkeit zu zwingen, die sie zerstörte? Warum kehrten sie immer wieder zu ihnen zurück, obwohl sie misshandelt und bedroht wurden? Ein grausames Mysterium, das sich seit Kessys Tod nicht verändert hatte.

Nachvollziehen würde ich es nie.

»Wo ist mein Verteidiger?«, rotzte Bressan heraus. »Ich sage kein Wort.«

»Wir haben ihm eine Nachricht hinterlassen. Außerdem unterhalten wir uns lediglich.« Georg sah ihn ausdruckslos an. »Ihrer Festnahme liegt ein begründeter Verdacht zugrunde.«

»Ich weiß nicht, was die in der Wohnung gemacht hat!« Sein Grinsen empfand ich als unerträglich.

»Es liegen uns glaubwürdige Zeugenaussagen vor, die die körperliche Gewalt gegen Anika Mayer bestätigen.«

»Was kann ich dafür, wenn sie so doof ist und die Treppe hinunterfällt?«

Ich schüttelte mit dem Kopf und verließ den Überwachungsraum. »Bin gleich wieder da«, murmelte ich meiner Kollegin zu. »Ich brauche frische Luft.«

»Verstehe ich.« Claudia wusste um die persönlichen Erlebnisse, die Kessy das Leben gekostet hatten. »Lass dir Zeit, ich gebe dir nachher Bericht.«

Es fiel mir offen gestanden schwer, die nötige professionelle Distanz zu wahren. Ich musste dafür alle Kräfte mobilisieren, mich nicht von meinen persönlichen Gefühlen übermannen zu lassen. Der Moment, in dem wir die Wohnung stürmten, zwei von den Typen überwältigten und Anika wortwörtlich unter einem Freier hervorzerrten, spielte sich seit ein paar Stunden immerzu in meinem Kopf ab. Sie war benommen gewesen, vollgepumpt mit Drogen. Ein Teenager, der an die große Liebe glaubte und sein Leben damit verspielte. Ein Mädchen, das sich zu einer Sex-Sklavin machte. Der Mann, der in diesem Augenblick versuchte, seinen verdammten Schwanz in ihren Po zu drücken, war Mitte fünfzig und genoss mit dem Besuch eine außergewöhnliche Mittagspause. *Jetzt auch eine unvergessliche Mittagspause*, dachte ich grimmig. Die Karriere in der Bank dürfte damit zu Ende sein, denn ihm stand eine Anklage wegen sexuellem Missbrauchs einer Minderjährigen bevor.

Ich verließ das Büro, aber der erhoffte gedankliche Abstand blieb aus. Alles drehte sich um den Fall, um die Szene, die ich mit Vehemenz versuchte zu bekämpfen. Auf dem Parkplatz des Präsidiums streckte und reckte ich mich, was mir ein Schmunzeln der Kollegen einbrachte, die gerade auf den Hof fuhren. Darauf reagierte ich mit einer Grimasse. Wir kannten uns seit ewigen Zeiten und sie wussten, wie ich es meinte.

Warum gierten die Männer nach Mädchen, die ihre Töchter oder Enkelinnen sein könnten? Solange der Drang bestand, so lange würde es die Loverboys und einen Kinderstrich geben. Die Nachfrage bestimmte das Angebot. Aus meiner Sicht gehörten die Freier ausnahmslos kastriert und für alle Zeiten weggesperrt.

Meine Glieder schmerzten vor Erschöpfung, als ich ins Büro zurückkehrte, und ich wünschte mir, mich in einem Mauseloch zu verkriechen. Der liegen gebliebene Papierkram erledigte sich bedauerlicherweise nicht von allein. Die Konzentration ließ jedoch zu wünschen übrig. Neben der Verhaftung, die mich aufwühlte, beschäftigte mich ein Streit mit Markus. Die private Unzufriedenheit hatte zugenommen und entlud sich gestern Abend wie ein heftiges Gewitter. Vor meinem geistigen Auge sah ich die Szene erneut:

»Warum ist es schon wieder so spät geworden?«, blaffte Markus aus der Küche, als ich nach zweiundzwanzig Uhr zu Hause eintraf. »Das nervt langsam.«

»Weil es mein Job ist …«, erwiderte ich gereizt. Sofort bemerkte ich eine Reihe von leeren Bierflaschen auf dem Tisch.

»Was? Darf ich mir nicht mal mehr ein Feierabendbierchen gönnen?« Er schaute mich mit glasigen Augen an. »Ich brauche ein bisschen Abwechslung, wenn meine Frau nie anwesend ist.«

»Von mir aus.« Ich ging an den Kühlschrank, holte mir eine Flasche Wasser und ließ mich müde auf einen Stuhl fallen. Auf dem Esstisch stand sein Laptop, doch bevor ich einen Blick auf den Monitor werfen konnte, klappte er blitzartig das Gerät zu. Dazu bedurfte es keinerlei polizeilichen Fähigkeiten, um festzustellen, dass er etwas zu verbergen hatte. »Was hast du zu verheimlichen?«

»Nichts.« Eine leichte Röte zeichnete sich in seinem Gesicht ab. »Ich habe ein bisschen gesurft.«

Obwohl ich mich dafür hasste, entstand ein unterschwelliges Misstrauen. »Wo ist dann das Problem?«

»Es gibt keines.«

Ich musterte ihn skeptisch. Erst jetzt fiel mir auf, dass der

Reißverschluss seiner Hose offen stand. Ein Verdacht keimte auf. »Wenn du nichts zu verbergen hast, zeige es mir.«

Er öffnete sich eine weitere Bierflasche, mied meinen Blick. Es entstand eine unangenehme Stille.

»Willst du es tatsächlich wissen?«, brach es unvermittelt aus ihm heraus. »Hier …« Er riss die Abdeckung hoch.

Innerhalb von wenigen Sekunden prangte mir ein roter Mund entgegen, der im Großformat geräuschvoll einen Schwanz lutschte. Dass Männer Pornos konsumierten, wusste ich und schloss es bei Markus ebenfalls nicht aus. Der Gedanke war nicht famos, dennoch tolerierte ich es. Wie sollte ich darauf reagieren? Früher hätte ich vielleicht die Initiative ergriffen, doch mein Ehemann nahm mir die Entscheidung ab.

»Ja, ich hole mir einen runter, weil ich es brauche und weil bei uns im Bett nichts mehr läuft.« Selten hatte ich ihn derart gereizt erlebt. Sein Körper stand unter Hochspannung und ich hatte keinen blassen Schimmer, ob die Röte im Gesicht aufgrund des Schams oder des Ärgers, dass ich ihn erwischte, herrührte. »Das kotzt mich an.« Er warf mir einen genervten Blick zu und verließ die Küche, bevor ich antworten konnte.

»Bleib hier«, bellte ich und sprang auf. »Das klären wir jetzt.« Ich folgte ihm. »Das ist unfair und nicht wahr.« Jede Frau, die sich das von ihrem Mann anhören muss, ist verletzt. »Warum bin ich schuld?«

Ungeachtet der Worte ließ er sich im Wohnzimmer auf die Couch fallen und starrte auf den Boden.

»Ich bin für dich Luft. Früher …«

»Früher ist nicht heute«, unterbrach er mich.

»Megaschlau, deine Feststellung.« Mein Pulsschlag erhöhte sich. »Warum tust du das?«

»Weil ich für den Puff keine Kohle habe.« Vermutlich lag es am Alkohol, dass er mich bewusst kränkte.

»Du bist ein Arsch!« Der Satz brachte das Fass zum Überlaufen und der ganze Frust entlud sich. »Ja, früher war alles besser, und zwar, bevor wir diese beschissene Hütte gekauft haben. Wir leben auf einer Baustelle und es ist kein Geld da, um irgendwas fertigzustellen.« Ich wurde immer lauter. »Wenn du was anfängst, hörst du mittendrin auf, unterstützt mich kaum im Haushalt, berücksichtigst nicht den Hauch meiner Bedürfnisse. Ich hab's so satt!«

Die Vorwürfe schossen aus dem Mund, ohne dass ich sie stoppen konnte. Markus starrte weiterhin auf den Boden und wirkte unbeteiligt. Sein Schweigen steigerte meine Wut.

»Aber bitte, ich kann dir Geld für den Puff geben, wenn es dir so wichtig ist! Ich bin für dich ja nicht mehr begehrenswert!« Wütend stapfte ich zu der Tasche, die in der Küche lag, zerrte die Geldbörse heraus und warf sie ihm vor die Füße. »Bedien dich.«

»Ich muss morgen früh raus.« Markus stand auf und ging an mir vorbei, ohne mich eines Blickes zu würdigen.

»Das ist typisch für dich.« Ich stampfte mit dem Fuß auf den Boden. »Ich will das sofort klären.«

Er drehte sich um. »Ich habe vor dem PC gewichst, okay, es ist aus deiner Sicht nachvollziehbarerweise nicht so toll.« Jetzt sah er mir in die Augen. »Es lässt einiges vermuten, wenn daraus solche grundsätzlichen Vorwürfe entstehen.«

Plötzlich taten mir meine Vorhaltungen leid. Es entsprach der Wahrheit, die ich jedoch niemals in der Form eines unkontrollierten Streits hatte kommunizieren wollen. Aus Bequemlichkeit war ich jeder Diskussion bisher ausgewichen, aber das rächte sich in dem Augenblick, als ich wie ein Vulkan explodierte. Sollte ich einlenken? Würde das nicht wieder meiner Aufschiebtaktik entsprechen? Ich kreiste mit dem Kopf, da mein Nacken sich blitzartig verspannte. Markus war mittlerweile in die obere Etage verschwunden.

Mit einem Seufzer setzte ich mich auf die Couch und trank einen Schluck Bier, den er übrig gelassen hatte. Einen Moment überlegte ich. Nein, es jetzt zu klären, machte keinerlei Sinn. Mir stand morgen ein schwerer Tag mit Bressan bevor, der meine gesamte Aufmerksamkeit erforderte, und dazu benötigte ich Schlaf. Dass wir über grundsätzliche Probleme unserer Beziehung reden mussten, daran gab es keinerlei Zweifel mehr. Traurig schlich ich Treppe hoch. Aus dem Schlafzimmer hörte ich leises Schnarchen.

Ich konnte mich nicht erinnern, dass wir jemals eingeschlafen waren, ohne uns zu versöhnen.

»Hast du Lust auf einen Absacker?«, riss mich Claudia aus meinen Gedanken. »Oder musst du wieder renovieren?« Ich verzog das Gesicht zu einer Grimasse. »Er ist erst mal in U-Haft, wir haben einen Haftbefehl beim Staatsanwalt beantragt und Anika ist ebenfalls versorgt.«

»Klingt gut. Sowohl das eine als auch das andere.« Ich lehnte mich in dem Stuhl zurück und rieb mir die Schläfen mit den Zeige- und Mittelfingern. War es eine vernünftige Idee, in Anbetracht der häuslichen Spannungen auszugehen? Das schlechte Gewissen meldete sich sogleich.

»Komm schon, wir haben uns das verdient.«

»Eigentlich hast du recht. Ein bisschen Abwechslung tut gut«, stimmte ich schließlich zu. Falls es zu einer weiteren Auseinandersetzung mit Markus kam, hatte ich zumindest im Vorfeld einen netten Abend im Kreise meiner Kollegen verbracht und wäre ein wenig entspannter.

Eine Stunde später, den Großteil des Papierkrams erledigt, machten wir uns auf den Weg. Wir hatten uns nach anfänglichen Schwierigkeiten angefreundet und arbeiteten Hand in Hand. Claudia zeigte sich stets herzlich und gut gelaunt. Vermutlich lag unserer schwieriger Start daran. Ich verabscheute Menschen mit permanent fröhlicher Laune. Sie gehörte jedoch mittlerweile zu denen, die mich auf andere Gedanken brachten und sprichwörtlich aus dem Büro schleppten.

»Winkler!«

Mein Chef, Dr. Kaiser, fing mich ab, bevor wir die Etage verließen. Dass er uns oftmals nur mit dem Nachnamen ansprach, hatte mich zu Beginn unserer Zusammenarbeit irritiert. Im Laufe der Zeit gewöhnte ich mich daran und es passte zu seinem Führungsstil. Er sagte uns immer deutlich, wenn etwas schiefgelaufen war und dann konnte es auch mal laut werden. Niemand konnte meinen Nachnamen so angsteinflößend brüllen wie Dr. Kaiser. Gegenüber anderen hielt er uns jedoch den Rücken frei und verteidigte die Interessen des Teams.

»Das Team hat einen lobenswerten Job gemacht«, stellte er fest, sobald er mich eingeholt hatte.

»Danke.« Lob spendete er selten, deshalb freute es mich besonders. Die Worte der Anerkennung taten gut. »Ich hoffe, dass wir nicht erneut auf halber Strecke scheitern.«

»Dieses Mal sehen die Chancen besser aus.« Er nickte mir zu. »Ach ja, ich möchte Sie gern morgen Vormittag in meinem Büro sprechen.« Wie gewohnt, zeigte er keinerlei Regung und schob seine über die Nasenwurzel gerutschte Brille zurück.

»Ja, kein Problem.« Obwohl es mich brennend interessierte, hinterfragte ich den Grund nicht.

Kaiser bemerkte anscheinend meinen neugierigen Gesichtsausdruck. »Ich habe eine neue Herausforderung für Sie.«

Operation Dirty Life

Billy Winkler

Am nächsten Vormittag betrat ich nervös Kaisers Büro. Die vergangene Nacht wachte ich einige Mal auf, da ich fieberhaft überlegte, was er mit einer neuen Herausforderung meinte. Gab es grünes Licht, die lang herbeigesehnte Ausbildung zur Profilerin zu absolvieren? Oder wurde ich in eine andere Stadt versetzt?

Nach dem üblichen Begrüßungsgeplänkel, der Frage ob ich einem Kaffee wolle, was ich verneinte, und wie ich mit dem Job zufrieden sei, kam er endlich auf den Punkt. Mittlerweile wippte ich unablässig mit dem rechten Bein, faltete die verschwitzten Hände und drehte die Daumen umeinander. Kaiser nickte mir aufmunternd zu, da ihm meine Unruhe auffiel.

»Sie kennen den Namen Ethan Grafenberg?«

»Ja, sicherlich.« Der Mann, eine schillernde Persönlichkeit der Frankfurter High Society, an dem keiner vorbeikam und von dem jeder wusste, dass er kriminelle Geschäfte tätigte. Seine bürgerliche Fassade als Selfmade-Millionär, Wohltäter für notleidende Kinder und Mäzen der Kunstszene in Frankfurt verschaffte ihm eine gewisse Immunität.

»Wie sieht der Einsatz aus?« Um eine endgültige Entscheidung zu treffen, benötigte ich so viele Details wie möglich. Allerdings vermutete ich, dass Kaiser meine Zusage als selbstverständlich betrachtete.

»Sie müssen sein Vertrauen gewinnen, sich in sein direktes Umfeld einschleusen, um so an konkrete Beweise zu kommen, die eine Verbindung zu der mafiös strukturierten Immobilienfirma *Pegasus* mit Sitz auf Isle of Man belegen.« Mein Chef spielte mit seinem Kugelschreiber. »Das Perfide daran, es ist im Grunde in den jeweiligen Ländern legal, wenn man die verworrenen Konstrukte betrachtet.«

»Er entzieht dem Fiskus das Geld, indem er es auf Offshorefirmen parkt?«, hakte ich nach.

»Das ist korrekt. Er stellt es jedoch mithilfe seiner Rechtsberater derart geschickt an, dass wir ihm bislang nie einen Zusammenhang nachweisen konnten.« Kaiser taxierte mich unablässig. »*Pegasus* kaufte in den letzten Jahren vornehmlich in Berlin und hier Frankfurt unzählige Altimmobilien auf. Teilweise auch sogenannte Schrottimmobilien.«

»Die sie luxussanieren und anschließend zu horrenden Preisen vermieten oder verkaufen?« Über diese Machenschaften regte ich mich stets auf, wenn die Medien darüber berichteten.

»Das ist eine Variante. Durch Insider wie Grafenberg, der die Frankfurter Marktentwicklung kennt, lässt diese Firma, die jedoch wieder unter verschiedenen anderen Firmierungen auftritt, die Häuser verrotten. Erst wenn sich durch neue städteplanerische Entwicklungen die Grundstückspreise erhöhen, stoßen sie die Immobilen mit hohen Gewinnen ab.«

»Grafenberg ist also ein Mittelsmann?«

»Er ist weit mehr als das. Er spielt in dem Konstrukt, wie es sich durch die Ermittlungen von Europol und einiger investigativer Journalisten herausstellte, eine zentrale Rolle.«

»Ich habe von den Panama-Papers gelesen.« Ein innerliches Kribbeln setzte ein. Es klang unfassbar spannend. Ein Skandal um Steuerhinterziehungen im großen Stil, die durch Journalisten aufgedeckt wurden. »Handelt es sich hierbei um einen vergleichbaren Fall?«

Kaiser nickte. »Das klare Ziel ist es, bei der geplanten Operation einen eindeutigen Nachweis zu finden, der Grafenbergs Zugehörigkeit zu der international agierenden Pegasus belegt.«

»Ah … Gab es denn bereits Durchsuchungen seiner Geschäftsräume?«

»Das ist unter anderem das Arglistige – er hat hier in Deutschland keine auf seinen Namen laufenden Gewerberäume angemietet. Und das, was er offiziell an Eigentum besitzt, ist lupenrein.«

»Wie geht das denn?«

»Er benutzt, so ist die Vermutung, unwissende Frauen, um Scheinfirmen zu gründen. Sein Name taucht nirgendwo auf.«

»Das ist unglaublich.« Ich schüttelte den Kopf und fragte mich, warum jemand ein Dokument unterschrieb, ohne sich darüber zu informieren, was für Hintergründe bestanden. Es mussten Frauen sein, die in irgendeiner Form von ihm abhängig waren. Was für ein mieser Typ!

»Wir sind uns sicher, dass Nachweise in Grafenbergs Privathaus in Frankfurt-Lerchenberg zu finden sind.«

»So langsam verstehe ich …«

»Da es keinerlei stichhaltige Beweise gibt, die eine Hausdurchsuchung rechtfertigen, müssen wir diese auf anderem Wege finden.«

Seine Bemerkung am Vorabend, er habe eine neue Herausforderung, empfand ich, mit dem Wissen, was mir vermutlich bevorstand, untertrieben. Er sah mich erwartungsvoll an.

»Reizt Sie die Aufgabe?«

»Tja, ich bin ehrlich gestanden sprachlos.«

»Es bedeutet hervorragende Karrierechancen für Sie und Sie rücken Ihren Ambitionen nach einer Profilerausbildung in den Staaten ein gewaltiges Stück näher«, lockte Dr. Kaiser.

Ich knetete meine Hände und ein Kribbeln erfüllte meinen Körper. Seitdem ich mich für den Polizeidienst entschieden hatte, träumte ich davon, da es eine faszinierende Arbeit war. Engagierte Ermittler, die anhand von Verbrechensdetails einen Täterkreis bestimmten sowie Motive und Charaktereigenschaften zusammentrugen, die zur Aufklärung einer Straftat beitrugen. Die analytische Verbrechensbekämpfung fand mittlerweile auch in Deutschland immer mehr Anerkennung und es bestand ein hoher Personalbedarf an Fachleuten.

»Wir haben Sie für die verdeckten Ermittlungen in Betracht gezogen, da Sie aus unserer Sicht über die nötigen Qualitäten und Empathie verfügen.«

»Vielen Dank«, murmelte ich. »Aber ganz ehrlich, ich entspreche nicht unbedingt den Leuten, mit denen sich Ethan Grafenberg umgibt.« Die Vorfreude wandelte sich in Skepsis.

Kaiser nickte und ein Schmunzeln umspielte seinen Mund. »Zu einem Einsatz dieser Art gehört ein ausführliches Vorbereitungsprogramm, das die erforderliche Anpassung an das gewünschte Umfeld inkludiert.«

»Das ist mir bewusst.« Dennoch fragte ich mich, wie ich mit meinem äußeren Erscheinungsbild einen Mann wie diesen Frauenjäger auf mich aufmerksam machen sollte. Ich war nicht hässlich, aber mehr als unscheinbar. Es lag an meiner Bequemlichkeit, sich nicht dem Thema Kosmetik und Styling zu widmen. Jeans, Turnschuhe und eine praktische Allwetterjacke reichten aus, meine Kleidungswünsche zu erfüllen. Die langen Haare band ich mit einem Haargummi zusammen, da mich die Strähnen im Gesicht störten. Am liebsten hätte ich sie bereits vor Jahren abgeschnitten, habe aber auf Bitten meines Mannes darauf verzichtet. Das einzig wahre Weibliche waren die Brüste, die ich jedoch als ungeheuer störend empfand. Immer wieder gab es Probleme bei der Passform meiner Dienstkleidung. Viele Frauen träumten von 75DD – offensichtlich eine Größe, die dem Idealmaß entsprach. Sie passten jedoch nicht zu meiner sportlichen Figur und ich sah sie als Fehlkonstruktion der Natur.

Kaiser blätterte unterdessen in seinen Unterlagen und schob die Lesebrille, die ihm über die Nase gerutscht war, wieder nach oben. »Sie erhalten eine stimmige Vita, werden in einem Appartement mit exklusiver Ausstattung untergebracht und mit den nötigen Spesen bedacht.«

»Das klingt sehr kostspielig.« Aufgeregt rutschte ich auf dem Stuhl hin und her und gab mir keinerlei Mühe diese zu verbergen.

»Das ist korrekt. Im Verhältnis zu den Steuerhinterziehungen und den anderen Delikten eines Kriminellen wie Grafenberg, ist es ein Tropfen auf den heißen Stein.«

»Ihm wurden auch Kontakte ins Rotlichtmilieu nachgesagt.«

»Personen wie er haben überall ihre Finger drin, um sich zu bereichern. Ich mache keinen Hehl daraus, dass ich solche Individuen, die den Rechtsstaat schädigen, verabscheue.«

Seine Worte konnte ich gut nachvollziehen, denn auch ich hatte so meine Probleme mit Menschen, die sich an anderen bereicherten oder sie durch ihre Handlungen gefährdeten. »Ich vermute, es gibt keinerlei zeitliche Befristung?« Ein wichtiger Punkt, um eine Entscheidung zu treffen.

»Einen Zeitrahmen haben wir nicht angesetzt. Natürlich verfügt die Operation über ein Budget, das nicht unerschöpflich ist, und daran misst sich auch die Dauer.«

Ich seufzte kaum hörbar. Tage, Wochen, Monate, offensichtlich musste ich mich auf alles einstellen. »Werde ich ab und zu meinen Mann sehen oder heißt es, dass ich vollständig abtauche?« Sorgenvoll dachte ich an die angespannte Ehe mit Markus. Was würde er davon halten, wenn er mich noch weniger oder tagelang gar nicht mehr zu Gesicht bekam?

»Das kommt auf die Umstände an, das ist Ihnen klar. Dennoch schließe ich es nicht kategorisch aus.« Er musterte mich aufmerksam an. »Das ist doch für Sie in Ordnung?«

Ich nickte zustimmend, obwohl es mich ein bisschen verunsicherte. »Wann startet die Operation?« Meine Hände waren schweißnass und die Wangen glühten vor Aufregung.

»Sobald wir Ihr Einverständnis haben, beginnen wir mit der Vorbereitung.« Einen Moment hielt er inne, bevor er mich fragte: »Sind Sie unsicher, Frau Winkler?«

»Es ist eine reizvolle Aufgabe, die jedoch für eine gewisse Zeit eine gravierende Veränderung auslöst, die sich auf mein Privatleben auswirkt.«

»Bei einer verdeckten Ermittlung dieses Umfangs lässt sich das nicht vermeiden. Vergessen Sie dabei nicht, dass es sich zusätzlich auf Ihre Bezüge auswirkt.«

»Um diese Stunden abzufeiern, könnte ich wahrscheinlich ein Jahr Auszeit nehmen.« Ich meinte es scherzhaft, was Kaiser jedoch, seiner Mimik nach zu urteilen, nicht verstand. »Ist das Team bereits zusammengestellt?«

»Das Auswahlverfahren läuft, da wir hundertprozentige Integrität erwarten. Es handelt sich um einen Einsatz, von dem lediglich hier an unserem Standort ein kleiner Kreis Kenntnis erlangt. Europol ist natürlich ebenfalls involviert. Tritt aber hier vor Ort nicht physisch in Erscheinung.«

»Nachvollziehbar, insbesondere muss sichergestellt sein, dass niemand, der auf der Gehaltsliste von Grafenberg steht, eingebunden wird.«

»Exakt.« Er seufzte. »Leider können wir nicht ausschließen, dass auch in unseren Reihen der Reiz des Geldes gegenüber der Pflichterfüllung überwiegt.«

Das ließ mich aufhorchen. »Gibt es Anhaltspunkte?«

Er schüttelte den Kopf. »Nicht direkt. Sie verstehen, dass ich Ihnen in dem Stadium darüber keine Auskunft erteile, da wir zunächst Ihre uneingeschränkte Zustimmung haben müssen.«

»Gewiss.« Ich ahnte, dass, wenn ich zusagte, ein völlig neuer beruflicher Abschnitt begann.

»Sie haben auch gegenüber Ihrem Mann absolute Schweigepflicht über Details der Operation.«

»Ja, das ist mir bewusst.« Es ängstigte mich, dass ich eine Entscheidung treffen musste, ohne mit einer Menschenseele darüber sprechen zu können. Aber das war der Preis für eine solche Chance. »Gut, ich bin dabei«, rutschte es mir plötzlich heraus. Die Worte lösten sich selbstständig aus meinem Mund, obwohl ich zu Beginn des Gesprächs eine Bedenkzeit in Erwägung gezogen hatte.

Kaiser erhob sich und sein Gesichtsausdruck verriet Erleichterung. Ich stand ebenfalls auf und nahm seine entgegengestreckte Hand. »Hervorragend. Sie werden ab übermorgen in alle relevanten Einzelheiten einbezogen. Wir haben bis dahin das Team der Soko final zusammengestellt.«

»Was sage ich meinen Kollegen?«

»Dass Sie für einen Spezialauftrag abgezogen werden«, antwortete mein Chef ernst. »Auch hier keinerlei weiterführende Informationen.«

Es widerstrebte mir, dem Team die Neuigkeit zu verschweigen. Es wurde mir unvermittelt bewusst, dass ich die nächste Zeit ausschließlich lügen würde. Ich hasste es, die Unwahrheit zu sagen. In den Verhören wurde ich oft genug damit konfrontiert und nun auch noch gegenüber meinen Kollegen? Claudia, quasi eine Freundin, etwas vorzuheucheln, widerstrebte mir zutiefst. Bei dem Gedanken grummelte es in meinem Magen. Bislang sah ich mich nicht als die perfekte Lügnerin, im Gegenteil. Ein schlechtes Gewissen und Bedenken vor möglichen Konsequenzen verrieten mich sofort. Gab es einen Lehrgang um das zu meistern? Meine Kollegen als Übungsfeld zu nutzen, bereitete mir Unbehagen.

»Frau Winkler, ich bin überzeugt, Sie schaffen das.« Er nickte mir aufmunternd zu.

»Ich gebe mein Bestes.« Mit wackligen Beinen verließ ich das Büro. Es fühlte sich an, als steckte ich in einem Kokon, der mir die Luft wegnahm. Gleichzeitig strömten tausend Fragen auf mich ein, die mein Herz vor Aufregung rasen ließen. Ich beruhigte mich damit, dass ich mit Sicherheit die Gelegenheit bekam, alle offenen Punkte zu klären und mich in diese Rolle einzufinden.

»Was wollte er denn?«, fragte mein Kollege Thorsten, kaum, dass ich das Büro des Chefs verlassen hatte. »Du siehst blass um die Nase aus.«

»Es ging um ein paar …« Ich suchte nach einer unverfänglichen Antwort. »Das kann ich dir nicht sagen.« Was für eine blöde Aussage, denn damit schürte ich natürlich das Interesse. Schon bei der ersten Ausrede scheiterte ich kläglich, hoffentlich würde ich dabei noch abgebrühter werden.

»Interessant.« Er legte die Stirn in Falten und rief in die Runde: »Unsere Billy hat Geheimnisse.«

»Hör auf, das ist unfair.« Ich wusste, dass meine männlichen Kollegen gern stänkerten, und fühlte mich sofort unwohl in meiner Haut.

»Die graue Kampfmaus bläst zum Angriff.«

Es war scherzhaft gemeint. Heute jedoch empfand ich es wie eine Beleidigung. »Hör auf, eine solche Scheiße zu quatschen«, fuhr ich ihn an.

»Hoppla, was ist denn los?« Thorsten sah mich verwundert an. »So empfindlich kenne ich dich gar nicht.«

»Entschuldigung«, lenkte ich ein und machte mich auf den Weg zu meinem Schreibtisch. »Aber Kaiser wird es euch sagen.«

»Klingt geheimnisvoll.«

»So in etwa.« Diese Floskel widerte mich an. Meinem Naturell entsprechend gehörte ich nicht zu den Kommunikativsten und hielt mich aus Diskussionen und dem Tratsch des Flurfunks heraus, dennoch fühlte ich mich in der Abteilung wohl. Ich wusste, dass ich vermutlich in der nächsten Zeit kaum Kontakt zu ihnen haben würde. Trotz der bevorstehenden aufregenden Aufgabe stimmte mich das traurig.

Was mir allerdings viel mehr Sorgen bereitete, war Markus' Reaktion.

Mit einem mulmigen Gefühl im Bauch fuhr ich am Abend nach Hause. Die Frage, ob ich es vorher mit ihm hätte besprechen sollen, nagte an mir. Ich hoffte auf Verständnis, wenngleich ich es bezweifelte. Aber ich hatte eine Entscheidung getroffen und musste mit den Konsequenzen leben. Erleichtert stellte ich fest, dass er noch nicht von der Arbeit zurückgekehrt war. Somit blieb mir eine kleine Galgenfrist, um mir genau die richtigen Worte zu überlegen, es ihm schonend beizubringen.

Ich setzte mich auf unsere zugemüllte Terrasse und starrte ins Nichts. Ja, ich war unzufrieden. Das, was ich ihm vorgestern an den Kopf geschleudert hatte, entsprach der Wahrheit. Bei genauer Betrachtung hatten sich unsere Lebensziele voneinander entfernt. Markus fühlte sich mit einfacheren Dingen wohl. Er suchte sein kleines Glück und wünschte sich Kinder. Ich hingegen wollte

Karriere machen, selbst mit bald Mitte Dreißig noch mit der Familienplanung warten, obwohl ich dem Hauskauf zustimmte. Es war ein Zugeständnis an ihn. Doch mit dem Undercovereinsatz bot sich eine fantastische Chance, auch um unsere finanzielle Lage zu verbessern. Mit dem zusätzlichen Geld könnten wir uns ein gemütliches Zuhause schaffen.

»Hoffentlich sieht er das auch so«, murmelte ich und zuckte zusammen, als ich hörte, wie die Haustür aufgeschlossen wurde.

Erwartungsgemäß ignorierte er mich. Eine seiner typischen Verhaltensweisen nach einem Streit. Er schaffte es nicht, einzulenken. Ich hasste es, denn dadurch entstand eine angespannte Stimmung, die ich kaum aushielt. Mit einem Seufzer ging ich ins Haus, um das Gespräch zu suchen. Es klingt merkwürdig, aber ich schlich mich heran und hörte ihn in der Küche hantieren.

»Ach, schon da?«, brummte er und würdigte mich keines Blickes.

»Ich habe mir früher freigenommen.« Wie ein Schulmädchen, das etwas ausgefressen hatte und es seinen Eltern beichten musste, trat ich von einem Bein auf das andere. »War gestern nicht so schön.«

»Nein.« Er gab sich immer noch einsilbig.

»Soll ich uns Pizza bestellen?«

»Okay.«

Ich verdrehte die Augen, sagte jedoch nichts. »Wie immer?«

»Ja.«

»Extra scharf?«

»Nein.«

Jetzt wurde es mir zu bunt. »Kannst du dich endlich wieder normal verhalten?« Genervt lehnte ich an dem Betonrand, wo eigentlich ein Türrahmen hätte sein müssen.

»Du hast sehr verletzende Dinge gesagt, da kann ich nicht einfach zur Tagesordnung übergehen.« Endlich suchte er meinen Blick. Enttäuschung, Bekümmertheit und Zweifel kennzeichneten sein Gesicht. »Du stellst unser gemeinsames Leben infrage.«

Betreten wich ich dem Augenkontakt aus. Ihn traurig zu sehen, schmerzte mich. »Ich habe es nicht so gemeint.«

»Doch, Billy, das hast du.« Er vergrub seine Hände in den Taschen der Arbeitshose.

»Willst du den Streit zu einer Grundsatzfrage unserer Ehe aufwerten?«

»Ich werte nichts auf, sondern ich reflektiere deine Worte.«

Ich seufzte. »Ja, ich bin unzufrieden.« Was hatte es für einen Sinn, es zu leugnen? »Seit wir das Haus gekauft haben, hat sich vieles zwischen uns verändert.« Ich spürte einen Kloß in meinem Hals. »Wir haben die Leichtigkeit verloren. Früher haben wir viel öfters gelacht und herumgealbert.« Ein winziger Widerhaken an der Nagelhaut des rechten Daumens nervte kolossal und ich kaute daran, um diesen mit den Zähnen abzureißen. »Ich habe das Gefühl, dass wir früher entspannter mit Problemen umgegangen sind ...« Ich seufzte. »Weil wir gemeinsam alles gewuppt haben.«

»Du bist mit dem Kauf einverstanden gewesen, und ich dachte, wir erfüllen uns einen gemeinsamen Traum.« Er ging überhaupt nicht auf die Worte ein.

»Das stimmt, aber uns wächst das alles über den Kopf.« Ich trat näher heran, doch zwischen uns stand eine imaginäre Wand. Markus verschränkte die Arme und schottete sich von mir ab.

»Ich glaube, wir haben unterschiedliche Erwartungen.«

»Willst du darauf hinaus, dass ich im Moment noch keine Kinder möchte?« Sofort fühlte ich mich angegriffen, obwohl er die Wahrheit sagte. Dieses Gefühl wallte auch immer auf, wenn meine Mutter mich daran erinnerte, dass meine innere Uhr unaufhaltsam tickte. »Ich dachte, das hatten wir besprochen. Mit dem Hauskauf wollte ich ein Zugeständnis machen, damit nicht ausschließlich meine Bedürfnisse erfüllt werden.« Mein Herz klopfte mir bis zum Hals.

»Eben, es ist lediglich ein Zugeständnis.« Seine Kieferknochen malmten, ein deutliches Zeichen der Anspannung.

»Es ist logisch, da eine Ehe aus gegenseitigem Respekt und einer Ausgewogenheit von Geben und Nehmen besteht.« Es klang wie eine Rechtfertigung, was mich ärgerte. Ein beklemmendes Gefühl baute sich auf. So hatte ich ihn noch nie erlebt.

»Billy, ich liebe dich und es fühlt sich scheiße an, wenn ich merke, dass du unglücklich bist.«

Ich atmete auf. Endlich stand mir wieder mein Markus gegenüber. »Für eine Sekunde dachte ich, du willst dich trennen«, flüsterte ich.

»Ich habe darüber nachgedacht.« Er zuckte mit den Schultern.

Eine Welle der Angst durchflutete mich. »Das ist nicht dein Ernst?«

»Es muss sich etwas ändern, sonst werden wir uns zerfleischen. Wir sind beide stur.«

Ich ließ mich auf den Stuhl sinken. In meinem Kopf kreisten die Gedanken und ein unangenehmer Magendruck baute sich auf. Der Undercovereinsatz kam zu einem katastrophalen Zeitpunkt. Meine Abwesenheit trug vermutlich nicht zu einer Annäherung bei. Oder doch? Manchmal half es, in Krisensituationen auf Abstand zu gehen, um die Gefühle auszuloten. Andererseits bestand die Gefahr, sich endgültig zu verlieren. Das wollte ich nicht.

»Markus, du warst immer der Fels in der Brandung … ich kann und will mir ein Leben ohne dich nicht ausmalen.«

»Ja, wir haben vieles gemeinsam erlebt.« Er blieb nun einmal der Mann der wenigen Worte.

»Du hast meine Motive nachvollzogen, warum ich den Beruf gewählt habe, das hat mir viel bedeutet.«

»Billy, es war dein Lebensziel.« Seine Stimme klang bedrückt.

»Ab und zu anstrengend, aber ich habe die Entscheidung dich zu heiraten und den Weg mit dir gemeinsam zu gehen nie bereut.«

Jetzt sah ich den optimalen Zeitpunkt ihn mit der Wahrheit zu konfrontieren. »Ich werde als verdeckte Ermittlerin eingesetzt«, platzte es aus mir heraus.

Er zog eine Augenbraue hoch und setzte sich zu mir. »Das bedeutet was?«

»Es hat zur Folge, dass ich viele Nächte nicht zu Hause sein werde.« Die Nervosität nahm zu. »Es ist eine Karrierechance.« Unruhig spielte ich mit meinem Ehering und drehte ihn unablässig hin und her.

»Das hast du einfach mal so allein entschieden?«, platzte es aus ihm hervor.

»Warum reagierst du so gereizt?«

»Das ist genau das, was ich meine. Früher haben wir solche Entscheidungen gemeinsam besprochen.«

»Ich wandere nicht aus.« Es klang spitzer als beabsichtigt. »Es wird uns finanziell guttun.« Wieder eine unnötige Rechtfertigung. »Ich will den Job machen.«

»Und ich werde dich nicht daran hindern.« Er stand auf und wollte die Küche verlassen.

»Typisch, dass du dich dem Gespräch entziehst. Das ist zum Kotzen.«

»Billy, du hast dich entschieden. Was soll ich dazu noch sagen?«

Ärger keimte in mir auf. »Das ist richtig, aber dein Verhalten ist unangemessen.«

»Wir haben Probleme und die werden nicht gelöst, wenn wir uns kaum sehen. Du entfernst dich nur noch weiter von mir und ich stehe wie ein Arsch da, wenn ich dich aufhalte.«

Ich atmete tief durch. »Sieh es mal anders. Vielleicht tut uns ein gewisser Abstand gut. Du merkst doch, wie verfahren die Beziehung sich gerade gestaltet. Wir schaffen es nicht, auch nur ein Gespräch zu führen, ohne zu streiten.« Den Satz auszusprechen, kostete mich Überwindung. »Vielleicht lernen wir dadurch wieder mehr zu schätzen, was wir aneinander haben.«

»Könnte sein, dass du recht hast.« Er setzte sich wieder und griff nach meiner Hand. »Ich möchte dich nicht verlieren.«

»Ich dich auch nicht.« Die Augen füllten sich mit Tränen. Zärtlich strich ich über seine raue Handfläche. Die zuvor gefühlte Distanz hatte sich wieder verflüchtigt. Für einen Moment saßen wir uns schweigend gegenüber.

»Was ist das für ein Job?«, presste Markus hervor, als hätte er sich meiner Entscheidung bereits gebeugt.

»Ich darf darüber nicht viel sagen. Es geht um Delikte aus der Wirtschaftskriminalität.«

»Eigentlich sollte ich stolz auf meine Frau sein.« Er rang sich ein Lächeln ab. »Du bist eine hervorragende Polizistin.«

»Siehst du es denn auch als eine Chance?«, fragte ich zaghaft.

»Möglicherweise hast du recht.«

Ich atmete erleichtert auf. »Trotzdem müssen wir über unsere Probleme reden, es bringt nichts, sie unter den Teppich zu kehren.«

Er nickte, fragte stattdessen allerdings: »Wann beginnt der Einsatz?«

»Die Vorbereitungen starten zeitnah. Da werde ich auch noch zu Hause sein.«

»Komm her, du Superbulle.«

Ich lächelte, wir standen zeitgleich auf und ich ließ mich in seine Arme fallen. Es fühlte sich beruhigend an. »Ich hasse Streit.«

»Ich auch.« Er küsste meine Haare.

»Schaffen wir das?« Meine Stimme drohte zu versagen.

»Ich wünsche es mir.« Er nahm mein Gesicht in seine Hände.

Es war ein schöner Augenblick. Zwölf gemeinsame Jahre wischten sich nicht so ohne Weiteres weg. Markus' Lippen berührten die meinen. Der männlich herbe Duft, seine Gestalt, es fühlte sich alles wundervoll vertraut an. Sanft drückte er die Zunge zwischen meine Lippen und strich mit der Hand zärtlich über meinen Rücken. Sofort bekam ich eine Gänsehaut und ließ mich in den Kuss fallen. Ich liebte seine Küsse und wie sich unsere Zungen miteinander verbanden. Ein prickelndes Gefühl, wie ich es schon lange nicht mehr empfunden hatte, hüllte mich ein.

»Ich möchte gern mit dir schlafen«, hauchte ich in sein Ohr. »Du weißt, dass ich mich danach sehne.«

Er grinste. »Wie du gestern festgestellt hast, fehlt es mir auch.«

Spielerisch boxte ich ihn auf die Brust. »Ich zeige dir mal, was ein guter Blowjob ist.«

»Na dann … ich bin gespannt.«

»Das kannst du auch sein!«

Versöhnungssex ist einer der schönsten überhaupt. Die Wangen glühten unverzüglich und ein unerwartetes Prickeln setzte ein. Ich nahm ihn an die Hand. »Lass uns gemeinsam duschen … da werde ich den besten Schwanz ever …« Ich kicherte wie ein Teenager. »… in die richtige Standhaftigkeit zaubern.«

»Das klingt verlockend.« Grinsend schaute er auf den Hosenschritt und das sich bereits abzeichnende Ergebnis. »Farbeimer sind übrigens aus.« Er sah mich verschmitzt an.

»Markus«, ich zog ihn heran. »Das meine ich ebenfalls mit der Leichtigkeit.« Lustvoll drückte ich mich gegen seinen Unterleib. »Streitigkeiten haben wir im Nachhinein einfach weggelacht.«

»Ja, ich weiß.« Voller Begehren knabberte er mir am Ohr. »Zieh das Shirt aus, ich liebe deine üppigen Titten«, raunte er.

Hektisch zog ich das Oberabteil über den Kopf und öffnete die Häkchen des BHs.

»So, so, feste, aufgerichtete Nippel.« Er beugte sich vor und lutschte an den Warzen, was mir ein Stöhnen entlockte.

Meine Hand wanderte zu Markus' Hosenschritt. Welch herrliche Härte, da gab es kein Zögern mehr. »Wir duschen später …« In mir tobte nur ein Gedanke: Ich wollte sofort gefickt werden. Spüren wie er mich ausfüllte, tief in mich hineinstieß …

Das, was folgte, gehörte zweifellos zu den geilsten Quickies auf der Anrichte unserer halb fertigen Küche.

Verborgen und verschwiegen

Billy Winkler

Zwei Tage später stieg ich um acht Uhr bei uns im Polizeipräsidium in den Fahrstuhl und drückte auf den Knopf mit der Nummer sechs. In die Etage gelangte man nur mit einer speziellen Legitimation. Ein Ort der Verschwiegenheit, an dem Einsätze wie die Soko *Dirty Life* ins Leben gerufen wurden. Hinter der Glastür, die man nur mit dem eigenen Fingerabdruck öffnen konnte, wartete ein neuer beruflicher Abschnitt auf mich. Meine Nervosität erreichte ungeahnte Ausmaße, als ich nach oben fuhr. Mit weichen Knien, wartete ich darauf, dass der Scanner seine Arbeit tat, und trat ein. Eine freundliche Sekträtin kam sofort auf mich zu und führte mich in den Besprechungsraum. Das war auch der Moment, in dem ich erfuhr, wer ebenfalls bei der Operation mitarbeitete. Zuvor hatte mein Chef sich in Verschwiegenheit gehüllt.

Ich ließ den Blick durch den Raum schweifen.

»Ach?«, entfuhr es mir. »Thorsten Röder, vorgestern noch am Stänkern und heute hier.«

»Tja, so kann es laufen.« Er grinste. »Guten Morgen.«

»Ja, äh, natürlich.« Vor Verblüffung und Unruhe vergaß ich, die anderen Kollegen zu begrüßen. Neben einer für Überraschung sorgende Anwesenheit des Kollegen fiel mir sofort sein eleganter Anzug auf. Ich hatte zwar nicht so viel Ahnung, aber es war keiner aus einem Versandkatalog.

Offensichtlich hatten alle auf mich gewartet. Ich sah verlegen auf die Uhr.

»Frau Winkler, Sie sind nicht zu spät«, beruhigte mich Kaiser, der auf mich zukam.

Ich nickte erleichtert und setzte mich. Insgesamt saßen sieben Personen um den Konferenztisch, von denen ich sonst niemanden kannte. Vielleicht waren wir uns in der Vergangenheit begegnet, aber im Augenblick fühlte sich mein Kopf leer an. Ich konnte nur hoffen, dass sich die Gehirnzellen schnellstens reaktivierten.

Die Augenpaare, die mich musterten, signalisierten Verwunderung. Eine attraktive Frau in einem grauen Kostüm beugte sich zu ihrem Nachbarn und tuschelte. Schon in den ersten Sekunden stellte ich fest, dass ich mit meinem Outfit nicht in die Runde passte. In einer von Banken dominierten Stadt wie Frankfurt gehörte es offensichtlich zum guten Ton, in Anzügen und feinen Kostümen aufzutreten, während ich in einer verwaschenen Jeans und einem weiten T-Shirt erschienen war.

»Da wir vollzählig sind, möchte ich Sie alle noch einmal herzlich begrüßen«, begann Kaiser. »Wir sind heute zum ersten Meeting zusammengekommen, um Sie über die Details der Operation zu informieren.« Im Raum herrschte Stille. »Zunächst möchte ich Ihnen Herrn Schlüter vom Dezernat Wirtschaftskriminalität vorstellen.«

Er zeigte auf einen braunhaarigen Mann in einem Anzug. Dieser nickte mir zu und ich versuchte mich in einem Lächeln. Schlüters Alter konnte ich lediglich schätzen. Graumelierte Haare, ein Vollbart und eine Brille, die ihm meiner Meinung nach nicht stand.

»Die meisten aus der Runde werden ihn kennen.« Zustimmendes Gemurmel folgte.

Ich saß stocksteif auf dem Stuhl und knetete unablässig die feuchten Hände, da ich mich unwohl fühlte. Mir drängte sich sofort die bange Frage auf, wie ich mit diesen Leuten über Wochen zusammenarbeiten sollte.

»Frau Winkler, ich möchte Sie zunächst mit dem Team bekanntmachen«, begann Schlüter.

Das wiederum bestätigte den Verdacht, dass ich die einzige

Neue war. Thorsten nickte mir aufmunternd zu. Gott sei Dank, dass er ebenfalls mit von der Partie war. Da alle Namensschilder trugen, ersparte ich es mir, sofort die Namen einzuprägen. Einige der Kollegen dürften in meinem Alter sein. An einen konnte ich mich sogar vage erinnern, da wir mal einen Lehrgang zusammen besucht hatten. Die IT-Experten und Analysten waren keine Nerds, sondern ebenfalls gestylte Typen in modernen Outfits. Bürohengste, die von der Arbeit an der Front wenig Ahnung hatten, so mein Urteil.

»Last but not least, Kristina Zarenberg.« Er wies mit dem Arm auf die attraktive Kollegin.

Eigentlich passt die viel besser in die Rolle. Hübsch, elegant und vermutlich vertraut mit der High Society, schoss es mir durch den Kopf. Mir fiel sogleich mein Geheimname für sie ein: *Frau Tausendschön.*

»Sie wird uns beratend begleiten, bis sie in den Mutterschutz geht.«

Sofort löste sich die Frage, warum sie nicht eingesetzt wurde. Mich beschlich das unangenehme Gefühl, nur die zweite Wahl zu sein. Kristina rang sich ein Lächeln ab. Wieso fühlte ich mich unsicher? Ich wurde definitiv aufgrund meiner Qualifikationen ausgewählt und nicht, weil ich dem Idealbild eines Ethan Grafenberg entsprach. *Billy, mehr Selbstvertrauen bitte!* Ich straffte meinen Körper und erwiderte den Blick, um zumindest den Anschein von Souveränität zu vermitteln. Die Sekretärin betrat mit einem Stapel Mappen den Besprechungsraum.

»Ihnen ist der Hintergrund der Soko allgemein bekannt?«, leitete Schlüter von der Vorstellungsrunde zu den Inhalten über. Ein Terrain, das hoffentlich meine nagenden Selbstzweifel schmälerte. »Wir haben ein umfassendes Dossier, die Zielperson und deren Umfeld betreffend, zusammengestellt, das Sie bitte bis morgen in aller Ausführlichkeit durcharbeiten.« Die Dame verteilte die Hefter. »Das Ziel dieser verdeckten Ermittlung ist, gerichtsverwertbare Beweise zu sichern, welche die illegalen Aktivitäten belegen. Bislang ist es uns nicht gelungen, ihm die Steuerhinterziehung in Millionenhöhe nachzuweisen. Es gibt ein internationales Geflecht aus Unternehmen und Stiftungen, die ausschließlich die Verschleierung des Geldflusses zur Aufgabe haben. Ab Seite fünfundzwanzig finden Sie alle relevanten Details über den aktuellen Stand der Ermittlungen und wesentliche Informationen.« Schlüter wedelte mit dem Dokument hin und her.

Schnell warf ich einen Blick hinein. Bislang hatte ich wenig Ahnung von der Gründung von Briefkastenfirmen. Was bedeutete, dass ich mich schnellstmöglich einarbeiten musste. Mit jeder Minute wuchs die Erkenntnis, dass auch die Vorbereitungen auf den eigentlichen Einsatz eine Herausforderung darstellten.

»Mit den Kollegen von Europol werden wir morgen eine Videokonferenz halten,« ergänzte Kaiser, sah mich an und nickte mir aufmunternd zu.

»Wir gehen nachfolgende Themenbereiche durch.« Schlüter startete den Beamer und die erste Seite einer Power-Point-Präsentation wurde an einer Leinwand angezeigt, die er kommentierte: »Wie Ihnen bekannt ist, durchlaufen wir verschiedene Phasen, die ich noch einmal kurz aufführen möchte: Gründungsphase, Realisations- beziehungsweise die Arbeitsphase, so Gott will, die Auflösungsphase und die Nachbereitungsphase.«

Glücklicherweise fanden meine Gehirnzellen in ihre gewohnte Leistungsfähigkeit zurück und ich vergaß die skeptischen Blicke der Kollegen. Konzentriert lauschte ich den Ausführungen. Es ging um Koordination, Kompetenzaufteilung, Ressourcenverfügbarkeit und so weiter. Mir qualmte der Kopf, als wir endlich eine Pause einlegten.

»Wusstest du, dass ich ebenfalls mit im Team bin?«, fragte ich Thorsten leise.

»Ja.« Er grinste. »Aber du weißt ja, wie die Regeln sind.«

»Ich bin froh, dass du da bist.« Ich warf einen verstohlenen Blick auf die anderen, die sich um Frau Tausendschön gescharrt hatten.

»Ach, Billy, lass die mal machen, es wird sich alles finden.« Aufmunternd klopfte er mir auf meine verspannten Schultern.

»Ich hoffe es, sonst wird das nichts.« Ich seufzte. »Entschuldige, ich muss mal auf die Toilette.« Meine Kleidung klebte am Körper und ich hatte das dringende Bedürfnis mich frisch zu machen.

Der Sanitärbereich grenzte an die Dachterrasse, die für die Raucher zur Verfügung stand. Durch das geöffnete Fenster vernahm ich Männerstimmen und hörte unwillkürlich genauer hin, da ich meinen Namen aufschnappte.

»Die Winkler … ich weiß nicht, ob das die richtige Wahl ist.« Soweit ich es zuordnen konnte, war es der Experte für die Datenauswertung. »Unscheinbar, eine graue Maus.«

»Tja, ihre Kompetenzen sind hervorragend«, warf ein anderer ein. »Es ist scheiße, dass Kristina schwanger ist.«

»Ich bezweifle sehr, dass das gut geht, und kann nur hoffen, dass die da oben sich nicht geirrt haben. Man zaubert aus einem hässlichen Entlein keinen Schwan.«

In Anbetracht der Worte klappte mir sprichwörtlich die Kinnlade herunter. Wenn mir das Team mit einem solchen Vorbehalt entgegentrat, waren das schlechte Vorzeichen. Was hatten sich Kaiser und Schlüter dabei gedacht, mich für diesen Einsatz auszuwählen? Ich schaute in den Spiegel. Dass ich nicht dem Beuteschema von Grafenberg entsprach, wussten wir alle. In dem Stadium konnte ich noch aussteigen, ohne die Operation zu gefährden. Ein weiteres Mal benetzte ich die Handgelenke mit kaltem Wasser. In meinem Kopf tobte ein Kampf von Pro und Contra. *Lass dich von denen doch nicht verunsichern!* Einfacher gedacht, als getan. Ich nahm mir vor, den heutigen Tag abzuwarten, um am Ende eine Entscheidung zu treffen.

Beim Verlassen des Toilettenvorraums stieß ich mit Frau Tausendschön zusammen. Laut der Planung sollte sie mich unterstützen und die Rolle meiner Freundin einnehmen. Offensichtlich versprach man sich davon, dass ich etwas Umgang mit dem Jetset lernte. Alles eine Farce!

»Frau Winkler, da gibt es aber noch eine Menge zu tun.«

»Bitte?«, fragte ich irritiert.

»Optisch, modisch …«, fügte sie hinzu.

Was für eine blöde Kuh.

»Mode ist wohl eher nicht Ihr Ding?« Dabei sah sie mich mitleidig an, so als spreche sie von einer schweren Krankheit, die mich heimgesucht hatte.

Unvermittelt schlug ein Geistesblitz bei mir ein. Wieso sollte ich, aufgrund ein paar dummer Bemerkungen, die beste Karrierechance sausen lassen? *Das wüsste ich aber! Billy, das schaffst du.* »Ja, ich freue mich auch, mit Ihnen zusammenzuarbeiten«, erwiderte ich schlagfertig und reichte ihr die Hand. »Und wenn das alles ist, was Ihnen Sorgen macht, dann bin ich beruhigt.«

Ohne eine Reaktion abzuwarten, drehte ich mich um, stellte mich zu den anderen Kollegen und begann einen unverfänglichen Small Talk. Was hatte Thorsten gesagt? Die graue Kampfmaus bläst zum Angriff? Ja, darauf durften sich alle verlassen.

Trotz meines selbstbewussten Auftretens blieben die Kollegen und Frau Tausendschön skeptisch. Da ich jedoch von der Führungsebene Rückhalt erhielt, versuchte ich es zu ignorieren.

* * *

Bevor ich an diesem Morgen das Haus verließ, umarmten Markus und ich uns innig. »Du weißt, dass ich optisch nicht mehr deine Billy sein werde, solange ich den Job mache?« Wir hatten uns in den letzten Wochen wieder angenähert und mir krampfte sich der Magen zusammen, ihn nun nur noch selten zu sehen.

Markus hatte seinen Widerstand gegen die Operation aufgegeben und unterstützte mich. Er ließ mir Freiräume, um die vielen Details meiner neuen Vita zu lernen, mich in fachliche Themen einzuarbeiten, die Zielperson und das Umfeld genau zu studieren. Ohne dass ich ihn bitten musste, kümmerte er sich um den Haushalt und, ja, kaum zu glauben, er baute Türzargen ein.

»Du bleibst meine Billy, egal, ob du künstliche Fingernägel oder eine andere Frisur hast.« Liebevoll küsste er mich auf die Nasenspitze. »Dass du ein wunderschöner Superbulle bist, habe ich dir schon immer gesagt.«

Etwas verlegen schaute ich ihn an. »Danke. Ich bleibe, solange ich lebe, deine Billy«, versicherte ich ihm gerührt. Mit Tränen in den Augen machte ich mich auf den Weg zu meinem neuen Erscheinungsbild.

Es ist unglaublich wie ein Mensch sich äußerlich verändert, wenn man auf die Geheimnisse und Wunder der Kosmetikindustrie zurückgreift. Um die optischen Voraussetzungen für den Einsatz zu erfüllen, bedurfte es eines vollständigen *Cover-ups*, das einen kompletten Tag in Anspruch nahm, doch meine Verwandlung war der beste Beweis dafür. Ich konnte es nicht fassen und mir kamen nahezu die Tränen vor Faszination, da mir eine andere Frau im Spiegel entgegenblickte. Wenn ich den Kopf schüttelte, tat die Fremde im Spiegel es mir gleich, wenn ich lächelte, lächelte sie auch. Es klingt vielleicht naiv, dennoch ich hatte nie vermutet, dass ich eines Tages so aussehen würde. Meine Kollegen hatten zwar gescherzt, dass aus einer grauen Maus sich kein Schwan entwickelte, aber ich fühlte mich plötzlich wie Gracie Hart aus *Miss Undercover*.

Die Visagistin nickte anerkennend bei der Betrachtung ihres Werkes. »Frau Winkler, da Sie eine attraktive Person sind, ist das Ergebnis nicht überraschend.«

»Ich gestehe, ich bin überwältig.« Meine glatten Haare glichen plötzlich einer wallenden Mähne mit dezenten blonden Strähnen. Die Augenbrauen hatten eine gepflegte Form erhalten, Gesichtsbehandlungen, Pediküre und Maniküre stellten die Basis für mein neues Äußeres dar. Die auf den Nägeln aufgebrachte Gelschicht sollte angeblich wochenlang halten. Ein fantastisches Make-up veränderte mein Gesicht grundlegend, ohne dass ich das Gefühl hatte, zwei Zentimeter dicke Spachtelmasse zu tragen. Zum ersten Mal bemerkte ich, was für sinnliche Lippen und ausdrucksstarke Augen ich besaß. Niemals waren mir die geschwungenen Wimpern aufgefallen, die lediglich getuscht und mit einer Wimpernzange in Form gebracht worden waren.

Die Visagistin versprach, mir einen Schnellkurs zum Schminken und zum Stylen der Haare zu geben. Ich hielt es für unerlässlich – denn als It-Girl und Modebloggerin, die um die Welt jettet, sollte ich mich damit auskennen. Ohne die Schulung, so meine Befürchtung, würde die Tarnung bereits nach dem ersten Tag auffliegen. Selbst wenn die Visagistin mehrfach betonte, dass sie nur meine natürliche Schönheit akzentuiert hatte.

Mich in ein IT-Girl zu verwandeln, empfand ich als besonders lästig. Diese schrecklichen Frauen, die meinten, sie beherrschten die Modewelt, Instagram und was weiß ich noch alles, lebten in einer für mich unwichtigen Scheinwelt und von meinen bodenständigen Prioritäten meilenweit entfernt. Es gehörte jedoch zu den elementarsten Aufgaben, sich in die Sichtweise hineinzuversetzen. Ich amüsierte mich köstlich, als ich mir die Videos auf YouTube ansah. Ab und zu gesellte sich Markus dazu und wir lagen so manches Mal vor Lachen auf dem Boden. Jedes Video schien piepsige Stimmen und den gleichen belanglosen Inhalt vorzuweisen. Übertrieben lustig und gut gelaunt winkten sie in die Kameras. »Hallo ihr Lieben, heute will ich euch meinen neusten Trick zeigen: Wie ihr ein Schlupflid kaschiert, die Brüste pusht und den Hintern strafft, damit das neue Sommerkleid perfekt sitzt ...« Das Gegacker nahm kein Ende.

Es erschreckte mich allerdings, wie viele Menschen den Modegöttinnen folgten. Zig Tausende verfielen der Spaß- und Scheinwelt und eiferten ihren *Stars* nach. Ich betone, es handelte sich nicht ausschließlich um Teenager. Frauen meines Alters ahmten ihre Vorbilder nach, kauften und schwärmten von den beworbenen Produkten. Das konnte ich den unzähligen Kommentaren auf den jeweiligen Plattformen entnehmen.

Nächtelang übte ich das Verhalten eines It-Girls. Es kam einer Schauspielausbildung gleich, um die neue Identität optimal zu verkörpern. Zu der perfekten Rolle gehörte ein schier unerschöpflicher Fundus an Kleidung. Etuikleider, Cocktailkleider, Bohokleider, Skinny Jeans, Chinos, Stiftröcke, A-Linien-Röcke, Mini-Röcke, Blousons,... um nur einiges zu nennen. Dass ich die Modelle den Schnitten zuordnen konnte, war das Ereignis meiner Recherchen und ja, des Auswendiglernens. Als ein unvorhergesehenes Problem entpuppte sich die elegante Fortbewegung auf High Heels. Ich gestehe, dass ich den Part gehörig unterschätzte, zunächst eierte ich, Markus musste mich bei Stürzen auffangen und ich brach wenigstens zwei Absätze ab. Aber das schweißte uns wieder enger zusammen.

Von meinem Erscheinungsbild fasziniert, freute ich mich diebisch auf die Reaktionen des Teams. Ich fühlte mich, als beträte ich einen Laufsteg. Die Kollegen standen mit dem Rücken zur Tür und unterhielten sich angeregt. Jedem war die Aufregung deutlich anzumerken, dass bald die nächste Phase begann. Als die Tür ins Schloss fiel, drehten sich alle wie in Zeitlupe um. Ich schwebte mit einem eleganten Schritt auf sie zu. Das figurbetonte schwarze Kostüm, stellte einen gelungenen Kontrast zu meinen Haaren und den pfirsichfarbenden Teint dar. Die Zauberer, die mich »konvertierten«, wussten was sie taten. Die Männer und Frau Tausendschön starrten mich ungläubig an. Kaiser und Schlüter, die mich bereits gesehen hatten, schmunzelten. Ich genoss meinen Auftritt und werde niemals die Gesichter vergessen.

»Liebe Kollegen«, durchbrach Schlüter die Stille. »Darf ich Sie mit Cecilia Ballier bekanntmachen?«

YouTuberin und das Geburtsjahr um sieben Jahre nach hinten gemogelt… manchmal hatte es Vorteile jünger auszusehen, fügte ich in Gedanken hinzu.

Der Einstieg

Billy Winkler

Die Tür fiel ins Schloss und mit einem lauten Seufzer stellte ich die Tasche mit meinen wenigen persönlichen Sachen ab. Obwohl ich mich nicht zum ersten Mal in der luxuriösen Maisonettewohnung aufhielt, fühlte es sich komisch an, heute mein Interims-Zuhause zu betreten. Die Ausstattung unterschied sich gravierend von der, die ich bisher hatte. Ich liebte warme Farben, antike Möbel und eine kuschelige Atmosphäre. In dieser Wohnung dominierten Pastelltöne, das Inventar zeigte sich ausschließlich in einem modernen und gradlinigen Design. Sogar die Dekoration wich nicht von dem Stil ab. Dass sich hier ein Innenarchitekt ausgetobt hatte, war deutlich sichtbar. Für eine Frau wie Cecilia Ballier optimal angepasst. Der dunkle Marmorfußboden stand im erheblichen Kontrast zu meinem geliebten Parkett. Die offene Küche ging nahtlos in den Wohn- und Essbereich über. Ich hatte mich gefragt, wie ich die glänzenden Küchenschränke anfassen sollte, ohne unzählige Fingerabdrücke zu hinterlassen. Allerdings wurde ich darüber aufgeklärt, dass ich mir keine Sorgen machen musste, da das Material das verhinderte. Wieso und welches Geheimnis dahintersteckte, hinterfragte ich nicht.

Der Kaffeeautomat gefiel mir allerdings ausgesprochen gut. Ein solches Gerät stand seit Längerem auf meiner Wunschliste. Ein Milchkaffee oder Espresso mit frischgemahlenen Bohnen schmeckte herrlich aromatisch – daran könnte ich mich sofort gewöhnen. Herkömmlicher Kaffee aus einer Pad-Maschine hielt dem nicht stand.

Auf der Küchentheke entdeckte ich eine Schale mit Obst. Die fleißigen Helfer hatten an alles gedacht und mir ebenso den Kühlschrank zum Einzug bestückt. Ich griff nach einem Apfel und ging zu der Schwebetür, die auf die große Terrasse führte. Bei dem herrlichen Ausblick auf die Frankfurter Skyline bekam ich eine Gänsehaut. Von hier oben hörte ich kaum die Geräusche des lärmenden Verkehrs. Eine seltsame Ruhe in einer solch zentralen Lage.

Kaum der perfekten Cecilia Ballier entsprechend, fläzte ich mich in einen Liegestuhl, biss vom Apfel ab, sodass mein Lippenstift vermutlich verschmierte und wünschte ich könnte zusammen mit Markus auf unserer überwucherten Baustellenterasse sitzen.

In der Stadt der Wolkenkratzer entstand seit 2014 ein neuer Superlativ. Die Eigentumswohnungen, die gerade fertiggestellt worden waren, sprengten für mich jede Vorstellungskraft. So etwas hatte ich noch nie vorher gesehen, geschweige denn betreten. Mit einer Höhe von einhundertsechzig Metern, direkt im Europaviertel, in unmittelbarer Nähe des *Skyline Plaza*, eine der angesagten Einkaufpassagen der Stadt, gehörte der Tower 2 zu den statusträchtigen Immobilien. Wie es der Behörde gelang, mich in einer solchen Wohnung unterzubringen, blieb ein Geheimnis. Meine ausgefeilte Vita bescheinigte mir die Erbschaft von einer Tante, die es mir finanziell ermöglichte, eine derart hohe Miete zu zahlen.

Mein privates Handy vibrierte. Heute durfte ich es noch bei mir tragen. Markus hatte mir ein Bild von unserer Terrasse geschickt. »Ach wie schön«, murmelte ich, da er sich mächtig ins Zeug gelegt hatte, sie endlich zu entrümpeln. *»Damit du dich wohlfühlst, wenn du nach Hause kommst. Ich liebe und vermisse dich«*, las ich die Nachricht laut vor. Es löste in mir ein trauriges Gefühl aus und verdeutlichte mir einmal mehr, dass ich das reale

Leben für unbestimmte Zeit hinter mir ließ. Markus kannte die genaue Adresse meines Luxusappartements nicht. Gern hätte ich mit ihm diesen Augenblick der untergehenden Junisonne geteilt. Ein roter Feuerball versank am Firmament und tauchte die Stadt in ein goldenes Inferno.

Ich liebe dich auch und freue mich auf meinen ersten Fronturlaub. Danke für die schöne Terrasse. Tausend Küsse, deine Billy.

Eine Weile stand ich gedankenverloren am Geländer. In diesem Moment hatte ich das erste Mal Angst vor dem, was mich erwartete. Durch die intensive Vorbereitungszeit wähnte ich mich gut gerüstet, trotzdem ließ sich der Verlauf nicht bestimmen. Ich hasste Ungewissheit und betrachtete sie als eine der größten Probleme. Würde es mir gelingen, zu Ethan Grafenberg Kontakt aufzunehmen und ihn für mich zu begeistern? Morgen Abend startete bereits der erste Einsatz bei einer Vernissage, die von ihm gesponsert wurde.

Nach der optischen Verwandlung hatte sich die Skepsis bezüglich meiner Qualifikation gelegt. Es entwickelte sich endlich ein Teamgeist, der für eine Operation dieses Ausmaßes unerlässlich war. Auch mit Frau Tausendschön entstand eine kollegiale Zusammenarbeit. Ich gestehe, dass ihre Vita beeindruckend ist und sie es versteht, sich wie ein Chamäleon in verschiedene Rollen zu versetzen. Durch ihren internationalen Einsatz zeichnete sie sich für unzählige erfolgreiche Operationen mitverantwortlich. Mittlerweile schätzte ich ihren Rat. Als Beraterin verfasste sie für mich die Blogbeiträge, arrangierte Fotoshootings und kümmerte sich um die laufenden Social-Media-Aktivitäten, die meine Tarnung als It-Girl sicherstellten. Inzwischen verkörperte auch ich eine von denen, die auf ihrem YouTube-Kanal Tipps gaben und in die Kamera winkten. Ich musste schmunzeln, wenn ich an die Dreharbeiten dachte und wie rasch ich ein Teil dieser Welt geworden war.

Ich begann zu frösteln und zog mich wieder in die Wohnung

zurück. Als ein echtes Highlight betrachtete ich das Bad in der oberen Etage. Luxus pur! Eine monströse Badewanne schrie förmlich danach, von mir eingeweiht zu werden. Da ich morgen fit sein wollte, entschied ich mich, dem stummen Schrei nachzugeben und ließ Wasser ein. Zum x-ten Mal betrachtete ich kopfschüttelnd den begehbaren Kleiderschrank von Cecilia Ballier. »Verrückte Welt«, murmelte ich und schlüpfte in einen seidenen Morgenmantel. Ich wollte mir gar nicht ausmalen, welche Unsummen von Steuergeldern allein in die Tarnung flossen. Das allein spornte meinen Ehrgeiz an, diesen Verbrecher zu überführen.

* * *

Nervös betrat ich die Galerie im Frankfurter Gallus-Viertel und verschaffte mir einen ersten Überblick über die Gäste. Ein renommierter Künstler aus Spanien stellte seine neuesten Werke aus. Don T., wie er sich nannte, hatte sich zum Liebling des Jetsets entwickelt und alle wollten eines seiner Gemälde ihr Eigen nennen. Das trieb natürlich die Preise in die Höhe. Meine Aufgabe bestand darin, beim Betrachten der Kunstwerke mit Ethan Grafenberg ins Gespräch zu kommen. Ich hatte mich ausführlich mit den aus meiner Sicht hässlichen Gemälden auseinandergesetzt, sodass ich mitreden konnte.

Dem Event angepasst trug ich ein schwarzes Bodycon-Kleid, welches meine Figur betonte und den Busen hervorragend zur Geltung brachte. Dezent, dennoch sexy. Mittlerweile besaß ich ein Gespür für das richtige Outfit und die dazu passenden Accessoires. Auch mit dem Schminken klappte es inzwischen problemlos. Übung macht den Meister, der Spruch passte perfekt zu mir.

Obwohl ich unsere Zielperson bislang nicht persönlich kannte, hatte ich mich derart viel mit ihm beschäftigt, dass er mir vertraut wirkte. Neutral betrachtet war Grafenberg zwar ein attraktiver Mann, der es verstand, die Menschen für sich einzunehmen, aber er entsprach nicht meinem Männergeschmack. Irgendwas zwischen George Clooney und Nicolas Cage, wenn ich ihn mit einem Schauspieler vergleichen sollte. Dass er die Sechzig überschritt, sah man ihm nicht an. Dass die vornehmlich jungen Frauen hinter ihm her hechelten, begriff ich jedoch nicht. Vermutlich machte Geld unglaublich sexy.

Ich nahm mir ein Glas Champagner, den Bilderkatalog und mischte mich stetig lächelnd unter die Besucher. Ein aufregendes Kribbeln durchströmte meinen Körper, als ich ihn entdeckte. Würde es mir gelingen, ihn in ein Gespräch zu verwickeln? Entsprach ich seinem Geschmack? Konnte ich die Rolle glaubhaft verkörpern? Nicht zu viel nachdenken, einfach machen, war der Rat von Frau Tausendschön. Gar nicht so leicht.

Interessiert begutachtete ich die Kunstwerke, schlenderte durch die Räumlichkeiten und blätterte eifrig in dem Katalog, um Kaufabsichten zu simulieren. Bei den Preisen wurde mir trotzdem übel – wer gab Summen mit so vielen Nullen für etwas derart Hässliches aus? Mein Herz schlug mir bis zum Hals, da Grafenberg nur noch wenige Meter von mir entfernt stand. Die Fotos spiegelten seine Überheblichkeit nicht annähernd wider, er wusste genau um seinen Status. Immer wieder schaute ich in seine Richtung. Wann erwiderte er den Blick? Bislang kam keinerlei Reaktion.

Ich näherte mich ein weiteres Mal. Endlich! Mich sahen kalte Augen an, der Gesichtsausdruck einer egozentrischen Persönlichkeit, welche die Menschen benutzte. Er hob eine Augenbraue und ich spürte förmlich, wie er mich musterte. Mit einem koketten Lächeln widmete ich mich wieder der Kunst. Der erste Schritt war gemacht! Bei der Observation der letzten Wochen war uns keine Frau aufgefallen, mit der er in einer engeren Beziehung stand. Ein unschätzbarer Vorteil für mich, wenn ich mich nicht gegen andere Frauen behaupten musste.

Ich rückte erneut ein Stück heran und hoffte, dass er die von mir ausgehende Anspannung nicht wahrnahm. Jetzt endlich standen wir vor dem gleichen Werk. Durch mein geschultes Auge hatte ich die zwei Bodyguards ausgemacht, die sich dezent im

Hintergrund hielten. Ein höfliches Kopfnicken seinerseits ermutigte mich zum nächsten Schritt.

»Die blaue Königin im tosenden Universum«, zitierte ich den Titel des Gemäldes. »Phänomenal.« Fasziniert lächelte ich ihn an. »Was halten Sie von dem Kunstwerk?«

»Es wird bald immens im Wert steigen«, erwiderte er knapp. »Wie alles von unserem geschätzten Don T.«

»Das ist interessant, da ich überlege, eines seiner Werke zu erwerben.«

»Damit gehen Sie kein Risiko ein.« Er sah auf die Uhr.

»Dieser Künstler ist noch relativ unbekannt und ich war mir nicht sicher, da Gemälde für mich, neben dem Schönheitsaspekt und ihrer Aussagekraft, auch eine Geldanlage sind. Ich danke Ihnen für den Tipp«, säuselte ich. »Sie sehen so aus, als wären Sie ein Kunstkenner.« *Schleim! Warum guckt er auf die Uhr? Will er schon gehen?*

»Als einen Kenner bezeichne ich mich weniger, dennoch kann ich Ihnen zum Kauf raten.«

»Sind Sie mit dem Künstler persönlich bekannt?«

»Zwangsläufig, ich bin Inhaber der Galerie.«

»Ach, ist das ja toll, da ich ein echter Fan von seiner Kunst bin.«

»Ich kann Sie gern bekanntmachen«, bot er an.

»Das wäre wundervoll«, jubilierte ich und berührte ihn kurz mit meiner Hand am Arm. »Dann hätte ich ein noch besseres Gefühl, falls ich mich zum Kauf entscheiden sollte.«

Grafenberg winkte einen seiner Bodyguards heran. »Hol mir den Künstler«, kommandierte er schroff.

»Wissen Sie, ich kann den Wert derartiger Dinge nur schwer einschätzen. Meine Beraterin scherzt immer, dass man mir in diesen Sachen ein X für ein U vormachen könnte.« Ein bisschen Dummstellen hielt ich für durchaus angebracht.

»Die meisten Frauen haben keinerlei Ahnung.«

Arroganter Fatzke! Endlich musterte er mich. Doch so, als begutachte er mich, um meinen Marktwert zu ermitteln. Bei meiner Oberweite zuckten seine Mundwinkel. Mit einem kurzen Blick auf die Clutch eines hochpreisigen Designers, schloss er die Bestandsaufnahme ab.

»Ich habe Sie noch nie gesehen.«

Super, er hat Interesse signalisiert. »Ich bin erst vor Kurzem nach Frankfurt gezogen und orientiere mich zunächst.« Abermals schenkte ich ihm ein Lächeln.

»Soso ...«

»Ach du liebe Güte, wie konnte ich Sie nur so lange warten lassen ...«

Eine schrille Stimme drang an mein Ohr und Don T. kam mit ausgestreckten Armen auf uns zugestürmt. Er verkörperte das Paradebeispiel eines tuntigen Schwulen. Möglicherweise ein unausgesprochener Grund seines Erfolges. Es galt immerhin als schick, einen homosexuellen Künstler im Freundeskreis zu wissen. Don T's Outfit sah ebenso gruselig aus wie seine Kunstwerke. Da ich gelesen hatte, dass er überwiegend Kleidung von Vivian Westwood bevorzugte, wunderte es mich nicht. Er schickte sich an, Grafenberg zu umarmen, der wich jedoch dezent zurück.

»Es ist alles so aufregend.« Affektiert wedelte er mit der rechten Hand umher. »Ich hoffe, Sie sind mit dem Verlauf zufrieden.«

Grafenberg ging nicht darauf ein, er nickte lediglich, und sagte: »Ich möchte Ihnen eine Bewunderin Ihrer Bilder vorstellen.«

Don T. sah mich verzückt an. »Das ist ...«, begann er.

Da wir einander nicht namentlich vorgestellt wurden, sprang ich ein. »Cecilia Ballier.« Mit meinem schönsten Lächeln reichte ich ihm die Hand.

»Was für ein sinnlicher Name«, flötete der Schöpfer der Hässlichkeiten und hauchte mir einen Kuss auf den Handrücken. »Entzückende Begleitung.«

»Die Dame interessiert sich für dieses Gemälde.« *Was für ein pragmatischer Mensch.* Auf die Idee, mir seinen Namen zu verraten, kam er nicht. Entweder war er unhöflich oder setzte voraus, dass ich wusste, mit wem ich sprach. Ich vermutete Letzteres. Wieder sah er auf die Uhr.

Don T. begann mich vollends zu vereinnahmen. Die Unterhaltung mit Grafenberg drohte in eine Sackgasse zu geraten. Dennoch entschied ich, es dabei zu belassen, um nicht aufdringlich zu erscheinen. Das erste Ziel hatte ich erreicht.

Es gelang mir, einen angestrengten und Hilfe suchenden Gesichtsausdruck aufzusetzen, was mir anhand der schrillen Beschallung nicht schwerfiel. Das entlockte Grafenberg ein Schmunzeln, dennoch erlöste er mich nicht. Er sah auf die Uhr, nahm mit seinem Bodyguard Blickkontakt auf und schaltete sich galant in dem Augenblick dazwischen, als der Künstler Luft holte: »Sie entschuldigen mich, ich werde erwartet.«

»Herr Grafenberg, Sie wollen uns doch nicht schon verlassen?«, fragte Don T. enttäuscht.

»Die Geschäfte rufen, so ist das nun einmal.« Für einen winzigen Augenblick kreuzten sich unsere Blicke.

»Ich habe mich gefreut, Ihre Bekanntschaft zu machen, Sie entschuldigen mich ebenfalls? Ich möchte mir gern die Nase pudern.« Einen günstigeren Moment, dem penetranten Maler zu entfliehen, gab es nicht. Dieser nahm es nicht wirklich wahr, da er sprichwörtlich zum nächsten Gast flatterte. Bewusst aufreizend bahnte ich mir den Weg zu den Toiletten. Lasziv strich ich mir durch die Haare und schaute über die Schulter. Perfekt, Grafenberg sah mir nach, obwohl er telefonierte.

Besser hätte der Einstieg in die Operation nicht laufen können.

Der Patriarch

Ethan Grafenberg

Die Sonne schien von einem nahezu blauen Himmel, ein leichtes Lüftchen wehte, alles in allem ein wunderschöner Frühsommertag. Entspannt lag ich im Liegestuhl auf der Terrasse meiner Villa und ließ den Blick über das große Gartengrundstück schweifen. Die Landschaftsgärtner hatten erneut eine hervorragende Arbeit geleistet. Es blühte und grünte so weit das Auge reichte. Es war ein angemessener Rahmen für das jährlich stattfindende Gartenfest im August. Ein beliebtes Event der Frankfurter High Society, verbunden mit einer Spendenaktion für ein Kinderkrankenhaus. Derartige Aktionen kamen immer gut an, daher scheute ich auch keine Kosten. Ein exklusives Büffet, auserlesene Weine, ein Barkeeper, der die ausgefallensten Cocktails mixte, und eine erstklassige Band gehörten dazu, um nur ein paar Details zu nennen. Die Jugendstilvilla plante ich dieses Mal festlich anzuleuchten.

Der Kauf der Immobilie war ein gelungener Coup, da ich sie damals weit unter Wert erwarb. In jenen Tagen hatte ich bereits sehr viel Geld verdient und schuf ein Zuhause für die Familie. Meine verstorbene Frau hatte ein ausgezeichnetes Händchen für das Interieur. Es waren schöne Jahre und ein bedeutender Schritt, um den gesellschaftlichen Status zu unterstreichen. Durch Fleiß und Kontinuität hatte ich es von einem einfachen Bankangestellten zu einem erfolgreichen Unternehmer geschafft und mir ein kleines Imperium aufgebaut. In den Siebzigerjahren gelang das, im Verhältnis zu den heutigen Gegebenheiten, wesentlich leichter.

Heute, so besagt eine Studie, bleiben die Reichen vermögend und vervielfachen ihren Besitz. Diejenigen, die wenig haben, bekommen kaum Chancen, etwas zu verändern. Mir ist das gleichgültig, mich interessieren die sozialen Probleme des Pöbels nicht. Im Gegenteil, ich verdiene an ihnen.

Schon früh begriff ich, dass man sein Kapital mit Immobilien vermehren konnte. Bis heute kaufe ich Häuser auf und nutze die angespannte Wohnungsmarktlage aus. Die böse Bezeichnung *Schrottimmobilie* geistert durch die Presse und erhitzt die Gemüter. Die Mieten sind zugegebenermaßen überhöht, aber wenn der Bedarf vorhanden ist, ist das ebenfalls nicht mein Problem. Die unzähligen Immigranten, die aus der EU und aus aller Welt zu uns strömen, benötigen eine Unterkunft. Die Nachfrage regelt das Angebot. Das lernt jeder Wirtschaftsstudent im ersten Semester. Ich halte nicht viel von der Einwanderungspolitik unserer Regierung, da sie für Sprengstoff in der Gesellschaft sorgt. Aber das steht auf einem anderen Blatt. Mich ärgerte es, da sich gewisse Nationalitäten in Geschäftsbereichen etablieren, die wir ehemals dominierten.

Durch meine Weitsicht hatte ich es früh erkannt und mich neuen Geschäftszweigen gewidmet. Ich kam auf die Idee, da ich mich maßlos über die unverschämt hohen Steuerabgaben ärgerte. Heute helfe ich denen, die ein ähnliches Problem haben. Selbstverständlich minimiere ich auch weiterhin meine unverhältnismäßig hohe Abgabenlast. Wenn man sich auskannte, gab es unzählige Mittel und Wege, den Fiskus, diesen Geier, zu umgehen. Bei all dem agiere ich legal, denn es gibt Länder auf unserem Planeten, die laden uns geradezu ein, sich dort mit Firmen niederzulassen. Der intensive Kontakt zu einer weltweit agierenden Anwaltskanzlei, die mit ihren Fachleuten jede noch so winzige Steuerlücke ausnutzen, bestand seit Jahren. Der globale Welthandel und die Europäische Union schrien förmlich danach, immer neue Konstrukte zu kreieren. Sogar in Deutschland gibt es unzählige Varianten, auf rechtmäßiger Ebene Steuerzahlungen zu minimieren. In meinem Geschäftsfeld betrifft es zum Beispiel die Grunderwerbssteuer, die man durch sogenannte *Share Deals* umgehen kann. Unglaublich, wie absurd manche Regelungen dazu einladen. Beim Erwerb eines Mehrfamilienhauses muss man lediglich zwei oder drei Teile an Strohmänner abgeben und schon fällt die Steuer weg. Es ist eine simpel dargestellte Erklärung, die das Modell in groben Zügen erläutert. Den Stadtkämmerern entgehen Steuereinnahmen in Millionenhöhe. Da macht es durchaus Sinn, Spendengalas zu veranstalten, die ich wiederum steuerlich absetzen kann. Ein perfekter Kreislauf an Kuriositäten.

Ich griff nach einer Zigarre und zündete sie an. Dieses exquisite Produkt wurde in einer kleinen Manufaktur auf Kuba hergestellt und ich ließ es regelmäßig für mich einfliegen.

»Benötigen Sie noch etwas, Herr Grafenberg?«

Die seit Jahrzehnten bei mir beschäftigte Haushaltsperle trat an mich heran. Sie kümmerte sich seit dem Tod meiner Frau um den perfekten Ablauf im Haus. Ihr Verhalten war das eines Generalfeldmarschalls. Sie scheuchte die Putzfrauen und Gärtner und erlaubte keinerlei Nachlässigkeiten. Sie war eine der wenigen Frauen, auf die ich mich ausnahmslos verlassen konnte, zumindest was ihren Aufgabenbereich als Haushälterin betraf.

»Dann würde ich nämlich Feierabend machen.«

»Kein Problem, Margot, ich benötige Sie heute nicht mehr.«

Sie stand neben mir und ihr verkniffener Gesichtsausdruck verriet mir, dass sie auf Annabell getroffen war. Das entlockte mir ein Schmunzeln. Sie hasste es, wenn ich mir meine Betthäschen ins Haus holte.

»Nach den letzten Malen haben Sie der jungen Dame hoffentlich gesagt, dass sie sich bitte etwas anzieht, sofern sie hier herumläuft.«

»Seien Sie doch nicht so streng.« Ich winkte ab. »Sie ist eine Augenweide.«

»Es ist helllichter Tag und sie liegt noch im Bett, sodass ich Ihr Schlafzimmer nicht in Ordnung bringen kann.« Margots unerbittlicher Kampf gegen Unordnung zeichnete sie aus.

»Wir hatten eine lange Nacht«, erwiderte ich scherzhaft, wohlwissend, dass es sie aufregte.

Margot schüttelte den Kopf und murmelte beim Verlassen der Terrasse: »Was für ein Lotterleben.«

Jeden anderen außer Margot hätte ich dafür sogleich gerügt. Mal mehr oder wenig ausfallend.

Ein unbestrittener Vorteil vermögend zu sein und es zu zeigen ist, dass ich mir keine Sorge um meine sexuelle Befriedigung machen musste. Geld macht sexy – dieser lapidare Spruch ist wahr. Unabhängig davon habe ich mich ausgezeichnet gehalten. Auch meine Potenz ist hervorragend. Da sich mir die jungen Dinger förmlich an den Hals werfen, greife ich zu. Welcher Mann lässt sich entgehen, wenn er attraktive blutjunge Frauen vögeln kann? Wer sich darüber echauffiert, lügt. Die Hoffnung, in mir einen Sugardaddy zu finden, erfüllte ich nie. Mich von ihnen ausnutzen zu lassen und sie konstant auszuhalten, widerstrebte mir. Eine moderne Variation der Prostitution, die ich boykottiere.

Es kam durchaus vor, dass sich eine der jungen Frauen als extrem anhänglich zeigte. Aber eine ernsthafte Beziehung interessierte mich ebenfalls nicht. Es gab Dinge, die hatte ich aus meiner Lebensplanung gestrichen.

Ich schloss die Augen und ließ das nächtliche Abenteuer noch einmal an mir vorüberziehen. Regelmäßig verbrachte ich die Abende in einer Bar, die mit Stil und gut sortierten Getränken punktete. Im Gegensatz zum Blue66, das mein Sohn Samuel betreibt, ist dort das Publikum vom Altersdurchschnitt gemischt und die Musik nicht unangenehm laut, sodass man sich auch über geschäftliche Dinge austauschen kann. Einer meiner Gesprächspartner kannte Annabell und ihre Freundin, deshalb gesellten sie sich an unseren Tisch. Sie verhielten sich aufreizend und kokettierten unverhohlen mit ihrer jugendlichen Attraktivität.

Es dauerte nicht lange und ich bekam Lust auf Sex mit Annabell. Es bedurfte keinerlei Anstrengungen, sie einzufangen. Erstaunlich, wie ein paar lapidare Bemerkungen geldgeiles Fickfleisch zu schnurrenden Kätzchen werden lässt. Wir verließen gemeinsam die Bar und schlenderten an einigen exklusiven Läden vorbei, bis wir den Taxistand erreichten. Wie alle Frauen fühlte sich Annabell von den Auslagen magisch angezogen.

»Was für eine tolle Tasche«, fiepte sie aufgeregt. »Von der träume ich schon ewig.« Dabei sah sie mich mit einem betörenden Blick an, der mir umgehend ein Grinsen entlockte.

»Ausgesprochen chic, und der Designer ist der Liebling aller Frauen, das habe ich zumindest gehört.«

»Oh jaaaaa!« Es fehlte nur noch, dass sie sich, wie einst die Kinder an den Fenstern der Bäckereien, die Nase platt drückte.

»Schauen wir mal, wie sich der weitere Abend entwickelt.« Sie hakte sich sogleich bei mir unter. »Die Handtasche passt jedenfalls perfekt zu dir.«

Nachdem wir ins Taxi gestiegen waren, streichelte sie meinen Hosenschritt, lehnte sich an meine Schulter und flüsterte: »Da erwartet mich ja etwas ganz Großes.«

Ich war seit Stunden unendlich geil und so versteifte sich mein Penis sofort. »Es liegt bei dir.«

Sie konnte es gar nicht abwarten und hätte mir vermutlich im Taxi einen geblasen. Mit einer harschen Bewegung und einem strengen Blick zog sie sich zurück und verhielt sich bis zum Erreichen der Villa schweigsam. Zu viel Geplapper nervte mich, das hatte ich ihr im Laufe des Abends verdeutlicht.

Mit der minimalen Äußerung erreichte ich später ein famoses Ergebnis. Annabell sprühte vor Sex-Appeal. Die Kleine wusste genau, wie sie mich auf Touren brachte. Freiwillig lutschte sie meinen Schwanz ohne Gummi. Das lehnt kein Mann ab. Ja, ich gebe zu, sie beherrschte das Spiel mit der Zunge. Mit der Zungenspitze strich sie über das Bändchen, knetete meine Hoden, sodass sich ein Prickeln durch den gesamten Körper zog.

Ihre demütige, vor mir kniende Pose gefiel mir. Ohne Mühe ließ sie sich von mir dirigieren und ich schob mein bis aufs Äußerste erigiertes Glied tief in ihre Mundhöhle. Obwohl sie leicht zu würgen begann, drückte ich die Hand auf ihren Kopf. »Für eine Tausend-Euro-Tasche erwarte ich das.« Es erregte mich, je tiefer ich stoßen konnte. Bei solchen Arrangements hat die Frau mir zu folgen. Es ist ein grandioses Gefühl der Macht. »Ich will dich ficken und nicht mit dir herumschmusen!« Eine klare Aussage, die sie nicht abschreckte. Im Gegenteil, Annabells Möse triefte nur so vor Feuchtigkeit.

In den erregenden Erinnerungen der gestrigen Nacht versunken, kneteten unvermittelt zwei Hände meinen Nacken. »Sehr angenehm«, murmelte ich. Ich hatte Annabell nicht kommen gehört.

»Sag mal, Ethan, wann gehen wir denn shoppen?« Sie beugte ihren Oberkörper vor und leckte mit der Zunge über meinen Hals.

»Später, Süße, setz dich zu mir und genieße die Sonne.« Willig folgte sie. Zufrieden registrierte ich, dass sie bis auf ihre High Heels nackt war. »Ein angenehmer Anblick.«

»Gefalle ich dir?« Kokettierend posierte sie vor mir. Das blieb nicht ohne Folgen und meine Lust kehrte zurück.

»Was denkst du denn?«, murmelte ich. »Blas' mir einen, das wäre ein schöner Abschluss.«

Ohne zu zögern, kniete sie sich vor den Liegestuhl, holte mein erigiertes Glied aus der Hose und setzte den scharfen Blowjob der gestrigen Nacht fort.

»Was für eine geile Sau du bist.« Sie hob den Kopf, ihre Augen blitzten mich an. Ein klares Signal. »Spermageil?« Ein Nicken bestätigte es mir und ich genoss ihre Künste, bis ich mit einem genussvollen Stöhnen mein Sperma in ihren Mund pumpte. »Sauber lecken!«, befahl ich ihr. Die Gefälligkeit krönte den Orgasmus.

Langsam keimte in mir der Wunsch auf, sie rauszuwerfen. Zwar hatten wir zusammen in einem Bett übernachtet, aber das sah ich nicht als Grund an, sie länger als nötig zu ertragen. Guter Sex macht mich müde und sobald ich mich umdrehe, schlafe ich zügig ein. Da bleibe ich der Erkenntnis über die Männer der Steinzeit treu, die sich nach erfolgreichem Beischlaf regenerieren müssen. »So, jetzt zieh dich an und verschwinde.«

Entsetzt sah Annabell mich an. »Wie?«

»Was wie?«, fragte ich und mein Ton nahm einen gereizten Klang an.

»Ich dachte … Na ja, wegen der Tasche …«

Ich genoss ihre Irritation. »Ach ja?« Mit einem Grinsen griff ich in meine Hosentasche. Es war eine lieb gewordene Angewohnheit von mir, stets ein Bündel Geldscheine bei mir zu tragen. Gemächlich zog ich es hervor, beobachtete Annabell, wie sie wie ein scheues Reh vor mir stand. Eine Augenweide, eine schöne Hülle, nicht mehr. »Bitteschön!« Ich reichte ihr zwei Fünfhunderteuroscheine. Da sie einen Moment zögerte, fragte ich: »Was? Nicht?«

Sie schob einen Finger zwischen die Lippen und klimperte mit den Augen. »Bitte, bitte lass uns zusammengehen.«

Ich schüttelte den Kopf. »Glaubst du ernsthaft, ich gehe mit dir gemeinsam in das Geschäft und kaufe dir eine Tasche?« Ich lag weiterhin seelenruhig auf dem Liegestuhl. Durch die dunkle Sonnenbrille sah sie nicht, wie meine Augen vor Belustigung blitzten. Ich wartete darauf, dass sie sich mir um den Hals warf, um das vollständige Programm abzuspulen. Ich kannte diese öden Spielchen nur zu gut.

»Ja, das dachte ich«, fiepte sie mit extrem künstlicher Stimme, legte den Kopf zur Seite und schaute mich schmollend an.

»Ach, wie herrlich naiv ihr denkt. Einmal gefickt und schon glaubt ihr, Männer wie mich um den Finger gewickelt zu haben.«

»Ich komme mir wie eine Nutte vor.« Sie hörte sich gekränkt an. Ob es gespielt war oder sie es tatsächlich empfand, konnte ich nicht beurteilen. Trotzdem griff sie nach dem Geld.

»Baby, du bist eine.« *Na, schaffst du es, ein Tränchen herauszupressen?*

»Das ist gemein.«

»Annabell …« Ich schob die Sonnenbrille hoch und fixierte sie. »Das ist das Leben. Es war eine prickelnde Nacht und damit Ende der Geschichte.« Ich wusste, dass ich sie in dem Moment vor den Kopf stieß, da diese Art von Frauen immer ein anderes Ziel verfolgten. Gewiss würde sie zügig darüber hinwegkommen und die nächste Jagd starten, um einem Mann zu begegnen, der vielleicht ihr Sugardaddy wurde.

Eine Weile später klingelte das Handy. »Mein Sohn, ich freue mich, dass du wieder einmal an deinen alten Vater denkst.« Unsere Berührungspunkte hatten sich in der letzten Zeit auf ein Minimum beschränkt.

»Ich finde es immer schrecklich nett, wenn du das Telefonat mit einer Andeutung auf unseren Kontakt beginnst.« Seine Stimme klang zynisch. »Wie geht es dir?«

»Nicht schlechter als vor drei Wochen.« Ich saß mittlerweile am Tisch auf der Terrasse und las die Zeitung.

Samuel überging die Spitze. »Wollen wir uns treffen, um das Catering für das Sommerfest zu besprechen?«

»Ja, natürlich.« Ich ärgerte mich, dass er ausschließlich aus diesem Grund anrief.

»Wir sollten das mit einem gemeinsamen Abendessen verbinden«, lenkte er versöhnlich ein. »Ist mal wieder an der Zeit.«

Ich neigte aus Unmut dazu, den Vorschlag abzulehnen, entschied mich um des Friedens willen für eine Zusage. »Unser Italiener? Allerdings bin ich zunächst zwei Wochen im Urlaub. Wir können trotzdem etwas Verbindliches vereinbaren.«

»Eine gute Idee, sonst wird das nichts. Moment …« Er überprüfte offensichtlich seinen Terminkalender. »Ich kann dir auch vorab die Angebotsliste und so weiter zusammenstellen und mailen.«

»Ich vertraue dir, aber werfe gern einen Blick darauf.«

»Danke.«

Wir vereinbarten einen Termin für unser gemeinsames Abendessen und bevor wir das Telefonat beendeten, sprach ich ein für Samuel unbeliebtes Thema an: »Hast du denn noch mal über den Vorschlag nachgedacht?« Ich wusste, dass er wenig Interesse an meinem lukrativen Angebot zeigte.

Er seufzte. »Vater, ich mache mein Ding.«

»Ich weiß, dennoch sollten wir noch einmal darüber reden.«

Ich verstand seine Haltung nicht. Ungern wollte ich mein Lebenswerk in fremde Hände geben. Stattdessen würde ich lieber Zeuge dessen sein, wie mein Sohn mein Geschäft Stück für Stück meisterte und übernahm.

»Ich sehe wenig Sinn darin«, er unterdrückte einen Seufzer, »aber meinetwegen.«

»Nun, du hast ja noch ein paar Tage Zeit, bis wir uns treffen.«

»Alles klar. Bis dahin.« Damit war das Gespräch beendet.

Ich erhob mich und ließ erneut den Blick über das Grundstück schweifen. Samuel und ich hatten von jeher ein sehr zwiespältiges Verhältnis zueinander. Er stand von Kindesbeinen an seiner Mutter näher. Von ihr hatte er auch mehr Charaktereigenschaften geerbt. Sie verhätschelte ihn und behandelte ihn wie ein rohes Ei, was stets zu Diskussionen geführt hatte. Ich erwartete Leistung und Gehorsam von ihm, um ihn auf die Welt, in der ich meinen Reichtum erlangte, vorzubereiten. Druck erzeugt jedoch Gegendruck, vielleicht wurde er deshalb zu einem Rebellen, der sich von den familiären Verpflichtungen frei sprengen wollte.

Meinen Sohn seine eigenen geschäftlichen Erfahrungen sammeln zu lassen, war einer der seltenen Fälle, bei denen ich nachgegeben und nicht das bekommen hatte, was ich wollte. Noch nicht.

Außerdem vermutete ich, dass Samuel bis heute die Ereignisse jener tragischen Nacht nicht überwunden hatte. Dennoch rechtfertigte ich mein seinerzeitiges Handeln mit der Sicherung seiner Zukunft. Letztendlich hatte er Scheiße gebaut und ich hatte dafür gesorgt, dass keine schwerwiegenden Konsequenzen entstanden. Ein Vater tut das für seinen Sohn. Er verübelte es mir, dass ich ihn anwies, seine Mutter nicht mit dem Vorfall zu konfrontieren. Doch ich hatte ihn konsequent überstimmt. Meine Frau besaß hatte eine zarte und künstlerische Seele besessen, von jeher neigte sie zu Depressionen. Sie war jedoch der einzige Mensch, der jemals mein Herz erobert hatte. Sie durchbrach die Mauer, die ich benötigte, um in meinem Business zu bestehen. Vielleicht hätten wir uns nie begegnen dürfen, denn Emotionen erzeugten Schwäche und die konnte ich mir nicht erlauben.

Erneut ließ ich den Blick über den üppigen Garten schweifen. Ohne meine Frau würde ich weder dieses Schloss, das wir uns gemeinsam errichtet hatten, mein Eigen nennen noch hätte ich die Zufriedenheit erlebt, die ich damals in ihrer Nähe verspürte.

Der von mir eingeschlagene Lebensweg erforderte Opfer, und das hatte sich bis heute nicht geändert. Bis man diese eine, einmalige, ganz bestimmte Frau trifft – all die Annabelles, Kimberlys oder Ginas waren bedeutungslos dagegen.

Erste Annäherung

Billy Winkler

Aufgrund des famosen Starts der Operation erntete ich vom Team Lob. Die nächsten Schritte sahen vor, dass ich mich in den Lokalitäten aufhalten sollte, die Grafenberg regelmäßig besuchte, um gesehen zu werden und optimalerweise Kontakte zu Bekannten von ihm zu knüpfen. Im Vorfeld hatten wir genau recherchiert, um einen Überblick zu erlangen, ob es Gewohnheiten seinerseits gab. Parallel observierten ihn meine Kollegen. In diesem Fall mussten sie besonders achtsam vorgehen, da ein Mann wie er ein Gespür dafür besaß, wenn er beobachtet wurde.

Eine Handyortung konnten wir ärgerlicherweise nicht nutzen, da es uns nicht gelang, seine private Telefonnummer in Erfahrung zu bringen. Er war clever genug, diese zu verschleiern. Möglicherweise schaffte ich es, ihm die Nummer zu entlocken, das würde uns definitiv die Arbeit erleichtern. Auf einen Peilsender an der von ihm überwiegend genutzten Limousine verzichteten wir, da wir es als zu gefährlich einstuften. Der Verdacht lag nahe, dass sein Fahrer den Wagen regelmäßig überprüfte.

Aus dem anfänglichen Stänkern hatte sich ein enger Kontakt mit Röder entwickelt, sodass er als Mittelsmann für mich und das Team diente. Regelmäßig berichtete er ihnen über meine Aktivitäten.

Das Stadium der Ermittlungen erlaubte es mir, noch nach Hause zu fahren. Ich genoss die Stunden mit Markus, da ich wusste, dass ich bald auf die privaten Annehmlichkeiten verzichten musste. Doch die Distanz tat uns gut und ich fühlte mich in die Anfangszeit unserer Beziehung zurückversetzt.

»Es ist schon verrückt, dass sich die Stimmung zwischen uns so verbessert hat.« Ich lag in seinen Armen und entspannte mich auf wundervolle Weise.

Er nickte und streichelte zärtlich meinen Rücken. »Der Sex ist auch wieder da.«

Ich lachte. »Typisch Mann! Aber du hast recht.«

»Willst du mir nicht ein bisschen was über deinen Einsatz verraten?«

Ich seufzte, da er jedes Mal fragte. »Ich verstehe, dass du wissen möchtest, wo ich mich aufhalte, dennoch darf ich dir das nicht sagen.«

»Ein winziges Detail, bitte.« Er knabberte an meinem Ohr und eine Gänsehaut überzog meinen Körper.

Einen Moment überlegte ich. »Okay, damit du endlich Ruhe gibst. Allerdings musst du schwören, mit niemandem darüber zu sprechen.«

»Billy, was denkst du von mir?« Es klang entrüstet.

»Ich bewege mich in Kreisen der Upperclass, deshalb auch die optische Verwandlung.« Aus meiner Sicht bewertete ich die Information als vertretbar.

»Das habe ich vermutet. In Frankfurt?«

»Dazu sage ich nichts.«

Einen Augenblick schwiegen wir, aber Markus' Neugier war nun erst recht geweckt und ich ärgerte mich, es ihm anvertraut zu haben. Dieser kurze Aufenthalt Zuhause sollte mich erden, nicht mich weiter aufwühlen.

»Wie ist das so, das Leben mit den Reichen und Schönen?«

»Reich ja, aber schön? Na ja … Viele besitzen eine künstliche Fassade, die sie durch Kosmetik und Schönheitsoperationen erreichen.«

»Da kann man schon schwach werden.«

»Wie meinst du das?« Irritiert löste ich mich von ihm, setzte mich auf, um ihn ansehen zu können. Gefiel ihm meine hübsche, blond gelockte Fassade etwa besser? »Es ist ein Job und hat nichts mit unserem privaten Leben gemein.« Rechtfertigte ich mich? »Niemals würde ich tauschen wollen«, ergänzte ich umgehend. Durch Markus' Frage bemerkte ich jedoch erstmals, dass ich begann, an dem Luxus Gefallen zu finden. Den Gedanken verscheuchte ich sofort. Dass ich mich mit alldem identifizieren und authentisch auftreten musste, gehörte zu der Operation.

»Süße, ich weiß doch, dass du es hasst und es nicht deine Welt ist, in der du dich normalerweise wohlfühlst.« Er küsste mich liebevoll auf die Nasenspitze.

Wieso empfand ich unvermittelt unterschwellige Gewissensbisse? Unbestritten fühlte ich mich mittlerweile in der Wohnung wohl, liebte die Badewanne, den grandiosen Ausblick und die entspannten Sonnenstunden auf der Terrasse. Der Anblick des gutausgestatteten Kleiderschrankes bereitete mir ebenso kein Unwohlsein mehr, sondern Vorfreude, mich wieder in maßgeschneiderte, meine Rundungen perfekt zur Geltung bringende Kleidung zu schälen. Natürlich war ich als Modebloggerin dazu gezwungen, up to date zu sein, es gehörte zu Cecilia. Hatte es mich bei der Einarbeitung genervt, fand ich verstärkt Gefallen an dem Thema. Jedes Mal, wenn ich mich stylte, schaute ich in den Spiegel und war vom Anblick der Cecilia Ballier zunehmend begeistert. Niemals zuvor hatte ich mich als attraktiv oder gut aussehend empfunden. Ich war eben Billy, mit Jeans, Turnschuhen, praktischem Haarschnitt und ungeschminkt. Die Frau, die sich mir zeigte, löste ein Kribbeln in mir aus. Als befände ich mich in einem Zustand der Schwebe, in einer außerkörperlichen Erfahrung, ich war nicht mehr nur Billy, aber auch nicht richtig Cecilia. Es war unheimlich!

»Mir ist egal, wie du aussiehst«, Markus zog mich dichter zu sich heran, »ich liebe dich, Billy.«

Doch ich dachte an den Tag, an dem ich zwar nackt, aber müde und abgespannt vor Markus aus der Dusche gestiegen war, und zweifelte. »Ich dich auch …«

Grafenberg hatte sich die vergangenen zwei Wochen auf seiner Jacht im Mittelmeer aufgehalten. Die Zeit hatte ich genutzt, um mich mit seinem erweiterten Umfeld bekannt zu machen, Cecilia Ballier gehörte schließlich zur High Society dazu. Zu Beginn fiel es mir schwer, doch die positiven Reaktionen erleichterten es mir. Scheinbar war es nicht nur angesagt, den typischen schwulen Künstler in seinem Bekanntenkreis zu haben, sondern auch eine aufstrebende YouTuberin. Ich verlor die Unsicherheit und vergaß manches Mal, dass ich einen Job zu erledigen hatte. Das half mir auf der anderen Seite, mich ungezwungener zu verhalten. Dezent horchte ich mich um, aber es kam nicht viel dabei heraus. Um Grafenberg endlich wiederzutreffen, musste ich auf einen Zufall hoffen, was mich nicht befriedigte. Fieberhaft überlegte ich, wie ich ein *unbeabsichtigtes Zusammentreffen* inszenieren konnte. Letztlich half mir tatsächlich das Quäntchen Glück.

Da meine neuen Freunde regelmäßig im DAX verkehrten, welches zu Grafenbergs Lieblingsrestaurants zählte, schloss ich mich stets an. Das Restaurant verfügte über einen Counter am Eingang, an dem eine attraktive Dame die Gäste empfing und telefonische Reservierungen entgegennahm. An diesem Abend musste ich mit meinen Freunden dort warten, da die Empfangsdame telefonierte.

»Herr Grafenberg, ich habe es notiert. Übermorgen um 20.00 Uhr … Und ja, wie immer Ihr Tisch.«

Ich glaubte, meinen Ohren nicht zu trauen. Innerlich jubelte ich über diesen unfassbaren Glückstreffer. Es fiel mir schwer, die Aufregung zu verbergen, allerdings nahm niemand Notiz von meiner Verfassung. Das passte zu der Oberflächlichkeit der Gesellschaft.

Der wichtige, entscheidende Moment rückte näher. Sofern er seinen Gewohnheiten folgte, besuchte er nach dem Essen die Bar, die sich im obersten Stockwerk des Gebäudes befand. Dort musste es mir gelingen, mich in die Runde einzuklinken und ihn idealerweise in ein längeres Gespräch zu verwickeln. Besonders wichtig erachtete ich das Outfit, um ihn durch ein sexy Erscheinungsbild auf mich aufmerksam zu machen. Ich wusste, dass er massiv auf optische Reize ansprang, insbesondere auf schlanke, lange Beine. Durch die sommerlichen Temperaturen entschied ich mich deshalb für knappe Shorts, ein Highlight der diesjährigen Sommermode. Die Designer hatten sich mit Perlen und allerlei Verzierungen an dem winzigen Stück Stoff ausgetobt. Bei dem Verkaufspreis jedoch ebenso, da sich ein teures Markenlabel dahinter verbarg. Ein enges Top, das meine Brüste und das Dekolleté durch den Push-up-BH optimal zur Geltung brachte, sowie sommerliche Keilsandalen verwandelten mich abermals in eine sexy Frau. Durch das regelmäßige Tragen der High Heels ging ich mittlerweile risikofrei und elegant. Nichts erinnerte mehr an das Herumgeeiere zu Beginn. Alles ließ sich lernen und ich verglich es mit Schlittschuhlaufen, mit jedem Mal wurde es besser. Ein dezentes Make-up setzte meine tiefrot geschminkten Lippen in Szene und meine lockige Mähne vervollständigte das Outfit, mit dem ich gedachte, Grafenbergs Aufmerksamkeit zu erlangen.

Spaßeshalber hatte ich meinem Spiegelbild einen Kussmund zugeworfen – ich sollte eine grandiose Wirkung erzielen.

Im Vorfeld hatte ich einige meiner *Freundinnen* motiviert, mit mir an diesem Abend in dem Restaurant essen zu gehen. Grafenbergs Gewohnheiten machten es mir leicht, einen Tisch in seiner unmittelbaren Nähe zu reservieren.

Ohne Begleitung dort aufzutauchen, passte nicht zum Plan, also gaukelte ich einen furchtbar missglückten Videodreh vor und dass ich ein Bisschen Ablenkung benötigte. Meine Messenger-App glühte praktisch bei den Antworten der stets ausgehbereiten Mädels. Mich erinnerte die Zusammenkunft an die Ladys aus *Sex and the City*. Wir redeten über die neueste Mode und begutachteten meine aktuellen Postings. Unterhielten uns über Männer und lästerten auch so manches Mal laut gackernd über sie. Bestellten uns einen teuren Salat, um Kalorien zu sparen, die jedoch mit dem Alkohol schnell wieder aufgeholt waren. Alles gab ein stimmiges Bild ab.

Unauffällig behielt ich den Eingang im Auge. Hoffentlich hatte Grafenberg seine Pläne nicht geändert. Mein Handy vibrierte und Röder, den ich unter dem Namen *Marie Claire* gespeichert hatte, schickte mir eine verschlüsselte Nachricht, die mich informierte, dass unser Zielobjekt jeden Moment eintraf. Ich atmete erleichtert auf und nur kurze Zeit später betrat er das Restaurant. Er war gebräunt, wie immer stilvoll gekleidet und mit einer einnehmenden Ausstrahlung. Einer der Kellner eilte sofort auf ihn zu.

»Guckt mal, Ethan!«, flüsterte eine meiner vermeintlichen Freundinnen. »Der Mann hat was.«

»Ach, der ist für mich zu alt.«

»Quatsch. Männer ab diesem Alter sind perfekt.«

»Auch beim Sex?«

Wir kicherten.

»Wie ich hörte, klappt das bei ihm hervorragend.«

Ich musste mich zusammennehmen, um nicht die Augen zu verdrehen. Tatsächlich war ich die Älteste von uns, auch wenn ich mich jung und energiegeladen gab. Die Frankfurter IT-Girls, die mich in ihren Kreis aufgenommen hatten, fürchteten sich noch vor der großen Drei.

»Samuel ist viel heißer«, schwärmte eine. »Sag mal, Cecilia, kennst du eigentlich das Blue66?«

Obwohl ich den Namen kannte, hatte ich es bislang nicht besucht. Es gab dazu keine Notwenigkeit. Ich schüttelte den Kopf.

»Da hast du was verpasst.« Erneut kicherte die Runde.

Grafenberg kam näher und schaute in unsere Richtung. Umgehend erwiderte ich den Blick und wir sahen uns an. Es wirkte auf mich, als hielte er für eine Sekunde inne. Ja, er hatte mich erkannt. Er nickte mir überraschend freundlich zu und setzte sich an seinen Tisch.

»Kennst du ihn?«, flüsterte meine Sitznachbarin.

»Nein, kennen ist zu viel gesagt. Ich bin ihm bei einer Vernissage begegnet und wir haben uns kurz unterhalten.«

»Samuel, wie sexy er wieder aussieht!« Und schon ging das schlecht unterdrückte Gequietsche los.

Ich sah in die Richtung, in welche die gesamte Runde starrte. Ein Mann mit einer lässigen Detroit-Jeans und weißem, kurzärmligen Shirt kam näher. Einen Augenblick sinnierte ich, dass ich mittlerweile wie selbstverständlich wusste, was eine Detroit-Jeans war und diese nicht einfach nur als Hose betitelte.

»Oh, ich bekomme einen Herzinfarkt.«

»Den würde ich definitiv nicht von der Bettkante stoßen.«

Das schwärmende Flüstern nahm ich nur bruchstückhaft wahr. Ich hasste Redewendungen wie: *Mich traf es wie ein Blitz.* Doch das, was mich bei seinem Anblick erfasste, löste ein Gefühl aus, welches der Formulierung gleichkam. Mein Blick folgte diesem Abbild eines Mannes. Plötzlich verschwamm das gesamte Umfeld des Restaurants, rückte aus meinem Fokus, als unsere Blicke sich ebenfalls kurz trafen. Mein Pulsschlag erhöhte sich und ohne dass ich etwas dagegen tun konnte, schoss mir die Röte ins Gesicht. Was in aller Welt war das? *Ruhig Billy, das ist der Alkohol oder die Hitze …*

Ich musste ihn so offensichtlich angestarrt haben, dass es auffiel. Die beschwipsten Mädels an meinem Tisch stupsten mich in die Seite und kicherten wie dumme Gänse.

»Mein Sohn, schön dass es geklappt hat«, hörte ich Grafenberg, der sich erhob und ihn umarmte. Diese Begrüßung wirkte seltsamerweise verkrampft. Samuel erwiderte die Umarmung nicht.

Es kostete mich unendlich viel Anstrengung, mich auf den Senior zu konzentrieren. Die Fotos, die ich von Samuel Grafenberg gesehen hatte, gaben nicht im Ansatz das wieder, was er leibhaftig ausstrahlte. »Ein typischer Frauenheld«, erwiderte ich, um mich sofort zu distanzieren. »Das ist überhaupt nicht mein Fall.« Damit hatte ich nicht mal gelogen.

»Was hast du gegen aufgeschlossene Kerle, die dabei noch so hammergeil aussehen?«

»Er ist der typische Bad Boy«, hatte eine zu berichten.

»Was ist denn ein typischer Bad Boy?«, fragte ich.

»Sieht geil aus, hat Kohle, harte Schale, weicher Kern …«

»Woher willst du wissen, ob er einen weichen Kern hat?« Ich runzelte die Stirn und schob mit der Gabel die Garnele auf meinem Salat hin und her.

»Weil ich mir das so ausmale. Wenn er sich verliebt, ist er mit größter Wahrscheinlichkeit ein Traum von Mann.«

»Ich kannte auch mal so einen …«

Erneut flogen die Worte an mir vorbei. Obwohl ein inneres Verlangen mich antrieb, Samuel anzusehen, beobachtete ich aus dem Augenwinkel seinen Vater, dem dies nicht verborgen blieb. Was die beiden besprachen, konnte ich nicht hundertprozentig hören, nur Wortfetzen, wie Sommerfest und Catering, drangen bis zu mir. Ich erinnerte mich, bei meinen Vorbereitungen von dem alljährlichen Event gelesen zu haben. Sofort setzte ich mir das Ziel, eine Einladung zu erhalten.

Ob es mir heute gelingen würde? Falls ja, wäre das ein großartiger Erfolg. Gast in seinem Haus zu sein, brächte uns vermutlich weiter. Bei einem solchen Fest, herrschte viel Trubel. Möglicherweise schaffte ich es, mich ein bisschen umzusehen und brauchbare Hinweise zu finden. Erleichterung, dass ich mich wieder unter Kontrolle hatte, setzte bei mir ein und ich beteiligte mich erneut am Gespräch meiner Freundinnen.

Nach zwei Stunden beschlossen wir, den Abend in der Bar des DAX fortzusetzen. Bevor wir das Lokal verließen, warf ich einen Blick über meine Schulter und setzte ein verführerisches Lächeln auf. Beide Grafenbergs reagierten mit einem Schmunzeln und ich registrierte, wie Grafenberg Senior seinem Sohn etwas sagte und mir eindeutig nachsah. Es konnte nicht besser laufen.

Die Bar verfügte über eine Dachterrasse und es wehte ein leichtes Lüftchen. Nach dem heißen Tag eine Wohltat. Bewusst hatte ich mich von den anderen entfernt und genoss das Ambiente. Das Interior verband klassische Elemente mit hochmodernen, das verlieh dem Lokal eine angenehme Atmosphäre, die junges Publikum, aber auch Gäste in Ethan Grafenbergs Alter anlockte. Die Preise für Getränke gaben automatisch vor, wer sich hier als Gast aufhielt. Eine Billy gewiss nicht. *Was für ein aufregendes Umfeld*, huschte mir abermals der Gedanke durch den Kopf. Vielleicht sollte ich, wenn der Spuk zu Ende war, mir meinen Ehemann schnappen und den Feierabend in einer Bar mit Dachterrasse über den Dächern der Stadt verbringen. Nicht in so einem Nobelschuppen, aber die Aussicht hatte sicherlich überall den gleichen Effekt.

Mit einem Ruck löste ich mich von dem Gedanken und sah nervös auf die Uhr. Wo blieb er?

Ein leiser Seufzer entglitt mir. Endlich betraten Vater und Sohn die Bar. Beide begrüßten einige Gäste, setzten sich jedoch separat an den Tresen. Offensichtlich wollten sie ungestört bleiben. Erneut erfassten mich Zweifel, ob ich den Kontakt herstellen konnte. Um es herauszufinden, handelte ich spontan und marschierte geradewegs auf die beiden zu. Falls alles schief lief, bestellte ich mir lediglich einen Drink.

Doch Fortuna meinte es weiterhin bestens mit mir.

»Guten Abend, welch angenehme Überraschung«, begrüßte mich Grafenberg Senior, stand auf und gab mir die Hand. »Sie erinnern sich an mich?«

»Wie könnte ich meinen Tippgeber in Sachen Kunst vergessen?«, säuselte ich und setzte ein liebliches Lächeln auf. »Vielen Dank noch mal dafür.«

»Es war mir eine Freude. Haben Sie sich bereits in Frankfurt eingelebt?«

»Ja, so langsam.«

»Samuel, darf ich dich mit der attraktiven Dame bekanntmachen, die ich auf der Vernissage von Don T. getroffen habe?«

Auch Samuel stand auf und ich schluckte, da mich wiederholt seine Aura einholte. So eine Reaktion kannte ich gar nicht von mir.

»Cecilia Ballier.« Ich reichte ihm die Hand. Sein fester Händedruck und das smarte Lächeln lösten eine innere Unruhe aus. Beinahe hätte ich ihn mit meinem üblichen festen und wenig weiblichem Handschlag begrüßt.

»Darf ich Sie zu einem Getränk einladen? Das ist dir doch recht, Samuel?«

Dieser hob zustimmend die Hände. »Für mich ist das in Ordnung.«

Ich nickte erleichtert. »Sehr gern. Können Sie mir einen Weißwein empfehlen?«

Selbstredend bestellte er mir ein hervorragendes Tröpfchen. Wie erwartet, erwies sich meine Zielperson als ein charmanter Gesprächspartner. Natürlich fiel mir sofort auf, dass er mich gezielt ausfragte. Samuel hielt sich hingegen bedeckt, wirkte sogar desinteressiert, da er die gesamte Zeit mit dem Smartphone hantierte. Bereitwillig zeigte ich meine Social-Media-Seiten und lieferte ihm alles Relevante aus der auswendig gelernten Vita der Cecilia. Dabei flirteten wir unverhohlen miteinander. Meine Begleiterinnen hatten uns unterdessen aufgespürt. Ich gestehe, dass mich die neidischen Blicke diebisch freuten.

Samuel stand nach einer Weile unvermittelt auf. »Ich muss ins Blue.« Hörte ich da eine gewisse Gereiztheit?

»Cecilia, mein Sohn ist der Inhaber des hippesten Clubs in unserer Stadt«, klärte Ethan mich auf.

»Ach, wie spannend.« Ich lächelte und vermied es, Samuel länger anzusehen. »Ich habe davon gehört.«

Unser Platz erlaubte eine ungehinderte Sicht auf den Lift, der gerade eine Gruppe Männer in Ethans Altersklasse ausspuckte. Grafenberg sah hinüber und sein Gesicht erhellte sich für einen winzigen Moment.

»Liebe Cecilia, ich muss einen alten Freund begrüßen, laufen Sie mir nicht davon.«

»Keine Sorge.« Ich zwinkerte ihm zu und er ging auf einen der Herren zu. Aus den Augenwinkeln bemerkte ich, wie Samuel die Augen verdrehte. Hatte ich erwartet, dass er mich stehen ließ, überraschte er mich mit einem Hauch von Höflichkeit.

Meinem wahren Naturell entsprechend, bekam ich peinlicherweise nicht einen Satz heraus. Krampfhaft überlegte ich, wie ich einen Smalltalk initiierte. Bei der Aktivierung meiner Hirnwindungen musste ich ihn unbewusst angestarrt haben.

»Was?«, brummte er.

»Wie, was?«, entfuhr es mir wenig elegant.

»Du starrst mich an.« Da er keine Miene verzog, meinte er es nicht scherzhaft. *Was für ein Egozentriker! Wie frech, er duzt mich!* »Ich dachte, du stehst auf Männer im Alter meines alten Herrn, auch finanziell betrachtet.« Ein abfälliger Gesichtsausdruck untermauerte diese Ungeheuerlichkeit.

Cecilia verschlug es die Sprache, Billy bekam eine Schnappatmung. »Sag mal, geht's noch? Was bist du denn für ein Fatzke?« *Oh nein, oh nein, was habe ich da gesagt?* Mir schoss die Röte ins Gesicht.

Samuel stutzte. So als fehle ihm eine schlagfertige Antwort, sah er in Richtung seines Vaters und schwieg.

Ich grinste verlegen, und wünschte mir das berühmte Mauseloch zum verkriechen herbei. Samuel beschäftigte sich abermals mit dem Handy und beachtete mich nicht weiter. Endlich, nach einer gefühlten Ewigkeit, kehrte Ethan zu uns zurück.

»Manches Mal ist es erstaunlich, wie klein die Welt ist.« Er sah entspannt aus.

»Ja, ja«, knurrte sein Sohn und zeigte sich erleichtert, endlich die Szenerie zu verlassen. »Vater, wir telefonieren.« Mir nickte er gezwungenermaßen zu. »Schönen Abend noch!«

»Vielen Dank, ich werde *Ihren* Club unbedingt besuchen.« Bewusst vermied ich das Du. »Das hatte ich vergessen zu erwähnen. Ich bin sehr neugierig.«

»Wir freuen uns immer über neue Gäste.« Samuel nickte uns mit ausdruckslosem Gesichtsausdruck ein weiteres Mal zu und verließ die Bar. Mir entgingen nicht die sehnsüchtigen Blicke meiner beschwipsten Freundinnen.

»Ich hoffe, Sie sehen meinem Sohn sein reserviertes Verhalten nach.«

»Ach, kein Problem, ich fühle mich bestens unterhalten.«

»Sie trinken sicherlich noch ein Glas mit mir?« Er sah mich auffordernd an.

Selbstredend stimmte ich zu und der Kontaktaufbau nahm Fahrt auf. Schade, dass dieser charmante, gebildete Mann ein skrupelloser Steuerflüchtling ist. Es gab Augenblicke, da vergaß ich, dass meine Anwesenheit genau dem zugrunde lag. Auch wenn ich damit in einen Gewissenskonflikt geriet, amüsierte ich mich in den letzten Stunden wie schon lange nicht mehr. Ethan war ein wunderbarer Erzähler und besaß auch die richtige Menge Humor, um die Unterhaltung nicht langweilig werden zu lassen.

»Erklären Sie mir alten Sack, wie man mit lustigen Videos im Internet Geld verdient?« Er schmunzelte und erhielt von mir einen weiteren unbewussten Sympathiepunkt. »Das, was Sie mir gezeigt haben, erinnert mich eher an die Moderatoren aus den Musiksendern, mit denen mein Sohn aufgewachsen ist. Wie hießen diese noch gleich?«

»Viva, MTV.« Bei dem Thema musste ich achtsam sein, damit ich nicht die sieben gemogelten Jahre verriet.

Er langte nach dem Schälchen mit den Erdnüssen, doch nahm den kleinen Löffel, um ein paar herauszunehmen. Mir war dieser nicht aufgefallen und beschämt erkannte ich, dass ich direkt hineingegriffen hatte. Es gab so viele Details, die Menschen wie Ethan vermutlich von der Pike an erlernten.

»Werbung wird dort platziert, wo die Zielgruppen anzutreffen sind.«

»Eine verrückte Entwicklung, der ich mich nur bedingt anschließe. Wie heißt das … Face…« Er sah mich fragend an.

»Facebook«, ergänzte ich und grinste, da meine Eltern, die in einem ähnlichen Alter wie Ethan waren, ebenfalls keinen blassen Schimmer davon hatten.

»Richtig, Facebook. Wozu muss ich wissen, wer mit was ständig beschäftigt ist?« Amüsiertes Unverständnis kennzeichnete sein Gesicht.

»Na also, dann haben Sie den Kern der Plattform erfasst.« Da ich sowieso Social-Media-Seiten ablehnte, folgte ich seiner Einstellung. Leider durfte ich nicht das gleiche Horn blasen. »Unverzichtbar, um Kontakte zu knüpfen, sich zu präsentieren, nur so funktioniert das Business.«

»Mir sind reale Menschen lieber.« Seine Augen hafteten auf mir und eine leichte Röte bereitete sich über meinen Wangen aus. »Das bestätigt sich gerade in dem Moment.« Er ergriff das Glas und prostete mir zu.

Der Abend neigte sich dem Ende zu und mein Alkoholkonsum war auf eine für mich ungewöhnlich hohe Menge angestiegen. Dass ich ständig Alkohol trinken musste, hatte mir keiner gesagt.

»Darf ich Sie nach Hause bringen?«, bot Grafenberg mir am Ende des Abends an, als mir gespielt entsetzt auffiel, dass meine Clique ohne mich gefahren war.

»Bitte, machen Sie sich keine Umstände.« Ich winkte ab, unbewusst hatte die unabhängige Billy geantwortet, die es gewohnt war, nachts allein unterwegs zu sein. »Ich rufe mir ein Taxi«, lenkte ich ein.

»Das sind keine Umstände, ich freue mich, noch einen Moment Ihre charmante Begleitung genießen zu können.«

»Sie verstehen es, eine Frau mit Komplimenten zu verwöhnen.«

»Nur die, die es verdient haben.« *Ja, diese Antwort passt zu dir!*

Bevor wir gemeinsam zum Fahrstuhl gingen, verabschiedete er sich noch von etlichen Leuten, die mich alle genau musterten und teilweise misstrauisch beäugten. Die Frage, die sich in ihren Gesichtern abzeichnete, war nicht schwer zu erraten: Ist das seine neue Beute oder eine der naiven Hühner, die für Geld mit ihm vögelten? Wertschätzung hatte ich gewiss nicht zu warten.

Vor dem Fahrstuhl wartete sein Bodyguard auf uns. »Es ist lediglich eine Vorsichtsmaßnahme«, erklärte mir Grafenberg, ohne dass ich eine Frage gestellt hatte.

»Ja, die Welt ist vor Kriminellen nicht mehr sicher.« Ich sah ihn unverhohlen an und seine Mundwinkel zuckten. »Wir bekommen langsam amerikanische Verhältnisse.«

Er kommentierte die Worte nicht, die Fahrstuhltüren glitten auf und wir traten ein. Die Türen schlossen sich und wir standen außergewöhnlich nahe nebeneinander. Ohne zu überlegen, bewegte ich meine Finger, die seinen Arm minimal berührten. Eine winzige Geste, die Vertrauen und Sympathie signalisierte. Er suchte meinen Blick und ich hielt der Musterung stand. Ein Schauer lief durch meinen Körper, da seine Augen keinerlei Wärme mehr zeigten. Hatte er sich eben noch angeregt mit mir über Musik und die schönen Dinge im Leben unterhalten, so flackerte nun ein Ausdruck unangefochtener Überheblichkeit auf. Was hatte ich falsch gemacht, dass er mich so taxierte?

Ich schluckte, da es mir abermals verdeutlichte, wie gefährlich die Mission war, wie gefährlich Grafenberg mir werden könnte, wenn ich einen Fehler beging. Vermutlich würde er umgehend über mich recherchieren. Es blieb die Hoffnung, dass ich mich gut verkauft hatte und dass meine Identität dem standhielt. Der düster dreinblickende Bodyguard löste zusätzlich ein mulmiges Gefühl aus. Ich tat gut daran, die unterschwelligen Ängste zu verdrängen, da sie unbewusste Signale sendeten.

So als erriete er meine Gedanken, fragte er: »Sie fühlen sich unwohl?«

»Ich habe nicht viel Erfahrung mit stummen und gefährlich aussehenden Bewachern.« *Uff, eine gute Antwort!* Instinktiv lehnte ich mich leicht in Grafenbergs Richtung, als suche ich Schutz.

Die Kälte in seinen Augen verschwand augenblicklich und Grafenberg lachte. Ein überraschend schöner Klang für einen Schwerverbrecher. »Keine Sorge, Georg ist harmlos, nicht wahr?« Der Bodyguard nickte, schwieg jedoch weiterhin mit ausdrucksloser Miene.

Der weitere Verlauf gestaltete sich standardgemäß. Wir nahmen auf der Rückbank Platz, der schweigsame Georg startete die Limousine und wir fuhren durch das nächtliche Frankfurt. Unsere Unterhaltung stockte, während ich lieber den vorbei rauschenden Lichtern zusah, als die Ausstattung zu bewundern. In der Regel war ich diejenige, die meinen Wagen oder das Dienstauto fuhr und musste mich auf den Straßenverkehr konzentrieren.

Hoffentlich plant er nicht, mich in meine Wohnung zu begleiten, dachte ich plötzlich erschrocken. Falls er Sex mit mir wollte und ich mich dem verweigerte, stellte das eine schwierige, wenn nicht gar eine katastrophale Gesamtlage dar. Narzisstische Männer ließen sich nicht gern abweisen.

Der Wagen hielt vor dem Gebäude, ehe ich eine Lösung parat hatte, Grafenberg abzuweisen. »Eine exklusive Adresse.«

»Ja, ich hatte Glück.«

»Offensichtlich verdient man mit Modefotos auf Instagram und dem darüber Schreiben gutes Geld. Aber das haben Sie mir vorhin plausibel dargelegt, wenngleich es für mich weiterhin ein Phänomen bleibt.« Im wahren Leben hätte ich diese Aussage als unverschämt eingestuft. »Erstaunlich, wie sich die Zeiten ändern.«

»Verrückte Welt, das stimmt.« Meine Anspannung wuchs. »Herr Grafenberg, ich möchte mich für den schönen Abend bedanken.« Meine Hände wurden feucht.

»Nennen Sie mich Ethan.« Er reichte mir die Hand.

»Cecilia.« Georg war ausgestiegen und öffnete die Tür auf meiner Seite. Ich betete, dass Grafenberg sitzen blieb.

»Schlafen Sie gut.«

Erleichtert atmete ich durch. »Das werde ich.«

Die Tür wurde geschlossen, der Fahrer stieg ein und der Wagen rollte davon. Durch die getönten Scheiben konnte ich ihn und seine Reaktion nicht erkennen. Einen kurzen Moment schaute ich hinterher. Was für ein unglaublicher Abend. Die Location, das Essen, die Gespräche, all das hatte mir gefallen. Wäre dies nicht eine verdeckte Ermittlung, würde ich es schätzen, Abende wie diese mit jemand eloquenten wie Ethan zu verbringen – etwas, das total absurd war. Oder es lag daran, dass ich nie mit einem deutlich älteren Mann geflirtet hatte, der noch nach den Konversationsregeln der alten Schule handelte?

Beim Eintreten in die Lobby nickte ich dem Concierge zu, während meine Gedanken in eine ganz andere Richtung wanderten. Die Eindrücke und Begegnungen wühlten mich ungewöhnlich auf. Neben Grafenberg Senior hatte ich mich mit seinem ungehobelten Sohn auseinandergesetzt. Ein Snob wie aus dem

Bilderbuch. *Lackaffe, Clubbesitzer… tzzz…* Hoffentlich blieben mir weitere Aufeinandertreffen erspart. Dennoch befürchtete ich eine gewisse Notwendigkeit, mich mit ihm gut zu stellen und eine Vertrauensbasis aufzubauen. Ob mir das gelang, wusste ich nicht. Je eher ich in Ethans näherem Umfeld Einzug hielt, desto besser. Dann musste ich halt in den sauren Apfel beißen.

Wie ging es jetzt weiter? Würde er auf mich zukommen? Sollte ich mit ihm Kontakt aufnehmen oder es wieder dem *Zufall* überlassen? Die Strategie galt es mit dem Team abzusprechen. Auf jeden Fall hatten wir einen Status erreicht, der es mir zunächst unmöglich machte, kleinere Ausflüge in mein echtes Leben zu unternehmen. Ein komisches Gefühl breitete sich in meiner Magengegend aus und dies lag nicht am dem Fahrstuhl der sich beindruckend schnell in die Höhe schraubte…

Ein wahrer Bad Boy

Samuel Grafenberg

Die wummernden Bässe, die blausilbernen Laserstrahlen und die Leute, die auf der Tanzfläche abfeierten, verwandelten das Blue66 in einen Hexenkessel. Zufrieden lehnte ich mich an die Balustrade der Galerie und betrachtete das Schauspiel. Auf den Tischen sah ich flaschenweise teure Getränke und die Barkeeper rotierten. Obwohl sie viel zu tun hatten, verzichteten sie nicht auf ihre üblichen Spielereien beim Mixen und Einschenken. Ich sah mich erneut bestätigt, dass qualifizierte Mitarbeiter bei leistungsgerechter Bezahlung für einen perfekten Ablauf sorgten. Aushilfskräfte beschäftigte ich lediglich bei großen Veranstaltungen und an den Wochenenden. Aber auch die verfügten über eine sympathische, adrette Ausstrahlung. Die Servicekräfte, die für die Bedienungen an den Tischen zuständig waren, durften nicht älter als dreißig Jahre sein, idealerweise mit langen blonden Haaren. Kriterien, die den Männern, die überwiegend die Rechnung beglichen, gefielen.

Der Club hatte sich zum Hotspot der Frankfurter Szene entwickelt. Alle wollten ein Teil davon sein, doch die Auslese an der Tür war gnadenlos. Ich hatte genaue Vorstellungen und ich konnte es mir leisten, die Gäste auszusuchen. Gerade dieses harte Auswahlverfahren machte den Club noch ein Bisschen legendärer.

»Läuft hervorragend.« Mein Geschäftsführer Frederik stand unerwartet neben mir. »Hatte ich dir bereits erzählt, dass ich mit einem unserer Getränkelieferanten bessere Konditionen ausgehandelt habe?«

»Nein. Aber ich weiß, dass du ein Fuchs bist.« Anerkennend klopfte ich ihm auf die Schulter. Frederik hatte sich zu meiner rechten Hand entwickelt. Ihm vertraute ich ohne Einschränkungen.

Er lächelte stolz. »Morgen stellen sich zwei Servicekräfte vor.« Seine Motivation kannte auch nachts um drei Uhr keinerlei Grenzen.

»Du machst das schon.« Mehr gab es dazu nicht zu sagen.

»Ich gehe meine Runde«, meinte er und wartete keine Antwort von mir ab.

Frederik behielt immer den Überblick und achtete darauf, dass die Abläufe reibungslos funktionierten. Sein Erscheinungsbild hatte bei der Bewerbung für Skepsis gesorgt, da ich mich gern mit attraktiven Menschen umgebe. Eine Manie, die ich vermutlich mit der Muttermilch aufgesogen hatte. Äußerlich unterschieden wir uns vom Scheitel bis zur Sohle. Frederik ging mir gerade mal bis zur Schulter und seine schmächtige Erscheinung hinterließ den Eindruck, dass er bei dem kleinsten Windstoß umgepustet wurde. Das hatte sich als Irrtum herausgestellt. Die Autorität sah man ihm nicht an. Er war beinahe so eisern und penibel wie Margot, die perfektionistische Haushälterin meines Vaters, nur dass Frederik auch Buchführung und Eventmanagement beherrschte. Ein grauer Mäuserich mit exzellenten beruflichen Qualitäten.

Ich hingegen verkörperte den Leoparden, gut aussehend, sportlich, geschmeidig und zudem noch vermögend. Eine Kombination, die mir jede Tür öffnete. Zusammen hatten wir das Blue66 zu seinem heutigen Erfolg geführt.

Doch im Gegensatz zu Frederik nutzte ich es aus, dass die Ladys ein feuchtes Höschen bekamen, sobald ich mit ihnen flirtete. Wie bei allem bin ich wählerisch und genoss ein abwechslungsreiches Sexleben. Bei dem Punkt sah ich gewisse Parallelen zu meinem alten Herrn. Früher hieß es, Casanova und Herzensbrecher, heute charakterisieren mich die Frauen als Bad Boy, eine interessante sprachliche Entwicklung. Wer die Bezeichnung populär machte, ist mir nicht bekannt. Doch wenn ein trainierter Körper, Tattoos und eine Abneigung gegenüber einer festen Beziehung einen solchen definierten, dann verkörperte ich einen. Ich erlaubte mir eine große Portion Arroganz. War es meine Schuld, dass viele Frauen mich anhimmelten? Kein Mann auf der Welt – bis auf Frederik vielleicht – lehnte das ab. Manches Mal packte mich jedoch der Jagdinstinkt, um das Ego zu befriedigen. Die Frau an dem Tisch meines alten Herrn, war eine solche Kandidatin. Deutlich tauchte das Bild von ihr auf. Ich runzelte die Stirn. Sie hatte in meinen Gedanken nichts zu suchen, da ich mich nicht einmal an ihren Namen erinnerte. Kurz resümierte ich unsere unharmonische Konversation. Ein derber Spruch, der jedoch oft der Wahrheit entsprach. Blöd sich einzugestehen, ihn bewusst platziert zu haben, um das WOW zu kompensieren. Eine Zicke, wenngleich eine Reizvolle. Dummerweise war mir Ethan zuvorgekommen, deshalb bekam sie den Status *unantastbar*. Nie und nimmer konkurrierte ich mit meinem Vater. Trotzdem – sie besaß ausdrucksstarke Augen, die von ihren langen Wimpern umrahmt wurden. Ihr sinnlicher Mund war beeindruckend und schlagfertig.

Erneut wanderte mein Blick umher. Auf einer der Sitzgruppen entdeckte ich einige Stammgäste und gesellte mich zu ihnen. Die Kontaktpflege zu den Gästen war wichtig, aber noch mehr interessierte mich die sexy Brünette, die mit ihren Reizen nicht geizte.

»Samuel, wieder mal eine geile Stimmung«, begrüßte mich einer der Männer. »Setz dich zu uns.«

»Gern. Seid ihr noch versorgt?«

»Gegen Nachschub ist nichts einzuwenden.« Die Gruppe lachte, da sie es als Einladung betrachtete.

Das Blue66 erstreckte sich über drei Etagen. Um die Kommunikation zu vereinfachen, trugen wir unscheinbare Bluetooth-Headsets. Wenn ich Getränke spendierte, wusste der Barkeeper, wie er sich zu verhalten hatte. Er checkte sofort die Rechnung, nannte mir die Summe und aufgrund deren entschied ich, was ich auswählte. Die Gruppe hatte erfreulicherweise fleißig getrunken und eine immense Rechnung produziert.

»Zwei Flaschen *Champagne Blanc de Blancs Brut Vintage* aus dem Hause Bruno Paillard.« Der edle Tropfen kostete bereits beim Einkauf überdurchschnittlich viel.

»Darf ich dir Belinda vorstellen?«, bot mir einer namens Patrick an. »Sie ist aus München.«

Wir begrüßten uns. »Viel besser als das P1«, schmeichelte sie mir.

»Keine Frage. Etwas anderes hätte ich auch nicht erwartet.« Ich musterte Belinda und sah meinen ersten Eindruck bestätigt. Ihre Körperhaltung signalisierte mir, dass es keinerlei Mühe kostete, sie später zu vögeln. Ein befriedigendes Gefühl. Der Verlauf entwickelte sich wie gewöhnlich. Belangloses Blabla, es floss eine Menge Alkohol und die Damen gönnten sich auf der Toilette ein Näschen Koks, bis es Zeit wurde aufzubrechen.

Mittlerweile hatte ich einen enormen Druck und Belindas geschickte Anmache trug maßgeblich dazu bei. Ihre Hände glitten immerzu über meinen Rücken und die Oberschenkel. Das blieb nicht ohne Folgen und sah nach einer schnellen Nummer im Büro aus. Ich betrachtete es als eine zügige und notwendige Entsaftung.

Willig folgte sie mir in den Bereich, der für die Gäste nicht zugänglich war.

»Ich stehe auf harten Sex und Dirty Talk«, gurrte sie mir ins Ohr, als wir uns rasch von der Gruppe absetzten.

»Du Fickstück, das kannst du haben.« Hervorragend, dass sie ähnlich tickte. Ich schlug die Tür zu meinem Büro zu. »Mal sehen, wie nass deine Fotze ist.« Eine rein rhetorische Frage, ich wusste, dass sie auslief. Wer behauptet, es seien ausschließlich Männer, die auf kurzen und intensiven Sex abfahren, der irrt. Seit meiner Zeit im Blue glaubte ich zweifelsfrei an die sexuelle Revolution der 68er.

Heiß und ungestüm drängte sie mich an die geschlossene Bürotür und schlang ein Bein um meine Hüften.

»Du weißt genau, was du willst.« Ich lachte. »Das gefällt mir.«

Der Träger des Partykleidchens rutschte über ihre Schulter und mir sprangen die gepimpten prallen Brüste entgegen.

»Was für Möpse!« Genussvoll knetete ich sie und biss in die harten Brustwarzen. Dass sie darauf abfuhr, bestätigten ihre schneller werdende Atmung und die Seufzer.

Mit kreisenden Bewegungen drückte sie ihr Schambein auf mein steifes Glied, das fast meine Hose sprengte. Ohne es hinauszuzögern, packte ich die Bitch und zog sie zum Glastisch. Ungeduldig beugte sie ihren Oberkörper nach vorn und spreizte die Beine.

»Ich brauche einen geilen Fick«, stöhnte sie und präsentierte mir ihren Arsch, indem sie das Kleidchen hochschob.

»Du Miststück, sitzt seit Stunden ohne Höschen neben mir.«

»Das sind meine kleinen schmutzigen Geheimnisse.« Sie kicherte.

»Ich vermute, dass du da noch viele weitere hast.« Ich streifte das Shirt ab und schenkte meinem besten Stück die dringend benötigte Freiheit. Bereits beim Überstreifen des Gummis musste ich darauf achten, dass ich nicht abspritzte.

»Gott, was für ein dicker und großer Schwanz.« Ihr Körper bebte unter den Stößen. »Fester, ja …«

Nach weniger als zehn Minuten genossen wir einen intensiven Orgasmus. Kurz und schmerzlos verlief die Verabschiedung. Herrlich unkompliziert, so liebte ich es!

Zufrieden lehnte ich mich in meinem Bürostuhl zurück und legte aus Bequemlichkeit die Beine auf den Tisch. Die Arme hinter dem Kopf verschränkt, genoss ich die Ruhe. Der Club schloss bald und ich beschloss, auf Frederik zu warten, der das Geld brachte, um es im Tresor einzuschließen.

Mein Biorhythmus hatte sich dem Abend und der Nacht angepasst. Früh aufzustehen hasste ich seit der Schulzeit. Ich musste mich stets zwingen und die Leistungskurve stieg erst am

Nachmittag langsam an, was für das Betreiben des Blue66 keine optimale Voraussetzung bot. Jedoch war es ein langer Weg bis dahin.

Da ich mich nicht entscheiden konnte, was ich mit meinem Leben anfangen sollte, nutzte ich den finanziellen Background und probierte diverse Studiengänge aus. Jura langweilte mich zu Tode, und um in die Fußstapfen meiner Mutter als Konzertpianistin zu treten, reichte das Talent nicht. Letztendlich absolvierte ich einen *International Sport Development and Politics* Studiengang an der Kölner Sporthochschule. Zur Erleichterung meines Vaters schloss ich diesen ab. Auf sein Drängen widmete ich mir der Betriebswirtschaft, was mir heute zu Gute kam. Letztendlich hatte ich jedoch keine Lust in diesen Bereichen zu arbeiten. Bei einem meiner Besuche in New York entdeckte ich einen Club, der mich faszinierte. Die Idee, einen ähnlichen in Frankfurt zu eröffnen, ließ mich nicht mehr los. Gemeinsam mit einem Freund starteten wir zunächst eine kleinere Pianobar, die hervorragend ankam und mir das Basiswissen für die Verwirklichung meines Traumes vermittelte. Mein Vater hielt von den Plänen nichts, sponserte jedoch einen größeren Betrag und sorgte dafür, das sämtliche Bauanträge zum Umbau des Gebäudes in kürzester Zeit erteilt wurden.

Welchen Einfluss er besaß, realisierte ich erstmals bewusst mit achtzehn Jahren. Das, was in jener Nacht passierte, kann ich nicht mehr ungeschehen machen. Er sorgte jedoch dafür, dass keine negativen Konsequenzen entstanden. Um Derartiges zu erreichen, musste ein Mensch über viel kriminelle Energie und Macht verfügen. Darüber zu philosophieren, ob mein Leben dadurch einen anderen Verlauf genommen hätte, hatte ich mir abgewöhnt. Fakt war, dass ich begriff, dass man mit Geld nahezu alles regeln konnte. Ein Umstand, der eine gewisse Ambivalenz auslöste, die ich ignorierte. Es lebte sich so erheblich angenehmer.

Die erneute Diskussion mit meinem Vater, über das Angebot, Teile seiner Geschäftsbereiche zu übernehmen, nervte mich. Ich fragte mich, weshalb er den ganzen Scheiß nicht abstieß, um sich danach mit einem der jungen Dinger ein geiles Leben auf seiner Jacht im Mittelmeer zu machen.

Außerdem besaß ich das Blue66 und den Cateringservice, beides warf genügend Geld ab, um ein eigenständiges Leben zu führen. Weshalb sollte ich mich auf Geschäftszweige einlassen, die mich nicht interessierten? Internationale Transaktionen, der An- und Verkauf von Immobilien und wer weiß, was noch alles, entsprachen nicht dem, womit ich meinen Tag verbringen wollte.

Der einzige Zweig, der mich interessierte, war die Galerie. Die Neigung zu künstlerischen Dingen hatte ich von meiner Mutter geerbt. Sie malte und spielte wundervoll Klavier. Von ihr lernte ich bereits in Kindertagen, dass nicht nur das Beherrschen von Noten einen guten Klang ergab, sondern das Gefühl, wie ein Tastenanschlag Emotionen wecken konnte. Sämtliche Musiklehrer bescheinigten mir ausgesprochenes Talent, auf das ich hätte aufbauen können. Dies kam für meinen Vater allerdings nicht infrage. Er ließ meiner Mutter ihren Freiraum, akzeptierte, dass ich in der Freizeit musizierte, aber daraus einen Beruf zu machen, nein, das ging ihm gegen den Strich.

Letzten Endes hatte ich doch den Weg zurück zur Musik gefunden, wenn auch nicht so, wie meine Mutter es vielleicht gehofft hatte.

Unvermittelt erinnerte ich mich an das Zusammentreffen mit Cecilia Ballier. *Rein zufällig* gelangte ich beim Surfen auf ihren Modeblog und erfuhr deshalb ihren Namen. Eine sympathische und attraktive Frau, mit einem geheimnisvollen Charisma, die sich optimal in der digitalen Welt verkaufte. Vielleicht hatte sie Interesse für das Blue66 zu werben? Das Fickmäuschen, Belinda oder so ähnlich, hatte subtil damit kokettiert, sich als Model zur Verfügung zu stellen. Was ich kategorisch ausschloss, ihr gegenüber selbstverständlich verschwieg. Ihr fehlte der Stil, das gewisse Etwas.

Frederik betrat das Büro und riss mich aus den Gedanken. »Der Laden brummt«, sagte er zufrieden und grinste. »Wie ich hörte, hattest du ebenfalls viel Spaß.«

»Tja, manche Frauen sind beim Sex laut, andere nicht.« Ich sah ihn an. »Du solltest auch mal wieder ein bisschen entspannen.«

»Ach nee.« Er winkte ab und errötete. »Das überlasse ich dir.«

Ich fragte mich erneut, ob graue Mäuseriche, die der Buchhaltung verfallen waren, sich nie einen runterholten oder ficken wollten. Vielleicht fanden sie ihre körperliche Befriedigung beim Ausrechnen der Umsätze und der daraus resultierenden Gewinne.

Nach einem gemeinsamen Absacker verließen wir das Gebäude. Die Putzkolonne rückte an. Zwei Securitymänner überwachten das Eintreffen und die Arbeit, damit wir uns darum nicht kümmern mussten.

Bis zu meinem Loft benötigte ich zu Fuß lediglich zwanzig Minuten. Der milde Frühsommermorgen motivierte mich, mir kein Taxi zu rufen, sondern die frische Luft zu genießen. In diesem Moment fühlte ich Dankbarkeit, ein solches Leben führen zu dürfen. Ein Großteil der Menschen hetzte ins Büro, um sich den gesamten Tag für ein verhältnismäßig geringes Gehalt abzurackern.

Modebloggerinnen teilten sich ihre Arbeitszeit vermutlich ebenso freizügig ein …

Abgelenkt

Billy Winkler

Das Leben ist voller Überraschungen. Die, die mich ereilte, hätte nicht optimaler sein können.

Frau Tausendschön und ich kümmerten uns gerade um die Aktualisierung des Blogs, als sich jene Überraschung mir bot. Dazu fuhren wir auf die Zeil, Frankfurts Einkaufsstraße schlechthin, und hielten nach interessant gekleideten Frauen Ausschau. Ich sprach sie an, um sie über ihr Outfit zu befragen und freute mich insgeheim, wie mühelos mir dies mittlerweile gelang. Meine Kollegin hatte ein ausgezeichnetes Auge für die richtigen Leute. Sie filmte das Interview, ich machte Selfies, und ehrlich, wir hatten eine Menge Spaß. Ich wunderte mich am meisten über meine lockere Art, da ich mich bislang stets als Kommunikationsmuffel bezeichnet hatte.

»Wir haben genug Material«, entschied Kristina nach drei Stunden. »Mein Kreuz und die Beine schmerzen.«

»Na ja, Sie schleppen mittlerweile eineinhalb Mensch mit sich herum.« Die Stimmung zwischen uns hatte sich merklich entspannt. »Ich habe richtig Lust auf einen großen Eisbecher mit ganz vielen bösen Zutaten wie Schlagsahne, kandierte Kirschen …«

»Eine sehr gute Idee«, stimmte sie mir zu. »Im Anschluss fahren wir in die Wohnung, produzieren den Clip und schreiben den Blogbeitrag.«

Wir hatten uns gerade in einer nahe gelegenen Eisdiele niedergelassen und studierten die schier unendliche Auswahl herrlicher Kalorienbomben, als mein Handy klingelte. »Keine Nummer!« Wir beide hatten sofort denselben Gedanken. Ich atmete tief durch und wischte über das Symbol mit dem grünen Hörer. »Cecilia Ballier.«

»Ethan Grafenberg«, meldete sich der Anrufer und ich signalisierte Frau Tausendschön aufgeregt, dass sich unsere Hoffnung erfüllte.

Ruhig bleiben! »Oh, das ist eine schöne Überraschung.« Das war nicht gelogen. »Woher haben Sie die Nummer?«

Er lachte. »Das ist heute sehr leicht. Das Impressum Ihres Blogs.« *Yes, er hat gesucht und gefunden – Plan aufgegangen.*

»Ja, natürlich ...« Ich setzte zu einem verlegenen Kichern an.

Ohne zu fragen, ob er gegebenenfalls ungelegen anrief, kam er sofort zur Sache. »Ich möchte Sie zum Essen einladen.«

Vor Aufregung rutschte ich nervös auf dem Stuhl hin und her. »Vielen Dank für das Angebot. Eine gute Idee.«

»Das meine ich auch.« Er ließ keinerlei Zweifel aufkommen, dass er mit einer Zusage gerechnet hatte. »Ich lasse Sie morgen Abend um neunzehn Uhr abholen.« Die selbstherrliche Vorgehensweise wunderte mich nicht, obwohl ich es dreist fand.

»Ja, einverstanden, ich richte es mir ein.«

»Wunderbar, dann wünsche ich Ihnen noch einen schönen Tag, und arbeiten Sie nicht mehr so viel.«

Ich schluckte. Woher wusste er das? Ließ er mich bereits beobachten? Ein Schauer lief mir den Rücken herunter. Hatten wir ihn unterschätzt? »Sie sind gut informiert.« Mein Pulsschlag erhöhte sich.

»Liebe Cecilia, über Menschen, die mich interessieren, weiß ich gern Bescheid.«

»Ich fasse es jetzt mal als Kompliment auf.«

»Das dürfen Sie. Auf Wiederhören und bis morgen.«

»Ja ...« Das hörte er jedoch nicht mehr.

Meine Kollegin hatte mithören können. »Wir werden die Sicherheitsmaßnahmen erhöhen und den Kontakt zum Team auf ein Minimum reduzieren.« Sie sprach sehr leise. »Er ist vorsichtiger, als wir annahmen.«

»Ob er etwas ahnt? Dann hätte ich mich schlecht verkauft.« Sorgenvoll legte ich die Stirn in Falten.

»Das glaube ich nicht. Ich sehe es eher positiv.«

»Ihr Wort in Gottes Ohr«, murmelte ich und sah mich vorsichtig um. »Mir ist ganz übel geworden.«

»Ein solcher Einsatz ist kein Spaziergang.«

Ich nickte und wusste, dass ich ab sofort zu einhundert Prozent Cecilia Ballier werden musste und mir nicht den kleinsten Schnitzer erlauben durfte, der sein Misstrauen erwecken könnte.

»Es war eine sinnvolle Entscheidung, dass ich ebenfalls eine andere Identität angenommen habe. Bislang haben wir alles richtig gemacht.«

Ein Lob aus ihrem Munde erleichterte mich. Beherzt griff ich nach der Karte der Eisdiele. »Ich brauche jetzt einen noch viel größeren Eisbecher.«

* * *

Meine Nervosität hielt sich beim Einsteigen in die Limousine in Grenzen, da ich sie mit zwei Gläsern Wein eingedämmt hatte. Trotz der sensiblen Lage freute ich mich auf das kulinarische Erlebnis, das mich erwartete. Ich wusste nicht, welchen gesellschaftlichen Rahmen Ethan gewählt hatte, allerdings hatten die Observationen des Teams ergeben, dass er gerne in oberklassigen Restaurants speiste, die mit Sicherheit klimatisiert waren. Daher hatte ich mich für ein leichtes Sommerkleid aus Baumwolle mit einem metallic All-Over-Blumenprint entschieden, das sich für die unterschiedlichsten Lokalitäten eignete. Der knielange Stiftrock betonte meine schmale Figur, während das Crop Top meine Brüste hervorhob und ich nicht fürchten musste, einen zu offenherzigen Eindruck in einem Nobelrestaurant zu hinterlassen. Ich nahm an, dass es Ethans Geschmack traf.

Wir fuhren quer durch die Stadt und als wir den Parkplatz des Restaurants erreichten, stockte mir der Atem. Es handelte sich um einen der besten Gourmettempel der Mainmetropole, den sich kein Normalsterblicher leisten konnte. Die bei dem Etablissement aufgeführten Preise ließen mich zusammenzucken. Ein Menü kostete je nach Wahl mein Monatsgehalt. Es war für mich auch in diesem Moment schwer nachvollziehbar, was das rechtfertigte. Über hungernde Kinder, die es sogar in unserem reichen Deutschland gab, wollte ich nicht länger nachdenken. Cecilia Balliers Welt war weit ab jeder Norm.

Der Chauffeur öffnete die Hintertür, ich stieg aus und schritt mit einem Magenkribbeln über den roten Teppich zum Eingang. Eine elegant gekleidete Dame empfing mich freundlich.

»Mein Name ist Ballier und ich werde erwartet.« Ich versuchte, mich zwanglos zu geben, so, als sei es das Selbstverständlichste der Welt, in einem Restaurant dieser Güteklasse zu speisen.

»Herzlich willkommen, Frau Ballier. Herr Grafenberg ist bereits eingetroffen.«

»Vielen Dank.« Sie führte mich durch das gut besuchte Lokal zur Terrasse, an der sich ein großes, gekonnt ausgeleuchtetes Grundstück anschloss. Die aus gastronomischer Sicht perfekt eingedeckten Tische verteilten sich großzügig über die Fläche. Auf Diskretion legte man hier scheinbar gesteigerten Wert. Am Ende der Außenfläche entdeckte ich Grafenberg, der sich umgehend erhob und auf mich zukam. Unabhängig von seinem kriminellen Hintergrund fühlte ich mich für einen Moment, als träfe ich zu einem privaten Rendezvous ein, da die Atmosphäre nichts anderes erlaubte. Zweifelsohne, der Mann besaß Stil.

»Cecilia, Sie sehen bezaubernd aus«, begrüßte er mich charmant und zu der Dame gewandt: »Gabriella, bitte bringen Sie uns zwei Crémant, Sie wissen, den ganz Besonderen.« Wieder einmal setzte er voraus, dass ich dem zustimmte. Sich rückzuversichern gehörte wahrlich nicht zu seinen Eigenschaften.

»Guten Abend, Herr Grafenberg, ein ausgezeichnetes Restaurant.«

Gabriella verschwand und er zog galant meinen Stuhl nach

hinten. Er setzte sich mir gegenüber und lächelte. »Ich bin ein Gourmetliebhaber und so schätze ich Sie ebenfalls ein.«

Ich sah mich um und ließ das Flair von Luxus auf mich wirken. Den Gästen sah man an, dass sie zu der Upperclass gehörten. So viele echte Markenhandtaschen zu einem Ladenpreis von über tausend Euro hatte ich noch nie außerhalb der einschlägigen Geschäfte gesehen. Vom Wert der Uhren und des Schmuckes ganz zu schweigen. Ein Teil der Vorbereitungen beinhaltete, mich mit den Luxusgütern zu beschäftigen, deshalb konnte ich mir ein Bild machen. Niemals hätte ich vermutet, dass es mich urplötzlich beeindruckte. Trotz allem beschäftigte mich unablässig die Frage, ob er mich tatsächlich hatte beobachten lassen. Nervös berührte ich die Perlenohrhänger, die ebenfalls mein halbes Gehalt verschlingen würden und versuchte, mich auf meine Rolle zu konzentrieren. Cecilia Ballier war zwar neureich, dafür absolut souverän was Designerstücke betraf. *Tief durchatmen!* »Herr Grafenberg«, setzte ich an.

»Cecilia, bitte nicht so förmlich, nennen Sie mich Ethan.«

Ich nickte. »Gern, Ethan, ein außergewöhnlicher Name.«

»Er bedeutet so viel wie der Beständige, der Standfeste und findet seinen Ursprung im Hebräischen.«

»Interessant, und ich tippe darauf, dass Sie in gewissen Dingen dem auch nachkommen.«

Er schmunzelte und mir wurde bewusst, dass meine Worte durchaus zweideutig ausgelegt werden konnten. Eine leichte Schamesröte zeichnete sich auf dem Gesicht ab.

»Nun, wie auch immer …«, versuchte ich, mich aus der Affäre zu ziehen. Gabriella servierte glücklicherweise den Aperitif und überreichte uns die Speisekarte.

»Darf ich Ihnen die heutigen Empfehlungen vorstellen?«

Ethan nickte. »Gern.«

Gabriella begann mit der Aufzählung der Köstlichkeiten: »Seezunge – bei Niedertemperatur gegart, Kürbistexturen, Glattbutt – mit Trüffelbrioche gratiniert, Bonsai, Kokos-Physalis-Sesamkomposition, Hummer – sanft pochiert, Karotte und Yuzu.« Ein interessantes Ratespiel, was wohl in Wahrheit Essbares dahintersteckte.

»Wir schauen noch einmal in die Karte und entscheiden uns anschließend für einen passenden Wein.«

Wieder verschwand sie und ich beobachtete aus dem Augenwinkel, wie unzählige Kellner galant, aber nicht aufdringlich, um die anderen Gäste herumschwirrten. Es bedurfte lediglich eines kurzen Blickes und sofort reagierte das Personal. In meiner Pizzabude um die Ecke brauchte es mehr als das, um die Aufmerksamkeit zu erlangen.

»Zum Wohl. Ich freue mich, dass Sie sich Zeit genommen haben.« Wir stießen an. »Crémant ist eine exzellente, angenehme und bekömmliche sowie charaktervolle Alternative zu Champagner.«

»Ja, sehr köstlich.« Noch nie zuvor hatte ich einen solch leckeren Schaumwein getrunken. Vermutlich kostete die Flasche das Hundertfache von dem, was ich gewöhnlicherweise im Supermarkt kaufte. »Darf ich fragen, woher Sie bei unserem Telefonat wussten, dass ich arbeite?« Eine direkte Ansage erschien mir der beste Weg. Der Gedanke würde mich sonst den ganzen Abend nicht loslassen.

»Ich hatte keine Kenntnis darüber, sondern ich habe es vermutet.«

Ich hoffte, dass er den Stein, der von meinem Herzen fiel, nicht auf den Boden poltern hörte. Er hatte lediglich gepokert.

»Menschen wie wir widmen sich viel der Arbeit.«

»Ich dachte im ersten Moment, Sie lassen mich beschatten.«

»Hätte ich denn einen Grund?« Seine Blick ruhte auf mir.

Ein heikler Augenblick, der mir höchste Konzentration abverlangte. Augen verraten viel über einen Menschen und gute Beobachter erkennen oftmals, wenn ihr Gegenüber lügt. »Nein. Aber es wäre durchaus eine charmante Seite, falls ich in dem Maße Ihr Interesse geweckt hätte.«

»Das haben Sie definitiv, dazu muss ich Sie nicht beschatten lassen. Wie Sie sehen, gibt es angenehmere Varianten.« Wieder das Schmunzeln, das ihn so sympathisch machte. »Werfen wir nun einen Blick in die Speisekarte.«

Auf der mir ausgehändigten Menükarte suchte ich die Preise vergeblich. In Restaurants dieser Spitzenklasse ist das durchaus üblich. In den Kreisen ging man per se davon aus, dass der Mann die Rechnung beglich. Ich tat so, als seien die Gerichte, die dort in einer nahezu philosophischen Ausdrucksweise beschrieben wurden, etwas Gängiges. Eine Cecilia Ballier speiste nicht zum ersten Mal in einem Lokal der Güteklasse.

Der Verlauf des Abends erfüllte die Erwartungen der Operation, sich der Zielperson anzunähern. Was ich jedoch nicht eingeplant hatte, war, dass ich mich ausgesprochen gut fühlte und das Essen genoss. Ich redete mir ein, dass es meine Authentizität bekräftigte. Tief im Inneren erwachte erneut das Gefühl einer wahren Faszination für Cecilias Lebensstil.

Kurz bevor wir aufbrechen wollten, klingelte Ethans Handy. Er warf einen Blick darauf. »Entschuldigung, ich muss das annehmen.« Sein Gesichtsausdruck veränderte sich schlagartig, der charmante Gesellschafter verwandelte sich sogleich in den kühlen Geschäftsmann. Er stand auf und entfernte sich ein paar Meter.

Ich lauschte unauffällig, erfasste jedoch nur Bruchstücke. Es ging um seinen Club und um Probleme beim Einkauf. Ich stellte mir sofort die Frage, ob es sich um menschliche Ware handelte. Der exklusive Saunaclub stand ebenfalls unter Beobachtung, von der Sitte und von uns. Bislang gab es von unserer Seite jedoch keinerlei Beanstandungen. Die Damen besaßen gültige Papiere, waren volljährig und zahlten ordnungsgemäß die vor einigen Jahren eingeführte *Sex-Steuer*. Vielleicht hätte Grafenberg für die Huren ein paar interessante Steuersparmodelle entwerfen sollen.

Das Telefonat beförderte mich unsanft aus dem elitären Ambiente. Dafür, dass ich an einer verdeckten Operation arbeitete, ließ ich mich viel zu leicht vom Wichtigen ablenken.

Mit einer erneuten Entschuldigung setzte er sich nach ein paar Minuten wieder zu mir. »Haben Sie Lust, mich ins Blue66 zu begleiten?«, fragte mich Ethan.

»Der Club Ihres Sohnes?« Ich zog überrascht eine Augenbraue hoch.

»Ich muss dort etwas regeln und Sie planten ja ohnehin, sich die Location anzusehen.«

»Ja gerne, das ist ein herrlicher Kontrast.« Unabhängig davon, was er zu erledigen hatte, wertete ich es als ein positives Zeichen, dass ich ihn begleiten sollte. Vermutlich traf er sich mit Samuel. Ein unbestritten reizvoller Gedanke, ihn zu sehen. Unmerklich schüttelte ich den Kopf und grinste in mich hinein. Warum übten Vater und Sohn diese ungewöhnliche Anziehungskraft auf mich aus?

»Wieso lächeln Sie?« Dem Mann entging nichts.

»Ich habe noch einmal das köstliche Menü Revue passieren lassen.« Meine Schlagfertigkeit überraschte mich abermals. »Ich freue mich, noch einen Moment deine charmante Begleitung genießen zu können.« Wie genial, mir seine Worte gemerkt zu haben.

Ethan wirkte von meiner Antwort geschmeichelt. »In der Tat, ein bislang angenehmer Abend.«

Der hoffentlich noch ein paar relevante Informationen bringt. Abwarten …

Wir erreichten gegen halb zwölf das Blue66. Zu dieser Zeit begann sich die Schlange der Wartenden vor dem Lokal zu verlängern. Die Fahrt hierher hatte ich dazu genutzt, mir einzureden, dass ich nicht angetrunken war. Ergebnislos, da die Promillewerte sich weder durch Verdrängen noch durch heimliche Gebete abbauten. Obwohl durch das Essen eine gute Grundlage geschaffen wurde, spürte ich den Alkohol, der sich bei mir in diesem Stadium euphorisierend auswirkte. Ich war gespannt auf den *Heiligen Tempel*, als wir an der Schlange vorbeispazierten und umgehend durchgelassen wurden. Es war ein ziemlich berauschendes Gefühl, ein VIP zu sein. Die Zeit, in der ich in Clubs abtanzte, lag jedoch etliche Jahre zurück. Der Job und die Lebensumstände hatten mich träge gemacht und meine Leidenschaft des Tanzens und ungezwungenen Feierns verdrängt. Sofort kribbelte es mir in den Beinen.

Ich folgte Ethan, der sich den Weg durch die Menschenmassen bahnte, bis wir einen abgegrenzten Bereich erreichten, den ausschließlich ausgewählte Gäste betreten durften. Eine attraktive Frau achtete darauf, dass dem auch so blieb. Diejenigen, die sich hier niederließen, trugen ein blaues Bändchen – eine Markierung, dass sie dazugehörten. Ich war unversehens privilegiert, da mir die Frau eines in die Hand drückte.

»Damit Sie sich frei bewegen können.« Mit einem Augenzwinkern nahm Ethan es mir ab. »Kommen Sie, ich lege es Ihnen um das Handgelenk.«

Seine Finger berührten meine Haut und ein minimaler Schauer durchlief mich. Für eine Sekunde stellte ich mir vor, es sei ein wertvolles Armband. *Was sollen solche dummen Gedanken?* Wir setzten uns in eine freie Sitzecke mit verboten bequemen Ledercouchen. Prompt kam eine Bedienung und servierte uns eine Flasche Champagner. Oje, keine gute Voraussetzung, um den Zustand der Angetrunkenheit zu verringern. *Was soll's, ich mache meinen Job, und solange ich nicht kotzend auf dem Boden liege, ist alles okay.*

Neugierig schaute ich umher und zum wiederholten Mal stellte ich fest, dass ich immer mehr in die Welt der Cecilia Ballier eintauchte. *Natürlich nur wegen des Jobs.* Ebenso ertappte ich mich, dass ich mich suchend nach Samuel umsah, was mich ärgerte. Ich beruhigte mich damit, dass ich ja beschlossen hatte, ihn aufgrund des Kontakt- und Vertrauensaufbaus näher kennenlernen zu müssen. Der VIP-Bereich füllte sich langsam und Grafenberg kannte jeden. Der Club gehörte nicht zu seinen bevorzugten Lokalitäten, somit hing es ausschließlich mit dem Telefonanruf zusammen. Mich interessierte brennend, was so wichtig war, dass er sich entschloss, mit mir hierherzufahren, und was seinen Unmut ausgelöst hatte. Auf jeden Fall schien er mir zu vertrauen, das allein betrachtete ich als immensen Erfolg.

Die Musik drang nicht in voller Lautstärke zu uns, was ich als angenehm empfand. Sich bei einem Gespräch anschreien zu müssen, hasste ich. Für einen Moment überlegte ich dennoch, ob ich mich ins Getümmel auf der Tanzfläche werfen sollte, der aktuelle Beat ließ meinen Puls höher schnellen. Es war nur ein kurzes Ringen zwischen Pflichtbewusstsein und dem Drang zu tanzen. Der Spaßfaktor siegte jedoch aufgrund meines angetrunkenen Zustands. In den paar Minuten würde ich wahrscheinlich keinerlei kriegsentscheidende Aktivitäten der Zielperson verpassen, oder? »Ich kann nicht widerstehen.«

»Mir?« Ethan lachte mit einem Augenzwinkern.

»Unter Umständen …« *Was redest du da?* »Im Augenblick meine ich die Lust, zu tanzen«, berichtigte ich mich und gab dem Lockruf der aufheizenden Musik nach.

Zufrieden registrierte ich, wie er mir nachsah. Urplötzlich empfand ich ein Gefühl von Freiheit und verschmolz mit den Rhythmen, die durch die Lasershow eine neue, eigene Dynamik bekamen. Wie in einer solchen Location üblich, blieb die Anmache durch etliche Typen nicht aus. Das sprengte jedoch meinen erlaubten Rahmen und ich ignorierte die Versuche. Trotz allem ein cooles und vor allem neues Gefühl. Untypisch für mich verlor ich das Zeitgefühl, lediglich meine trockene Kehle motivierte mich, an den Tisch zurückzukehren.

Der Club hatte sich mittlerweile gefüllt und ich quetschte mich durch die Menschenmasse. Das Blue66 verfügte über eine enorme Geräumigkeit und durch die verschiedenen Ebenen verlor ich die Orientierung. Die Zeit drängte, da ich Ethan nicht zu lange allein lassen wollte. Mit allem hatte ich gerechnet, nicht aber dass ich hier orientierungslos herumirrte. Um mir einen Überblick zu verschaffen, bahnte ich mir den Weg zu einer der Treppen. »Was für ein Mist«, grummelte ich und mein Unwohlsein wuchs. Was, wenn Grafenberg sich vernachlässigt vorkam und den Club verließ? Dann war's das. Eine der Servicekräfte half mir sicherlich. Leider schwirrten sie überall und nirgends herum. *Wie im Baumarkt; brauchst du jemanden, sind alle in der Pause.*

Verschwitzt und genervt scannte ich ein weiteres Mal die Location.

»Du starrst schon wieder.«

Erschrocken fuhr ich herum. Der Snob stand unvermittelt hinter mir und brüllte mir aufgrund der Lautstärke ins Ohr. *Den schickt mir der Himmel.* »Ich starre nicht, sondern verschaffte mir einen Überblick.« Ich setzte ein süßes Lächeln auf. Auf seinem Gesicht zeichnete sich ein Schmunzeln ab, was ihn sympathischer machte als bei unserem ersten Zusammentreffen. Lässig stand er neben mir. Die kurzen Ärmel seines weißen Hemdes offenbarten einen beachtlichen Bizeps und die Ausläufer eines Tattoos zeigten sich.

»Ich bringe dich zurück«, bot er sich an. »Du bist nicht die erste, die hier die Orientierung verliert.«

»Du weißt, wo ich sitze?« Es überraschte mich.

»Die VIP-Lounge wird zum Schutz unserer Gäste ebenfalls videoüberwacht.«

»Ah, na dann.«

Samuel wählte einen Weg, auf den ich nie gekommen wäre. Bei aller Abneigung ließ es sich nicht leugnen, dass er eine knackige Figur hatte. Auf dem Weg zur Lounge verfolgte ich die Blicke einiger weiblichen Gäste. Wie albern sie ihn anschmachteten.

»So da wären wir.«

»Danke, sofern ich noch einmal hierher komme, nehme ich einen Faltplan mit.« Da in diesem Bereich die Musik wesentlich leiser war, sprachen wir in einer normalen Lautstärke miteinander.

»Das würde mich freuen«. Wie er mich ansah … diese tiefblauen Augen. »Medienaffine Gäste wie du sind stets ein gutes Aushängeschild.«

Verlegen spielte ich an meinem Ohrring. Sofort besann ich mich, da es für Cecilia das normalste der Welt war. »Ja klar, ich erwähne das Blue gern in meinem Blog.«

Er nickte. »Also einen schönen Abend.« Samuel wandte sich ab und verschwand kurz darauf in dem Pulk der Feierenden. Im

Grunde zeigte er sich heute höflich, keineswegs abweisend und brummig. Letztendlich spielte es keinerlei Rolle.

Nun galt es sich auf die eigentliche Aufgabe zu konzentrieren.

Grafenberg saß auf der Couch und ein Mann seines Alters hatte sich zu ihm gesetzt. Mittlerweile stand ich am Durchgang und zeigte das blaue Bändchen. Ich näherte mich den beiden, die in ein Gespräch vertieft waren. Sie bemerkten mich nicht. Schlagartig hielt ich inne. Den Mann kannte ich. Aber woher? Der Alkohol vernebelte mir das Gehirn. Aus welcher Welt stammte er? War ein VIP, hatte ich sein Gesicht über die Social Media Seiten flirren sehen oder sollte ich ihn von woanders kennen …? *Verdammt noch mal, konzentriere dich.* Sollte ich das Risiko eingehen? Die Entscheidung wurde mir abgenommen, denn Grafenberg hatte mich bemerkt. Unmöglich, dass ich ihn ignorierte oder mich erneut ins Getümmel begab. Die zuvor empfundene Leichtigkeit war verschwunden und Angst stieg in mir hoch. Langsam näherte ich mich ihnen. Grafenbergs Gesprächspartner sah in meine Richtung.

Ich schloss für eine Sekunde die Augen.

Blitzartig fiel es mir ein.

Ein Strafverteidiger, dem ich vor einigen Wochen begegnet war. Thomas Sievers, einer der renommiertesten Anwälte der Stadt. Einer, der in der Vergangenheit mit seinen advokatischen Winkelzügen den Verdächtigen aus der Loverboy-Szene geholfen hatte, ihrer gerechten Strafe zu entgehen. Es wunderte mich nicht, dass er und Grafenberg sich kannten, da er für seine Machenschaften einen gewieften Advokaten benötigte.

»Thomas, darf ich dir Cecilia Ballier vorstellen?« Der Augenblick, in dem ich vielleicht aufflog, näherte sich bedrohlich. »Meine äußerst charmante Begleiterin.«

Sievers stand auf, um mich zu begrüßen. »Guten Abend.« Wir reichten uns die Hände. »Ethan, da kann ich dir nur zustimmen.«

Ich lächelte und versuchte seine Reaktionen zu deuten. »Danke sehr.« *Nur nicht steif wirken!* Seufzend ließ ich mich auf das Sofa fallen. »Herrlich! Jetzt brauche ich unbedingt ein kaltes Glas Champagner.« Aus dem Augenwinkel beobachtete ich Sievers.

Nein, er hatte mich nicht erkannt. Vermutlich war ich ihm im Präsidium nicht aufgefallen, obwohl ich teilweise bei den Verhören anwesend war. Die optische Unauffälligkeit der Billy Winkler hatte mich davor bewahrt aufzufliegen.

Grafenberg legte seine Hand auf meinen Oberschenkel und füllte die Gläser auf. Ich ließ ihn gewähren. Was blieb mir anderes übrig? Die Begegnung verdeutlichte mir erneut, wie schnell eine solche Mission scheitern kann. Was er Wichtiges zu regeln hatte, erfuhr ich an diesem Abend nicht. Vielleicht hätte ich es herausgefunden, aber nein, ich musste ja meinem privaten Bedürfnis nachgeben.

Ich nahm mir fest vor, künftig professioneller zu agieren.

In dieser Nacht, oder von dem, was davon noch blieb, konnte ich nicht schlafen. Ethan hatte mich gegen drei Uhr nach Hause gebracht und ich betete, dass er nicht auf die Idee kam, mich in meine Wohnung zu begleiten. Es war ein Abend voller unterschiedlicher Emotionen gewesen.

Unruhig wälzte ich mich hin und her. Letztlich wanderten die Gedanken zu Markus. Wir hatten einige Zeit nichts voneinander gehört und er sowie mein bisheriges Leben erschienen mir gerade meilenweit weg. Musste ich ein schlechtes Gewissen haben, weil mir die Welt von Cecilia gefiel? Und ich mich zum ersten Mal seit Langem wohl und gut in meinem Körper fühlte? Begann ich mich mehr mit ihr zu identifizieren, als es die Operation erforderte? Durfte ich einen Mann wie Ethan Grafenberg sympathisch finden? Obwohl ich verheiratet war? Markus hatte mir oft genug versichert, dass er mir vertraute und mich immer lieben würde. Warum also quälte mich der Gedanke, dass ich Gespräche, wie ich sie mit Ethan führte, niemals mit Markus haben würde?

Und wieso nur empfand ich eine unterschwellige Enttäuschung, dass sich Samuel nicht zu uns gesetzt hatte? Das war mehr als absurd.

Die Fragen, auf die ich keine Antwort wusste, begannen in mir zu nagen. Ich hasste Ungewissheit!

Eine Frau mit dem gewissen Etwas

Ethan Grafenberg

In meinem Leben gab es wenige Dinge, die ich mir vornahm und nicht erreichte. Zielstrebigkeit und der unbedingte Wille sind zwei Eigenschaften, die mich zu dem haben werden lassen, was ich heute verkörperte. Zu Beginn meiner beruflichen Laufbahn hatte ich schnell begriffen, dass ich flexibel agieren musste, um in der oberen Liga mitzuspielen. Ich war mir nicht zu schade, auch in weniger seriöse Geschäftszweige zu investieren. Mit den richtigen Kontakten vermehrte sich das Vermögen, der Einfluss wurde größer und das Rad des Erfolgs drehte sich schneller und bis heute unaufhörlich. Geschäftlich und privat gab es für mich aus diesem Grund mittlerweile wenig Herausforderungen. Durch die zufällige Bekanntschaft mit Cecilia Ballier änderte sich das. Sie weckte in mir einen Jagdinstinkt der besonderen Art. Eine Frau mit Format, kein leicht zu bekommendes Betthäschen, sondern eine, um die auch ich mich bemühen musste. Sie umgab etwas Geheimnisvolles, was mich reizte. Cecilia warf sich mir nicht an den Hals, nein, im Gegenteil, sie begann mit meiner Lust auf sie zu spielen. Mittlerweile hatten wir uns mehrmals getroffen. Zeigte sie sich zu Beginn manches Mal unsicher, änderte sich das zunehmend. Inzwischen duzten wir uns, da ich diese Förmlichkeit in dem Stadium albern fand.

Es trat etwas ein, mit dem ich nicht gerechnet hatte. Sie lehnte es ab, mit mir zu schlafen, und was tat ich? Ich akzeptierte es. »Ethan, ich habe in der Vergangenheit mit sehr vielen Männern geschlafen«, begründete sie es. »Ich konnte mich austoben und suche in Frankfurt einen Neustart, und vielleicht auch ein neues Leben mit einer festen Beziehung.« Sie sah mich dabei mit ihrem verführerischen Lächeln an, sodass ich keine Zweifel an dem Wahrheitsgehalt der Aussage hatte. Die schöne Cecilia ließ mich unvorsichtig werden. Es gab dafür ein eindeutiges Indiz, ein Gefühl, an das ich mich kaum noch erinnerte: Eifersucht. Mein zweites und lange verborgenes Gesicht kam zum Vorschein.

Rückblicke

Samuel Grafenberg

Seit meiner Kindheit gab es Mitte August das Sommerfest im Hause Grafenberg. Zunächst im kleinen Rahmen, doch mit zunehmendem Einfluss meines Vaters entwickelte es sich zu einem gesellschaftlichen Ereignis. Es wurde lediglich ein einziges Mal nach dem Tod von Mum abgesagt. Durch das stets angespannte Verhältnis zu meinem Vater gegenüber, empfand ich die familiäre Pflichtveranstaltung früher als unangenehm. Doch mittlerweile war ich der jugendlichen Polemik entwachsen und richtete das Fest seit zwei Jahren mit aus, indem ich den Cateringservice übernahm.

Es überraschte mich, dass er Cecilia Ballier eingeladen hatte. Ich wusste nicht, ob ich mich freuen sollte oder es negativ fand. Obwohl er nicht darüber sprach, bemerkte ich, dass sie für ihn eine andere Bedeutung besaß. Seine üblichen Gespielinnen hatte er niemals eingeladen. Cecilia löste bei mir ebenfalls sofort Begeisterung aus. Welch ein kurioser Zustand, dass Vater und Sohn sich für dieselbe Frau interessierten.

Ihr Besuch im Blue66 war mir ebenfalls nicht entgangen. Ich hatte über die Kameras in Frederiks Büro gesehen, dass mein Vater und Cecilia sich im VIP-Bereich niederließen. Eine Weile hatte ich sie beobachtet und mich erfasste ein unterschwelliges Kribbeln. Sie kam mir aufgekratzt vor und ich war mir nicht sicher, ob sie ihr wahres Ich verkörperte oder, wie viele in unseren Kreisen, sich künstlich inszenierte, um dazuzugehören. Erneut sagte ich mir, dass es keinen Beweggrund gab, mir darüber Gedanken zu machen. Mein Vater und sie schienen sich immer mehr anzunähern und ich blieb bei der Entscheidung, mich zurückzuhalten. Um mich von dem Anblick zu lösen, beschloss ich meinen Rundgang durch den Club früher zu beginnen. Das übliche Blabla, Gästebespaßung, Flirten, manchmal auch neue Kontakte knüpfen. Auf meinem Weg ins Basement, entdeckte ich Cecilia. Ihr Outfit, das ihre Figur sexy zur Geltung brachte, und ihr versonnener Gesichtsausdruck faszinierten mich. Die gelungenen Fotos und Clips von ihren Accounts, vermittelten nicht annähernd die Realität. In Natura sah sie um ein vielfaches grandioser aus. Ungewohnt, diese Superlative für eine Frau.

Sie nahm offensichtlich nichts von ihrem Umfeld wahr. Es war durchaus möglich, dass sie ein wenig die Orientierung verloren hatte, das passierte Erstbesuchern ab und an. Obgleich ich mit dem »Du starrst schon wieder« einen eher suboptimalen Einstieg fand, war die Stimmung zwischen uns nicht mehr so frostig. Ihr gegenüber zu stehen, ihr schönes Lippenherz, vermittelte pure Sinnlichkeit – wenn ich nicht aufpasste, würde ich starren.

Letztendlich blieb es bei einem Smalltalk und ich begleitete sie zur VIP-Lounge. Meinem Vater in der Konstellation ein weiteres Mal zu begegnen, nein, danach stand mir nicht der Sinn.

Der Tag des Festes zeigte sich sommerlich und keine Wolke trübte den Himmel. Da ich es als geschäftliches Event betrachtete, verzichtete ich auf eine Begleitung. Ehrlich gesagt verspürte ich auch keine Lust, einer meiner Affären einen besonderen Status einzuräumen. Sollten mein Vater und die neue Frau an seiner Seite ruhig das Rampenlicht genießen.

Ab fünfzehn Uhr trafen nach und nach die Gäste ein. Wie üblich gestaltete es sich zum Schaulaufen der Frauen, was mir stets ein Schmunzeln entlockte. Vor einigen Jahren entstand ein Drama sondergleichen, da zwei Ladys das gleiche Kleid trugen. Ihr Gekreische, dass der Designer der jeweils anderen versprochen hätte, das gute Stück sei ein Unikat, klingelte noch heute durch meinen Gehörgang.

Obgleich es mich ärgerte, hielt ich nach Cecilia Ausschau, aber bislang glänzte sie durch Abwesenheit. Sollte sie meinen Vater tatsächlich versetzen? Warum nur schlich sie sich immer wieder in meine Gedanken? Vermutlich faszinierte mich nur die Tatsache, dass ich sie nicht einfach haben konnte, so wie alle anderen Frauen, die sich bereitwillig von mir ficken ließen.

Eine Sängerin, die Songs von Barbara Streisand interpretierte, zog große Aufmerksamkeit auf sich. Ich befand mich an einem der Stehtische in der Nähe des Eingangs zum Garten, durch den die Gäste auf das Grundstück gelangten. Wieso ich mich umdrehte, wusste ich nicht. Plötzlich stand sie da und ließ ihren Blick über das Geschehen schweifen. In ihrem weißen Sommerkostüm sah sie umwerfend aus. Unsere Augenpaare begegneten sich in dem Moment, als die Sängerin aus dem Song Memorys *touch me* schmetterte. Eine Sekunde, die sich wie eine kleine Ewigkeit anfühlte und ein ungewolltes Kribbeln auslöste. Sie kam auf mich zu.

»Cecilia, herzlich willkommen.« Als zweiter Gastgeber konnte ich sie natürlich nicht ignorieren, obwohl mir danach war.

»Samuel, ich freue mich, Sie zu sehen.« Dieses Lächeln raubte mir den Verstand. »Ich bin beeindruckt von der Kulisse.«

»Sie sind heute zum ersten Mal hier?«

»Ja, es hat sich bislang nicht ergeben.«

Interessant, das wundert mich. »Ein Glas Champagner?« Ich winkte eine der Servicekräfte heran.

»Eine fantastische Sängerin, ich liebe diese Art von Musik.« Beeindruckt lauschte sie der Performance. Einen Moment verfing sich mein Blick an dem kunstvoll gedrehten Haarknoten in ihrem Nacken, aus dem sich einzelne Strähnen gelöst hatten.

»Ja, sie hat eine außergewöhnliche Stimme, ohne Frage.«

»Sie wissen nicht zufällig, wo und wann sie das nächste Mal auftritt?«, fragte sie ehrlich interessiert. Oder aber sie setzte diese Fassade auf, um meinem Vater zu imponieren.

»Ich bin mir sicher, mein Vater kann das für sie herausfinden. Er hat sie gebucht.«

»Ach, ich weiß durchaus mit dem Internet umzugehen«, winkte sie ab. »Bestimmt hat sie ihren eigenen Channel oder Patreon-Account. In den Staaten ist das bereits ganz groß in Mode.«

Ich wollte ich gerade darauf antworten, dass ich selbst Sänger über diese Plattform unterstützte, doch dann besann ich mich eines Besseren. Ich nahm ein Glas Champagner vom nächsten Tablett, reichte es Cecilia und dabei berührten sich unsere Hände. Sofort zuckte sie zurück, als hätte die Berührung sie verbrannt.

»Haben Sie Ihren Vater gesehen?« Sie ging augenblicklich auf Abstand.

Die Frage beantwortete sich von selbst, da er uns entgegenkam. Galant nahm er ihre Hand und hauchte einen Handkuss darauf. »Ich freue mich, dich zu sehen.«

»Vielen Dank für die Einladung. Ich bin von dem Haus und dem Ambiente begeistert.« Sie kam mir reserviert vor.

»Ich führe dich gern herum. Samuel, du entschuldigst uns?«

»Natürlich.« Ich zuckte mit den Schultern. »Viel Spaß.« Einen Augenblick harrte ich aus. Ihre distanzierte, dennoch freundliche Verhaltensweise ließ sich nicht deuten. Hatte sie sich in meinen Vater verliebt? Verhielt sich so eine Frau, die auf den Mann ihres Herzens traf? Wohl eher nicht. Wahrscheinlich interessierte sie sich wie viele für seinen finanziellen Status.

Sollte sich Cecilia auf eine engere Beziehung mit ihm einlassen, war ich davon überzeugt, dass sie es bereute. Mein Vater war ein Egoist, handelte, ohne sich über die Menschen in seinem Umfeld Gedanken zu machen. Der Drang nach Macht und Geld hatten ihn dazu werden lassen. Als sein Sohn blieben mir die schmutzigen Details aus seinem Leben nicht verborgen. Obgleich ich davon ausging, dass ich nicht über alles Kenntnis hatte. Warum er bislang niemals strafrechtlich verfolgt wurde, verwunderte mich, ehrlich gesagt. Vermutlich hatte er an den richtigen Stellen die Personen korrumpiert, die ihn informierten, falls er in den Fokus von Ermittlungen geriet. Jeder hatte seinen Preis, man musste ihn nur herausfinden. Auf dem schmalen Grat zwischen Illegalität und Legalität zu wandeln, nervte mich, da ich unter keinen Umständen meine völlig legalen Geschäfte gefährden wollte. Mehrfach sprachen wir darüber, dennoch akzeptierte er den von mir gefassten Entschluss nicht. Wieder einmal typisch für ihn. Er bestimmte und lenkte die Geschicke und niemand hatte ihm zu widersprechen.

In der letzten Zeit dachte ich vermehrt an Anita, meine erste Jugendliebe. Im Alter von achtzehn Jahren machte ich mir keinerlei Gedanken über die Konsequenzen meines Handelns, ich wollte für sie unbedingt den Helden spielen und sie beeindrucken. Wir waren in jener Zeit eine Clique Jugendlicher aus gut situierten Elternhäusern, ließen es krachen und fühlten uns unbesiegbar. Ich besuchte eine elitäre Privatschule und Anita kam nach den Sommerferien in die Klasse. Alle von uns waren scharf auf sie und es galt, ihre Aufmerksamkeit zu erregen. An einem alkoholträchtigen Abend beschlossen wir, zu wetten, wer Anita zuerst ins Bett bekam. Ich wollte unbedingt gewinnen, egal zu welchem Preis. Dass dieser derart hoch sein würde, damit rechnete ich nicht.

»Herr Grafenberg, es gibt Probleme, können Sie bitte kommen.« Unvermittelt riss mich eine Servicekraft aus meinen Erinnerungen.

Ich atmete tief durch, um die Gedanken aus dem Kopf zu vertreiben. The Show must go on. Um mich abzulenken, beschloss ich, eine Freundin anzurufen, sobald meine Anwesenheit nicht länger erforderlich war. Es verband uns jedoch nicht mehr als hammergeiler Sex. Zudem verspürte ich wenig Lust, Cecilia und meinen Vater zusammen zu sehen.

Einsame Entscheidung

Billy Winkler

Stillstand ist Rückschritt, eine Phrase, die durchaus ihre Berechtigung besaß. Obgleich ich es geschafft hatte, mich in das direkte Umfeld unserer Zielperson einzuschleusen, schaffte ich es nicht, an relevante Informationen zu gelangen. Ethan Grafenberg unternahm bislang keinerlei Versuche, mich für seine Offshore-Aktivitäten zu benutzen. Er verhielt sich ausnahmslos bedeckt, wenn es um geschäftliche Angelegenheiten ging. Grundsätzlich verließ er den Tisch oder den Raum, sobald ihn ein beruflich relevanter Anruf erreichte. Ein klares Indiz dafür, dass er mir in diesem Punkt nicht vertraute. Wusste er von meinem Doppelleben? Bisher gab es keinen Hinweis, dass ihm seine Informanten etwas zugetragen hatten. Der Verdacht, den ich hegte, lag woanders. Niemand von uns hatte einkalkuliert, dass seine Gefühle für mich über das übliche Maß hinausgingen. Das brachte mich Tag für Tag mehr in Bedrängnis. Bislang konnte ich ihm glaubhaft meine Geschichte von *Wir-wollen-nichts-überstürzen* auftischen. Doch ein Mann wie Grafenberg bekam üblicherweise das, was er wollte, und falls nicht, reagierte er entsprechend distanziert. Gefühle hin oder her.

Ich trat auf der Stelle, die Kosten für die Operation stiegen unaufhörlich. Immer wieder ertappte ich mich dabei, höhere Summen auszugeben als erforderlich. Bislang konnte ich die Spesen problemlos rechtfertigen, sah mich jedoch zunehmend unter Druck gesetzt, Ergebnisse zu liefern. Manchmal ging ich einfach aus Lust und Laune shoppen. Vielleicht stellte es eine Art Ersatzbefriedigung dar, eine, die ich zuvor nicht gekannt hatte. Meine Zerrissenheit wuchs, ebenfalls die Angst, dass das aufregende Leben als Cecilia Ballier bald der Vergangenheit angehörte. Und anstatt über Markus und mein altes Dasein nachzugrübeln, stürzte ich mich in die schillernde Fassade der Mode-Bloggerin und präsentierte Stolz meinen Followern das neuste Stück Glanz und Glamour, das ich erbeutet hatte. So, als würde jedes »Du siehst bezaubernd aus« oder »Das steht dir super gut!« meiner Follower die von Markus nicht mehr ausgesprochenen Komplimente widergutmachen.

Bei einem geheimen Teamtreffen einige Tage später wurde mir bewusst, dass ich an einem Scheideweg stand. Die miese Stimmung aufgrund des Stillstands ließ sich nicht länger leugnen. Wir erörterten zig Varianten, die sich allerdings als nicht zielführend erwiesen, je ausführlicher wir darüber debattierten. Es gab letztendlich nur einen Weg, den sich jedoch keiner auszusprechen traute. In der Pause fasste ich mir ein Herz und sprach Kristina an. Ich wollte wissen, wie sie in der Vergangenheit agiert hatte. »Wie weit bist du gegangen?« Ich musste nicht deutlicher werden, da sie mich sofort verstand.

»Jede von uns hat ihre eigenen Grenzen und niemand kann es von dir erwarten oder die Operation davon abhängig machen, ob du mit ihm schläfst oder nicht.«

Ich hatte auf eine persönliche Aussage gehofft. Ihre Worte gaben keinerlei Hinweis auf ihre Vorgehensweise.

Sie sah mich ohne Emotionen an. »Manches Mal gehen verdeckte Ermittler illegal vor, um weiterzukommen.«

Ich seufzte und wusste, dass sie auf die Kollegen des Verfassungsschutzes anspielte. »Verstehe«, wisperte ich. Ein beklemmendes Gefühl breitete sich aus.

»Verdeckte Ermittler leben einsam, dadurch werden auch ihre Entscheidungen einsam.« Wahre Worte einer erfahrenen Undercoverpolizistin. »Es gibt einen Punkt im Leben, da musst du dich entscheiden.«

»Wie das?«

»Die biologische Uhr tickt.« Sie grinste und streichelte ihren Babybauch. »Mutter, treue Ehefrau oder Undercover, beides ist für mich nicht kompatibel.«

Ich begriff, dass niemand aus dem Team davon hören wollte, da es den offiziellen Rahmen sprengte. Ein Thema, das sogar von den Beteiligten totgeschwiegen wurde. Die Frage der persönlichen Moral nahm mir keine Menschenseele ab und ich musste es mit dem eigenen Gewissen vereinbaren.

Ursprünglich hatte ich geplant, Markus zu sehen, sagte das Treffen schließlich nach einigen Überlegungen ab. Durch den zermürbenden Zwiespalt hätte ich es nicht ertragen, ihm gegenüberzutreten. Er war mein Ehemann und langjähriger Partner, dem ich mich in der Vergangenheit zu Einhundertprozent anvertraut hatte. Jetzt jedoch fühlte ich mich von ihm und dem bisherigen Leben der Billy Winkler meilenweit entfernt.

In der kommenden Nacht erlebte ich ein Gefühlschaos sondergleichen. Ich saß auf der Terrasse des Penthouse und starrte in den Nachthimmel. Die phänomenale Aussicht nahm ich nicht wahr, stattdessen versuchte ich herausfinden, was die beste Entscheidung war. Wie ich mir wünschte, in diesem Moment mit jemandem völlig offen über meine Situation reden zu können, doch ich war der Verschwiegenheit verpflichtet.

Der Entschluss, zur Polizei zu gehen, hing ursächlich mit Kessys Tod zusammen. Ich wollte Gerechtigkeit schaffen, die Menschen zur Verantwortung ziehen, die anderen Unrecht antaten. Die Euphorie der Anfangszeit hatte sich allerdings schnell gelegt und machte dem Gefühl von Resignation Platz. Die Loverboys und Zuhälter, die wir festnahmen, kamen teilweise frei und wenn nicht, rückten neue nach, die die Frauen zur Prostitution zwangen.

Die Aufgabe, als verdeckte Ermittlerin zu arbeiten, hatte mich mit Stolz erfüllt. Jetzt stand ich vor einer elementaren Entscheidung: Verkaufte auch ich meinen Körper? Könnte ich Sex mit einem Mann haben, von dem ich wusste, dass er Steuern in Millionenhöhe hinterzog, mit Schrottimmobilien handelte, seine Finger in unzähligen kriminellen Machenschaften hatte? Sollte ich es tun, um anschließend vielleicht an Informationen über ihn heranzukommen und der Welt so zu mehr Gerechtigkeit zu verhelfen? Würde ich entscheidende Hinweise finden, sodass wir ihn überführen und seiner angemessenen Strafe zuführen könnten? Eine Garantie dafür gab es nicht.

War mein Wunsch nach Gerechtigkeit und der Drang, etwas zu bewirken, es mir wert, diese Grenze zu überschreiten? Wenn ich es tat, würde es kein Zurück mehr geben. Nie mehr.

Billy Winkler zögerte.

Cecilia Ballier – wunderschön, selbstbewusst, zielgerichtet – eher weniger.

Doch mit dem Gedanken, was Cecilia in meiner Situation tun würde, tauchte Samuel wieder vor meinem geistigen Auge auf.

Machte es mir etwas aus, mit Ethan zu schlafen, da er einen Sohn hatte, an den ich immerzu denken musste, obwohl wir uns seit dem Sommerfest nicht mehr gesehen hatten und den ich konsequent mied? In der Vergangenheit träumte ich etliche Male von Samuel und das feuchte Höschen am Morgen signalisierte mir beginnende emotionale Verstrickungen, die ich nicht zulassen durfte. Mein Leben gestaltete sich kompliziert genug, da ich die Welt der Cecilia Ballier mittlerweile liebte und mich die Rückkehr in die schlichte Existenz der Billy Winkler ängstigte.

Ich konnte mir nicht vorstellen, den Abend erneut damit zu verbringen, die Spülmaschine einzuräumen, ein billiges Bier zu genießen und dann in mein schlichtes Schlafshirt zu schlüpfen. Arbeit, Renovierung, Zukunftspläne standen in einem derart starken Kontrast zu meinem jetzigen freigeistigen, losgelösten Leben mit all den Dinnereinladungen, *Meet-Ups* mit Freundinnen, Vernissagen und Partys oder Live-Musik-Gigs in den schönsten Clubs der Stadt …

All das schwirrte mir in den Stunden des Grübelns durch den Kopf. Mit steifen Gliedern rappelte ich mich auf und schwankte angetrunken in Richtung Schlafzimmer. Ich erhoffte mir durch einen leichten Rausch des exquisiten Weins eine geringfügige Erleichterung der beschissenen Lage.

Vor dem mannshohen Spiegel im Ankleidezimmer schlüpfte ich aus meinem Seidenkimono.

»Du bist eine schöne Frau und sexy«, murmelte ich und strich mit den Fingerspitzen über mein Dekolleté bis hin zu den Brüsten. Mit der anderen Hand berührte ich den Venushügel, spreizte ein wenig die Schenkel und wanderte zu meiner Pussy.

Auf der Kommode lag das Smartphone, ich nahm es und startete eine Playlist. Ich bewegte mich zu den mitreißenden Songs von Barbara Streisand und schloss die Augen. Samuels Antlitz tauchte auf und ich sah ihn so deutlich, als stände er direkt neben mir. Der durchtrainierte Oberkörper, den er durch figurbetonte Shirts zur Geltung brachte, die Tattoos, die seine Oberarme zierten, die ausdrucksstarken Augen … Eine heiße Welle durchspülte meinen Körper.

Die Zerrissenheit, ob ich mit Ethan Grafenberg schlafen sollte, wurde nicht von der Überlegung, Markus zu betrügen, beeinflusst. Es hätte mich erschrecken müssen, dass ich dieses Gefühl in mir entdeckte, aber es verwunderte mich nicht. Cecilia interessierte viel mehr Samuel, und sie war es, die die Entscheidung traf. Wenngleich die verdeckte Ermittlerin Billy Winkler davon profitierte.

Am nächsten Morgen rief ich Ethan Grafenberg an. Wie auch an den vergangenen Tagen zeigte er sich reserviert.

»Die Madame Ballier«, begrüßte er mich. Ich zuckte zusammen, da er mich nicht mehr Cecilia nannte. »Was verschafft mir die Ehre?«

»Der Kontakt zwischen uns ist in der letzten Zeit etwas eingeschlafen und das finde ich schade.«

»So?«

»Ja.« Es fühlte sich einfach scheiße an.

»Ich schätze es nicht, wie du dich mir gegenüber verhalten hast.«

»Wenn ich dich verärgert haben sollte, tut es mir leid.«

»Ich suche nach einem Motiv.«

»Was für ein Motiv?« Mein Herz schlug schneller. Immer wieder spürte ich die Angst, dass ich aufflog. Ebenso groß war mittlerweile die Furcht, dass er genug von mir hatte und die verdeckte Ermittlung gescheitert war.

»Vermutlich hast du in der Vergangenheit mit den Männern gespielt. Ich hingegen bin keiner, der sich an der Nase herumführen lässt.« Seine gekränkte Eitelkeit war nicht zu überhören. Sollte alles umsonst gewesen sein?

»Ich dachte, du genießt meine Gegenwart.« Da er schwieg, fuhr ich fort und ging auf Frontalangriff. »Liegt es daran, dass ich bislang nicht mit dir schlafen wollte?«

»Du glaubst doch nicht allen Ernstes, dass ich dir darauf eine Antwort gebe?«

Hatte ich erneut einen Fehler begangen? Die Situation wuchs mir langsam über den Kopf.

»Eines muss ich dir lassen, du beweist Courage.«

»Wollen wir uns sehen?« Es fiel mir unendlich schwer, die Frage auszusprechen.

»Willst du Sex mit mir?« Ein süffisanter Unterton bewies, dass er sich wieder in der Siegerposition wähnte. Er bekam stets das, was er wollte, und mein Anruf bedeutete, dass ich mich ihm anbiederte.

»Lass dich überraschen.« Ich war froh, dass wir telefonierten und er mich nicht sah. Die Nackenmuskeln verspannten sich, eigentlich schmerzte mein gesamter Körper.

»Komm um neunzehn Uhr zu mir.« Bevor ich noch etwas zu sagen vermochte, trennte er die Verbindung.

Das war einer der schäbigsten Augenblicke meines Lebens. Ich hatte eine Verabredung getroffen, um mit einem Mann zu schlafen, den ich als verdeckte Ermittlerin mit diesem Mittel aus der Reserve locken wollte, um endlich Ergebnisse zu liefern. Ich musste den Verstand verloren haben! Was hatte ich von der Operation erwartet? Ich lerne unsere Zielperson kennen, spaziere fröhlich in sein Haus, um in Ruhe nach Beweisen zu suchen?

Eine unschöne Vermutung breitete sich in mir aus. Zogen die Entscheidungsträger von Beginn an in Betracht, dass ich mit Grafenberg Sex haben würde? Eine Mata Hari der Neuzeit? Das war ein absurder Gedanke, der sich jedoch manifestierte, als ich das Gespräch mit meiner Kollegin Revue passieren ließ. Kaiser wusste, wie ehrgeizig ich war, dass ich unbedingt Karriere machen wollte, und hatte mich mit der Profilerausbildung gelockt, sofern ich erfolgreich arbeitete. Mein Leben geriet immer mehr aus den Fugen. Cecilia und Billy – beide fühlten sich gleichermaßen mies.

* * *

Wie eine Hostess kam ich mir vor, nachdem ich aus dem Taxi stieg und an der Haustür der Villa läutete. Die Haushälterin öffnete und ließ mich hinein.

»Ich führe Sie zu Herrn Grafenberg.« Die unfreundliche Stimme passte zu ihrem Gesichtsausdruck. Der gefürchtete und regimentführende Hausdrache machte seinem Namen alle Ehre.

»Ja, vielen Dank«, erwiderte ich in einem ähnlich schnippischen Tonfall, da es mich ärgerte und mein Unwohlsein verstärkte. Wie schon bei dem ersten Besuch auf dem Sommerfest, sah ich mich dennoch bewundernd um. Die Begeisterung für Eleganz und Reichtum, das, was mir noch vor ein paar Wochen völlig egal gewesen war, ergriff immer mehr Besitz von mir. Ethan hatte mir erzählt, dass er vor einigen Jahren die Villa komplett umbaute und neu gestaltete. Das mediterrane Flair, die warmen Farben stammten aus der Zeit, in der seine Frau noch lebte. Ein Kontrast der gravierender nicht hätte sein können. Heute dominierten kühle Farben und ein paar wertvolle Antiquitäten, die sich mit den Möbeln der Edelmarke *La Corbusier* ausgezeichnet ergänzten. Der Stil zog sich konsequent durch das gesamte Haus. Das sich hier ein Innenarchitekt ausgetobt hatte, war nicht zu übersehen. Für eine Sekunde flackerten die Bilder meines Häuschens auf und hielt mir die Diskrepanz zwischen Billy und Cecilia vor Augen. Obgleich der heutige Besuch einen bitteren Beigeschmack hatte.

Zunächst brachte mich die Haushälterin in die Bibliothek, in der mich Ethan warten ließ. Wütend verfluchte ich meine Entscheidung auf ein Neues. Noch hatte ich die Chance zu verschwinden, was vermutlich das Ende der Operation bedeutete. Ich schloss die Augen und versuchte mir vorzustellen, wie der Sex ablief. Ethan hatte eine sehr interessante Ausstrahlung, das konnte ich nicht leugnen. Dennoch hatte ich in meinem Leben niemals Sex mit einem Mann gehabt, den ich nicht liebte, was vermutlich heute eine Ausnahme darstellte. Meine Notlüge, es wild getrieben zu haben, bereute ich mittlerweile. Genaugenommen gab es neben Markus nur einen weiteren Mann. Ungestüm und abwechslungsreich sah anders aus. Was, wenn ich es nicht ertrug, dass er mich leckte? Würde ich ihm einen blasen müssen? Fickten wir mit oder ohne Gummi? Ich würde auf Safer-Sex bestehen! Übertrug sich seine dominante Art auch auf sein sexuelles Verhalten? Hoffentlich verlangte er nicht irgendwelche BDSM-Spielchen von mir. Was aber, wenn es mir gefiel, obwohl ich keinerlei Gefühle für ihn hegte? Wie handhabten es die teuer bezahlten Escortladys, die es regelmäßig für Geld mit ihren Kunden trieben? Sie mussten gute Schauspielerinnen sein. War ich nicht genau genommen auch eine? Lebten diese Frauen in einer Partnerschaft?

Billy Winkler – auf was hast du dich da eingelassen?

»Liebe Cecilia, schön dich zu sehen.«

Ethan betrat die Bibliothek und ich sprang wie ein erschrockenes Reh auf. Ich musterte ihn, da ich ihn erstmals in legerer Kleidung sah, die jedoch der gleichen Kultiviertheit entsprach wie seine maßgeschneiderten Anzüge. Wir begrüßten uns mit einem flüchtigen Wangenkuss. Mann, was kam ich mir blöd vor.

»Möchtest du etwas trinken?«

»Ja, gern.«

»Champagner oder lieber einen Wein?«

»Champagner bitte.«

»Entspann dich oder glaubst du, ich falle über dich her wie ein notgeiler Bock?« Sein süffisantes Grinsen trieb mir die Röte ins

Gesicht. »So nötig habe ich es nicht.« Die Polizistin Billy hätte ihn bereits beim ersten Satz niedergestreckt.

»Das ist mir schon klar«, entfuhr es mir und ich setzte mich wieder. Meine Hand zitterte ein wenig, als er mir das Glas reichte.

Ethan ließ sich mir gegenüber in einen der wuchtigen Chesterfield-Sessel nieder und prostete mir zu. Alles an ihm wirkte souverän, er war nicht nur der Hausherr, sondern hatte auch alle Aspekte in seinem Leben stets unter Kontrolle und diese Tatsache umgab ihn wie eine Aura. Aus heiterem Himmel sah ich Markus vor mir, wie er mit Chips und Feierabendbier auf unserem Sofa lag. Durch den spärlichen Kontakt wusste ich nichts von seinem aktuellen Alltag und wie er allein zurechtkam. Vermisste er mich? Konnte ich ihm in der Zukunft überhaupt noch in die Augen sehen, wenn das passierte, was ich gleich erwartete? Sollte ich es ihm beichten oder besser verschweigen? Wieso musste ich gerade jetzt daran denken?

Das sich drehende Gedankenkarussell verstärkte meine Anspannung.

»Meine Liebe, du bist so abwesend«, holte mich Ethan aus meinen Grübeleien. »Ich würde ein Vermögen für deine Gedanken investieren.«

»Da gibt es sinnvollere Geldanlagen«, scherzte ich überraschend selbstbewusst. »Allerdings geht es mir ähnlich.«

»Ich frage mich die ganze Zeit, welches Geheimnis dich umgibt?«

Es traf mich wie ein Fausthieb. *Nicht die Nerven verlieren!* »Frauen wie ich haben immer Geheimnisse, das macht uns so begehrenswert.« *Aus welchem Film hast du denn das geklaut?*

Er behielt die lässige Sitzposition bei und nippte am Glas. Seine Augen fixierten mich. Manches Mal wirkten sie tatsächlich nicht mehr so eiskalt wie zu Beginn. »Mir sind die Beweggründe für deinen heutigen Besuch nicht klar.«

»Es gibt keinerlei tief greifende Hintergründe, ich hatte einfach Lust, dich zu sehen.« Ich klopfte mir imaginär für die perfekte Antwort auf die Schulter.

Er schmunzelte und ich versuchte, mich zu entspannen, um meine vermeintliche Gelassenheit zu unterstreichen.

»Es gibt lediglich zwei Gründe, die mir einfallen«, setzte er das verbale Pingpong fort.

»Ah, welche?«

»Du hast deine Libido aufgeweckt oder möchtest deine Finanzen aufbessern.«

Ich atmete erleichtert auf, meine Vita hatte anscheinend standgehalten. Mir fiel auf, dass, immer wenn ich das Glas auf den Tisch, der zwischen uns stand, stellte, er Champagner nachgoss. Es war unvernünftig, zu viel Alkohol zu trinken, dennoch erlag ich dem Bedürfnis, mich damit aufzulockern und das Karussell zu dämpfen. »Das ging haarscharf an einer Beleidigung vorbei.«

»Cecilia, das ist das Spiel, in dem wir uns bewegen.« Er machte eine Pause und taxierte mich. »Du siehst heute sehr sexy aus. Ich liebe Frauen, die Strapse tragen.«

Erst jetzt bemerkte ich, dass der Rock hochgerutscht war und einen minimalen Blick auf das Ende meiner Nylonstrümpfe freigab.

»Steh auf«, gab er unvermittelt vor.

»Wieso?«

»Weil ich es möchte.« Sein Ton nahm etwas Forderndes an.

Ich ahnte, dass unser Zusammensein eine neue Richtung annahm. Der viele Champagner löste abrupt ein abenteuerlustiges Gefühl aus und ich kam seiner Aufforderung nach.

»Zieh dich aus, ich möchte mir deinen schönen Körper ansehen.«

Mit dem Besuch hatte ich mich für exakt diesen Verlauf entschieden. Niemals zuvor hätte ich angenommen, derart cool zu handeln, da ich noch vor wenigen Minuten von Bedenken zerfressen war, doch wie auf Knopfdruck blendete ich die Welt außerhalb dieses Raumes aus und Cecilia Ballier übernahm mein Handeln. *So agieren wohl die Escortdamen.* Mit bedächtigen Bewegungen öffnete ich den Rock, ließ ihn mit einer sexy Geste über Po und Schenkel gleiten.

»Die Bluse.« Seine Stimme klang rauer und ein flüchtiger Blick auf den Hosenschritt bestätigte mir seine Erregung.

»Gefällt dir das, was du siehst?«

Wortlos stand er auf, trat hinter mich, küsste meinen Hals und mit einer streichelnden Bewegung zog er den Träger des BHs über meine Schulter. Völlig überrascht von den zärtlichen Berührungen, begann es zwischen meinen Schenkeln zu kribbeln. Das Gefühl ängstigte mich. Es durfte mir nicht gefallen. Ohne Mühe öffnete er die Häkchen und der schwarze Traum aus Spitze fiel zu Boden. Mein Pulsschlag erhöhte sich. Aus Scham oder Erregung? Ich wusste es nicht. Ethans Hände wanderten zu meinem Busen.

»Was für wundervolle, üppige Titten«, raunte er mir ins Ohr und leckte durch die Ohrmuschel.

Eine Zärtlichkeit, die mich stets anmachte. Auch jetzt erhärteten sich meine Brustwarzen wie von selbst. Verrückt, wie sich die körperliche Stimulation von dem emotionalen Teil in mir abkoppelte. Er drückte sich an mich und ich fühlte seinen harten Schwanz durch die Hose an meinem Po. Obwohl seinerseits eine völlig normale Reaktion, erschrak ich. Es verdeutlichte mir, wie weit ich bereits gegangen war.

»Du machst mich unendlich geil und ich werde tatsächlich eifersüchtig, wenn dich ein anderer Mann begehrlich ansieht.« Dabei wanderte seine Hand zu meinem Venushügel.

»Wirklich?«, hauchte ich und eine Welle des Stolzes überrollte mich. »Das ist ein aufregendes Kompliment.« Der Satz entsprach der Wahrheit, denn niemals zuvor hatte ich mich anziehender und fraulicher gefühlt als in dieser Sekunde. Cecilia erhielt pausenlos Komplimente, Billy, die graue unscheinbare Polizistin nie. Was passierte gerade mit mir? Nein, ich durfte keine Lust empfinden. Doch die Grenzen verschwammen und ich spreizte die Beine.

Seine Fingerspitzen auf meiner Haut entlockten mir ein Stöhnen. Er hielt inne und leckte abermals durch meine Ohrmuschel und ich hörte Ethans erregten Atem. Gänsehaut überzog mich, da seine Zunge unaufhörlich an dieser erogenen Zone kreiste. Die körperliche Erregung hatte mich endgültig erfasst. Seine

Finger näherten sich meiner mittlerweile nassen Spalte. Meine Atmung beschleunigte sich weiter, da er mit der Berührung meiner Scheide alle Barrieren durchbrach. Ich hatte noch eine Nanosekunde Zeit, das Spiel zu beenden und ihn abzuweisen. Der aufgegeilte Anteil in mir verbot es, sehnte sich nach dieser Intimität. Dann passierte es und er zog seinen Finger durch die nasse Mitte.

»Schmeck dich«, forderte er mich auf und schob mir den Finger mit meinen Säften in den Mund. Ich schloss die Augen und leckte begierig daran. Endlich drang er mit zwei Fingern ein und verschaffte mir mit den stoßenden Bewegungen eine erste Erleichterung.

»Es gefällt mir, wie fickbereit du dich gibst.«

Ich blendete diese grauenhafte Tatsache aus. Meine Tube Gleitgel, die ich vorsichtshalber mitgebracht hatte, blieb in der Tasche.

Ohne weitere Worte drängte er mich zu dem Schreibtisch. So als sei ich ein Püppchen, hob er mich auf die Tischplatte, drückte meine Schenkel auseinander. Willig und bebend lehnte ich mich zurück und stützte mich mit den Unterarmen ab.

»Was für ein erregender Anblick«, raunte er.

»Welche Frau kann einem solchen Vorspiel widerstehen?«, wisperte ich, legte meinen Kopf in den Nacken und ergab mich vollends seinem ausgiebigen Zungenspiel.

Alles, was folgte, erlebte ich wie in einem Nebelschleier. Das erste Mal nahm er mich in der Bibliothek, ohne jedoch zu kommen. Dieser Mann zeigte sich als ein erfahrener Liebhaber, der es verstand, eine Frau zu verwöhnen und zu befriedigen. Ein körperlicher Rausch, der sich in seinem Schlafzimmer fortsetzte und der mich erschöpfte.

Mit geschlossenen Augen lag ich in seinem Bett und kam erst langsam wieder zu mir, fühlte mich wie gelähmt und wusste nicht, wie ich mich verhalten sollte. Was war gerade nur geschehen?

Ich spürte, wie Ethan mich ansah.

»Eigentlich müsste ich ärgerlich sein«, vernahm ich seine Worte.

»Wieso?«, flüsterte ich und mein Herz klopfte gegen die Brust.

»Weil du mir deinen wunderschönen Körper so lange vorenthalten hast.«

Ich öffnete die Augen. Zum ersten Mal hatte sein Blick das Eiskalte und Unnahbare verloren, stattdessen loderte warme Zuneigung darin. Es gruselte mich bei dem Gedanken, dass er irgendwann einmal erfuhr, was tatsächlich hinter alldem steckte. Diese Ahnung erschreckte mich und katapultierte mich endgültig in die Realität zurück. Glücklicherweise gelang es mir, meine Reaktionen zu steuern und nicht in Panik aufzuspringen. »Es war sehr schön«, murmelte ich und vergrub den Kopf in den Kissen, so, als würde ich mich schämen. »Du hast mir gerade eine Seite an dir gezeigt, die ich niemals vermutet hätte.«

Ethan streckte sich genüsslich neben mir aus. »Diese zeige ich nur sehr wenigen ...«

In mir breitete sich ein widerliches Gefühl von Selbstverachtung aus und ich hielt die Nähe zu ihm nicht länger aus. Da meine Beine noch vom Sex zitterten, schälte ich mich langsam aus dem Bett. »Ich gehe erst einmal duschen.« Ich zwang mich, ihm ein Lächeln zuzuwerfen.

»Mach das, ich schwelge noch einen Moment in Erinnerungen.«

Eilig huschte ich in das angrenzende Badezimmer, das direkt an das Schlafzimmer anschloss. Ich stellte mich unter die Dusche und das heiße Wasser prasselte über meinen Körper.

Verzweifelt stützte ich mich mit den Händen an der Wand ab. *Was habe ich nur gemacht? Das wird ein böses Ende nehmen.*

Unzählige Gefühle rasten durch jede Faser meines Körpers. Scham, Ekel, Angst, Resignation, Selbstzweifel – die gesamte Palette, die eine Frau empfinden musste, wenn sie ihren Ehemann betrog und mit der Zielperson geschlafen hatte. Meine Tränen vermischten sich mit dem Wasser, das mich eigentlich reinwaschen sollte. Ohne es kontrollieren zu können, tippte ich meine Stirn gegen die Wandfliesen. *Es hat mir Spaß gemacht, es kann nicht sein … das bin ich nicht, da tobt ein Dämon in mir.*

Wie aus dem Nichts schoss mir ein Impuls durch den Kopf. Es gab die berechtigte Annahme, dass er vor Jahren mit der mir so verhassten Lover-Boy Szene involviert war. Schnell rechnete ich zurück. Das musste zu der Zeit gewesen sein … nein, den Gedanken weigerte ich mich zu Ende zu konstruieren. Hatte ich möglicherweise mit dem Mann gefickt, der in irgendeinerweise mit Kessy in Verbindung stand? In meinem Magen begann es zu rumoren. Ohne über die Konsequenzen nachzudenken, stieß ich die Stirn fester gegen die Wand. Mein Herz raste, die Atmung gelang mir nur noch stoßweise. *Du hast mit dem Mörder deiner besten Freundin geschlafen, du Hure.* Die hasserfüllte Stimme von Kessys Mutter drang aus dem Orbit zu mir. Ich stöhnte vor Schmerz und unkontrollierbar schoss der Mageninhalt aus meinem Mund. Ich hechelte, die Beine zitterten … Was, wenn er mich hörte? Panisch sah ich mich um und entdeckte tatsächlich die Funktion, ein Radio oder eine CD zu starten. Ich hatte vermutet, dass dieser Duschtempel mit allen Raffinessen ausgestattet war. Mit letzter Kraft angelte ich nach dem Knopf und klassischer Sound schallte durch die Luft und vermischte sich mit dem Plätschern des Wassers und meinen Schluchzern. Am Ende sank ich zu Boden. In der Sekunde wollte ich nur eines – den Irrsinn beenden.

Obwohl ich am liebsten noch stundenlang unter dem Wasserstrahl ausgeharrt hätte, sammelte ich sämtliche Kräfte und löste ich mich aus der Starre. Das Badezimmer war vollständig in einem Nebel aus Wasserdunst versunken. Ich griff nach einem Badelaken und hüllte meinen Körper darin ein. Mit einer Hand wischte ich den beschlagenen Spiegel frei. Die Frau, die mir entgegensah, war mir fremd. Sie war weder Billy noch Cecilia … Auf der Stirn zeichnete sich eine rote Stelle ab. Egal, da fiel mir eine passende Erklärung ein. Am Hals entdeckte ich einige Flecken, die von leidenschaftlichen Küssen stammten. Ja, er hatte jeden Millimeter meines Körpers mit seinen Lippen liebkost.

Es klopfte an der Tür und ich zuckte zusammen. »Alles in Ordnung?«

»Ja. Ja, alles gut. Ich bin gleich so weit.« Hektisch suchte ich nach einer Creme, einem Kamm, lockerte meine Gesichtsmuskeln mit Grimassen. Ich hatte mal gelesen, dass das half.

»Möchtest du noch ein Glas Champagner oder Wein?«, hörte ich Ethan rufen.

»Reiß dich zusammen«, befahl ich mir leise und rief: »Ja, das ist eine gute Idee. Ich bin mit dem Taxi gekommen und somit ist es egal.«

»Cecilia, du glaubst doch nicht im Ernst, dass ich dich heute Nacht gehen lasse.«

Nicht auch das noch, ich kann nicht neben ihm schlafen, das schaffe ich nicht!

Er öffnete unerwartet die Tür, ich blieb starr vor dem Spiegel stehen, ohne mich umzudrehen, und er trat von hinten an mich heran.

»Na, meine Schöne …« Seine Hände legten sich auf meine Schultern und die Lippen berühren meinen Hals. Ich schluckte und mein Puls raste vor Anspannung. »Wer weiß, wie lange du mich bis zum nächsten Mal zappeln lässt?«

Was er sicherlich als Scherz ansah, löste bei mir die nächste Übelkeit aus. Ich mobilisierte erneut alle Kräfte und fragte mich, woher ich diese Ressourcen nahm. »Das bleibt mein Geheimnis.«

»Vermutlich ist es nur eines von vielen, die dich umgeben.«

Worte, die ich nicht hören wollte, weil sie einer gefährlichen Wahrheit entsprachen. Ich drehte mich zu ihm um und wir sahen uns in die Augen. Ein Moment, der sich als einer der brisantesten der bisherigen Operation darstellte. Sein Blick durchbohrte mich, als versuche er, in mich hineinzusehen.

»Ich hoffe nicht, dass du mich enttäuschst.«

Ich schluckte und senkte die Augen. »Warum glaubst du, dass ich das könnte?«, fragte ich leise. Es fühlte sich an, als enttarne er mich gerade.

»Die schöne Cecilia Ballier, die so überraschend in mein Leben getreten ist …«, erwiderte er zusammenhangslos. Wieder suchte er meinen Blick, Angst überkam mich, doch seine Augen lächelten.

Noch ahnte er nichts von der Doppelrolle, aber je mehr Zeit wir künftig miteinander verbrachten, desto größer wurde das Risiko. Mit dem heutigen Tag und der einsamen Entscheidung, die ich aus meiner Sicht treffen musste, begann ein neuer Abschnitt der Operation *Dirty Life*.

Dem Geheimnis auf der Spur

Billy Winkler

Die einsame Entscheidung, die ich getroffen hatte, veränderte die Vorgehensweise und meine Emotionen. Immer wieder tauchte in meinen Gedanken die Frau im Spiegel auf, die mir entgegenblickte und die ich so noch nie gesehen hatte. Um die beruflichen Ziele zu erreichen, bot ich meinen Körper an. Das, was mich jedoch am meisten beschäftigte, war die sexuelle Lust, die ich dabei empfand. Ich musste es nicht einmal vortäuschen. Verrückt, anders konnte ich es nicht formulieren.

In einer dieser Mode- und Frauenzeitschriften, die ich bislang verschmähte, hatte ich vor einigen Tagen von dem »moralischen Kompass« gelesen. Eine Formulierung, die meine persönliche Lage bestens beschrieb. Frühere Werte verloren sich und ohne Navigation stolperte man zerrissen durchs Leben. Der Zeitpunkt, meine Existenz außerhalb der verdeckten Ermittlung komplett zu verdrängen, war bereits überschritten. Das betraf insbesondere Markus, meinen Ehemann, den ich aus Kalkül betrog. Sofern es mir nicht gelang Cecilia die Macht über mein Handeln zu übergeben, drohte ein Zusammenbruch, denn Billy besaß diese Stärke nicht.

Einen ersten Plan, wie ich die Intimität zwischen uns für die Operation nutzen konnte, hatte ich bereits geschmiedet. Schon am darauffolgenden Abend wollte ich diesen in die Tat umsetzen. Mit einem mir fremden Mann nachts ein Bett zu teilen, fühlte sich befremdlich an, dennoch diente das als Ausgangsbasis.

Nach einem gemeinsamen Abendessen in der Villa zogen wir uns ins Schlafzimmer zurück. Er wirkte wie ausgewechselt und verwöhnte mich mit einer ausgiebigen Streicheleinheit, die ich mir gern gefallen ließ. Offen gestanden hätte ich ihm nie und nimmer so viel Zärtlichkeit zugetraut.

»Cecilia, was machst du mit mir?« Wir lagen nach dem Sex gemeinsam auf dem Bett. Dieses Mal suchte ich keinen Abstand, ich … Cecilia rekelte sich direkt neben Ethan.

»Verrate du es mir?«

»Der Tag war gelinde gesagt beschissen, allerdings in deiner Nähe vergesse ich es und genieße die Zweisamkeit.«

»Das ist doch wunderschön«, flüsterte ich und verdrängte, wie abgebrüht ich vorging. »Was hat dich heute gestresst?«

Er winkte ab. »Das Business. Aber darüber will ich nicht sprechen, da habe ich Besseres vor.« Erneut suchte er meinen Mund und küsste mich. Sofort bemerkte ich seine wiederkommende Erregung. »Du machst mich so an, dass ich das Gefühl habe, süchtig zu werden.«

»Solch Worte aus deinem Mund?«, neckte ich ihn und hoffte, dass es mir gelang, ihn davon abzuhalten. Ich durfte nicht meinen Auftrag mit meinen persönlichen Bedürfnissen vermischen, selbst wenn eine Frau wie Cecilia sich nicht zurückhalten würde.

»Warum nicht?«

»Du wirkst stets distanziert und was die Frauen angeht eher oberflächlich«, merkte ich also an.

»Soso, findest du das?« Er grinste verschlagen. »Ich bin ein alleinstehender Mann, der sich das Leben versüßt, und dazu brauche ich weder Tiefe noch irgendwelche Nähe, die über die Körperlichkeit hinausgeht.«

»Du bist sehr offen.«

»Nein, das ist kein Geheimnis. Die Frauen, die sich auf mich einlassen, wissen das und verfolgen in der Regel andere Interessen.«

»Ach, welche denn?«

»Vielleicht auch die, die du im Sinn hast?«

Eine Sekunde stutzte ich. Doch da er es im Zusammenhang mit anderen Bettgespielinnen formulierte, beunruhigte mich die Aussage nicht. »Was soll ich denn im Sinn haben?«

»Von meinem Lebensstandard zu profitieren?«

»Das ist eine Option, die ich noch nicht in Betracht gezogen habe.« *Welch geniale Antwort.* »Aber ich kann ja mal darüber nachdenken, wenn du mich quasi mit der Nase darauf stößt. Was kannst du mir denn bieten?«

Er grinste verschlagen. »Du bist ein echtes Biest.«

»Gibt es noch etwas zu trinken?«, lenkte ich von dem Thema ab.

»Sicherlich.« Er griff nach der Flasche auf dem Nachttisch neben sich und füllte das danebenstehende Glas.

»Bitteschön und zum Wohl!«

»Einfach lecker ...« Ich genoss den prickelnden und aromatischen Geschmack des teuren Champagners.

»Auf ein sehr außergewöhnliches Erlebnis.«

»Danke.« Mit einem Lächeln im Gesicht stießen wir an. »Ich habe einen Mordshunger. Gibt es irgendwo im Haus noch eine Kleinigkeit zu essen?«

»Ich denke schon«, erwiderte er mit einem Augenzwinkern.

»Wenn du mir einen Lageplan deiner Villa gibst, kann ich gern den Kühlschrank plündern.«

Ethan stellte sein Glas ab und stand behände auf. »Du treibst mich zu den ungewöhnlichsten Taten.«

»Wie meinst du das?«

»Ich habe noch nie eine Frau in meinem Schlafzimmer bewirtet«, gestand er, während er einen Morgenmantel überwarf.

»Dann wird es aber höchste Zeit.« Ich bewunderte mich für diese gespielte Gelassenheit.

Einige Sekunden später, nachdem er verschwunden war und ich sicher sein konnte, dass er nicht hinter der Tür lauerte, sprang ich zu meiner Handtasche. Ich hatte sie vorsorglich mitgenommen und kramte nun unter Herzklopfen ein kleines Fläschchen hervor. Die Hände zitterten, als ich vier Tropfen des Schlafmittels in sein

Glas träufelte. *Mata Hari ist ein Scheißdreck gegen mich!* Obwohl ich wusste, dass man die Substanz nicht schmeckte, stand ich unter Hochspannung. Zur eigenen Beruhigung trank ich mein Glas in einem Zug leer und schenkte mir nach. Ich begann zu frösteln und schlüpfte in den kunstvoll bestickten Seidenbademantel, den Ethan mir zum Start des Abends als unmissverständliches Geschenk überreicht hatte. Schnell ließ ich einen winzigen USB-Stick, den ich in ein Papiertaschentuch gewickelt hatte, in die Bademanteltasche gleiten. Ein Taschentuch zum Naseputzen schien mir eine gute Tarnung, sofern er es nicht direkt in die Hand nahm, was ich als sehr unwahrscheinlich ansah.

Es dauerte eine gefühlte Ewigkeit, bis Ethan mit einem Tablett voller Leckereien zurückkam. »Auf meine Haushälterin ist Verlass.«

»Oh, wie lecker! Pastete, Kuchen und Erdbeeren – ich liebe es.«

Er nahm eine Frucht und schob sie mir vorsichtig zwischen die Lippen. »Herrlich süß!«

»Oh ja!«, schwärmte ich und reichte ihm sein Glas. »Dazu ein Schluck Champagner, das ist die perfekte Komposition.« Mein Pulsschlag erhöhte sich und ich sorgte mich, dass er die von mir ausgehende Anspannung registrierte. Doch nichts deutete darauf hin. Ich wusste, dass die Wirkung nach ungefähr zehn Minuten einsetzte und er in einen tiefen Schlaf fallen würde. Von Zeit zu Zeit schielte ich auf den Digitalwecker, zählte die Sekunden und plapperte ein wenig von den letzten Erlebnissen als Mode-Bloggerin.

»Du hast mich geschafft.« Langsam setzte die Wirkung ein.

»Ja, wir sollten uns schlafen legen.«

Glücklicherweise sah er in dem nur mäßig beleuchteten Zimmer nicht mein errötetes Gesicht. Ich konnte mich nicht erinnern, wann ich das letzte Mal derart nervös war. Er kämpfte einen Moment gegen den Schlaf an, bis die Tropfen ihre volle Wirkung entfalteten. Ich biss mir auf die Lippen und konzentrierte mich auf seine Atmung. Die Atemzüge wurden gleichmäßiger.

»Hey, schläfst du?« Ich stupste ihn vorsichtig an.

Mit einem Brummen legte er sich auf die Seite. Meine Knie zitterten, als ich leise aufstand. Wieder drehte er sich um und mein Herz blieb vor Schreck fast stehen. Erneut wartete ich einen Augenblick, aber er schlief. Auf Zehenspitzen huschte ich die Treppen hinunter. Auf dem Sommerfest hatte Ethan mich in dem Haus herumgeführt und auch später hatte ich mich umgesehen und versucht, mich zu orientieren.

Bei jedem noch so leisen Geräusch zuckte ich zusammen. Das Schlagen einer Standuhr raubte mir den letzten Nerv. Glücklicherweise hatten wir Vollmond und die nahezu runde Kugel spendete ein diffuses Licht, sodass ich mich gut vorantasten konnte.

»Ich muss das Büro finden … Hier lang … Okay, die dritte Tür, neben der Bibliothek.« Ich flüsterte zur eigenen Beruhigung die Worte vor mich hin.

»Was mache ich, wenn sie abgeschlossen ist?« Ich drückte die Klinke. »Fuck! Natürlich …« Fieberhaft überlegte ich, wo ich seinen Schlüsselbund gesehen hatte, und erinnerte mich an eine Beobachtung. »Ja, in der rechten Schublade der Kommode in der Eingangshalle.« Ich hatte durch Zufall mitbekommen, wie er den Schlüsselbund beim Nach Hausekommen an unserem ersten Abend dort hineingetan hatte. Erleichtert atmete ich auf, dass mich mein Gedächtnis nicht im Stich ließ.

Ständig lauschte ich, ob sich im Obergeschoss etwas rührte. Doch das, was ich wahrnahm, war nur das wilde Klopfen meines Herzens. Bis ich den passenden Schlüssel fand, vergingen weitere Minuten. »Endlich …« Vorsichtig öffnete ich die Tür. Das leise Knarren jagte mir eine erneute Hitzewelle durch den Körper.

Meine Augen hatten sich mittlerweile an das schale Licht gewöhnt und ich tastete mich voran. Das Ziel war der Schreibtisch, auf dem ich eine Lampe vermutete. Ich musste das Risiko, gesehen zu werden, eingehen. Ein kleiner Lichtkegel erhellte den Raum, sodass ich mir einen besseren Überblick verschaffen konnte. Erstaunlicherweise entsprach der Raum noch der von Ethan beschriebenen ehemaligen Ausstattung. Nostalgie? Darüber nachzudenken, war der ungünstigste Zeitpunkt überhaupt.

Der Laptop stand auf dem Schreibtisch und ich klappte den Deckel hoch. Wie erwartet, gab es ein Passwort und dafür benötigte ich unter anderem den Stick. Darauf befand sich ein Entschlüsselungsprogramm.

Blitzschnell liefen etliche Zahlenreihen über den Bildschirm. »Ja …« Wenige Minuten später lieferte mir die Software die Lösung. Mit ein paar Klicks kopierte ich die gesamten Daten auf den externen Datenträger.

Ich lauschte angestrengt und glaubte, eine Tür ins Schloss fallen zu hören. Innerliche Panik breitete sich aus. *Bitte nicht! Mach schneller du Scheißding!* Ein *Ping* signalisierte mir, dass der Vorgang abgeschlossen war. Hektisch zog ich den Stick ab, wickelte ihn in das Taschentuch und ließ ihn wieder in der Bademanteltasche verschwinden. Erneut lauschte ich und atmete erleichtert auf, da ich mich getäuscht hatte. Vorsichtig öffnete ich die Schubladen, doch mir fiel nichts Interessantes auf. Mir kam die ernüchternde Vermutung, dass ich hier nicht auf die Informationen oder wenigstens auf Hinweise stoßen würde, nach denen wir suchten. *Es wäre zu einfach.*

Deckenhohe Bücherregale und schwere Vorhänge verbargen die Wände. Einer erregte meine Aufmerksamkeit, da es aussah, als würde er etwas kaschieren. »Ah, das ist interessant«, murmelte ich, als ich den Vorhang ein wenig aufzog. »Eine Tür, keine beeindruckende Tarnung für einen Geheimgang.« Dahinter konnten sich auch außergewöhnlich wertvolle Gemälde oder bedeutende Sammlerstücke befinden. Doch meine Intuition sagte mir, dass ich durch die mehrfach mit Sicherheitsschlössern gesicherte Tür gelangen musste. Sollte ich tatsächlich eine Spur gefunden haben, die uns weiterhalf? Heute Nacht konnte ich jedoch nichts ausrichten.

Bevor ich das Zimmer verließ, vergewisserte ich mich, dass alles wieder an seinem Platz stand. Leise lief ich die Treppe hinauf. Ich betrat das Schlafzimmer – ein weiterer heikler Moment. Erleichtert atmete ich durch, Ethan Grafenberg schlief.

Langsam senkte sich mein Adrenalinspiegel. Es dauerte

allerdings eine ganze Weile, bis ich müde wurde. Zig Gedanken schwirrten mir durch den Kopf. Wieder kam mir Markus in den Sinn und das schlechte Gewissen begann sich auszubreiten. *Nein, nicht jetzt darüber grübeln! Das werde ich alles klären.* Erschöpft drehte ich mich auf die Seite, sodass ich Ethan den Rücken zuwandte, und rollte mich wie ein Igel zusammen. Der angenehme Duft der Bettwäsche ließ mich endlich entspannen.

Ich überlegte dennoch, wie sich meine Lebensumstände gestalten würden, wenn ich eine echte Beziehung mit Ethan einginge. In diesem wundervollen Haus zu leben, sich keinerlei Sorgen um finanzielle Angelegenheiten machen zu müssen, mehrfach im Jahr luxuriöse Urlaubsreisen unternehmen zu können, den Tag so gestalten, wie man gerade wollte – eine reizvolle Fantasie. *Du hast sie nicht mehr alle. Was für eine absurde Idee.*

Wie aus dem Nichts schoss mir sein Sohn Samuel durch den Kopf. Bei dem Gedankenspiel, mit Ethan eine feste Beziehung einzugehen, wäre er dann genau genommen mein Stiefsohn. Das entlockte mir ein Grinsen.

Das blödsinnige Gedankentheater setzte sich fort. Würde er sich genauso verhalten wie sein Vater, wenn die richtige Frau ihn um den Finger wickelte? So leidenschaftlich und zärtlich? Ob er ebenfalls diese starke, bestimmende Ader mit seinem Vater teilte? Dachte ich letztendlich nur darüber nach, um den Altersunterschied, der Ethan und mich trennte, zu umgehen?

Der Besitzer des hippesten Clubs der Stadt war für viele Frauen begehrenswert. Wie mir meine redseligen Freundinnen verraten hatten, war er, sofern es um seine Affären ging, ähnlich gestrickt wie sein Vater. Ich glaube, dass jede Einzelne aus dem Kreis sich wünschte, einen der beiden Grafenbergs für sich zu gewinnen und die Auserwählte zu sein. Wie irrwitzig, dass es mir, als unbedeutende Polizistin mit einer falschen Identität, augenscheinlich gelang, einen der beiden begehrten Männer für mich zu gewinnen.

Unabhängig davon hatte das eh keinerlei reale Zukunft. All das hier war nur ein Arrangement auf Zeit und Staatskosten.

Ich seufzte leise und fühlte mich plötzlich leer und einsam. Obwohl ich eine erste Spur entdeckt hatte, kam keine Freude oder Stolz auf. Was, wenn ich so tat, als hätte ich nichts gesehen? Es musste an der abklingenden Anspannung und am Alkohol liegen, dass mir derart schwachsinnige Eingebungen in den Sinn kamen. *Billy Winkler, pass auf, dass du dich nicht vollständig verlierst.*

Erkenne den Weg

Samuel Grafenberg

Das Alphatier hatte sich wieder einmal genommen, was es wollte. Wie ehrlich er es mit Cecilia meinte, wusste ich nicht einzuschätzen. Letztendlich konnte es mir egal sein. War es mir egal? Obwohl sie mehr durch meinen Kopf spukte, als es mir lieb war, verbot ich mir aufgrund des Respekts vor meinem Vater solche Anwandlungen. Unabhängig davon betrachtete ich unseren Kontakt unterkühlt. Umso mehr überraschte es mich, als sie anrief. Zumindest hatten wir das steife *Sie* abgelegt.

»Ich habe eine Bitte.«

»Welche?«, fragte ich neugierig, da ich nicht die leiseste Ahnung hatte, um was es sich handelte.

»Dir gehört doch das schwarze Lotus Cabrio ...«

»Willst du, dass ich dich zu einer Spritztour einlade?«

»Na ja, so was in der Art.« Sie lachte. »Ich brauche ein Auto dieser sportlichen Luxusklasse, um ein paar Aufnahmen für meinen Blog zu machen, und da dachte ich, du könntest es mir zur Verfügung stellen.«

»Der Fuhrpark meines Vaters reicht dir nicht aus?« Ich konnte einen unterschwelligen Sarkasmus nicht verbergen.

»Darum geht es nicht. Ich habe immer genaue Ideen und deshalb ist mir das Auto als Highlight eingefallen. Aber wenn du nicht magst, dann ist es auch okay.«

Ich überlegte einen Moment. »Nein, kein Problem. Wie hast du dir das vorgestellt?«

»Nichts Spektakuläres, nur für eine Stunde und an einem Ort, wo ich die großartigen Farben unseres Indian Summers gut einfangen kann.«

»Das lässt sich einrichten.« Es gab keinen Grund, ihr den Wunsch abzuschlagen.

»Super. Passt es dir morgen? Laut Wetterbericht soll es weiterhin sonnig bleiben.«

»Um die Mittagszeit habe ich Zeit«, stimmte ich nach einem kurzen Blick in den Kalender zu.

Wir vereinbarten, dass sie zu mir kam, da sie vorher in der Stadt etwas zu erledigen hatte. Sie hatte mir von einer Location außerhalb der Stadt berichtet, wo sie sich mit einer Kollegin verabredet hatte, die die Aufnahmen machte. Ich konnte es nicht leugnen, dass ich mich auf das Treffen freute. Mit einer attraktiven Frau eine spätsommerliche Spritztour zu unternehmen, da gab es weitaus Schlechteres, um den Tag zu verbringen. Außerdem war ich neugierig.

Ich beschloss, meinen Sportwagen für eine Reinigung abzugeben, damit das Schätzchen für die Fotoaufnahmen glänzte.

Kurze Zeit später brach ich auf, um mein tägliches Fitnessprogramm durchzuziehen. Einen Club zu leiten und sich die Nächte um die Ohren zu schlagen, forderte seinen Tribut. Früher steckte ich es besser weg. Zugegebenermaßen ließ ich mich in der letzten Zeit wieder öfters hinreißen, mit den Gästen zu trinken oder mir eine Line zu genehmigen, um die Müdigkeit zu vertreiben.

Im Fitnessstudio ging ich wie üblich aufs Laufband. Eine innere Unruhe und tausend nervige Gedanken, die mir durch den Kopf schwirrten, galt es wegzupowern. Motivierende Musik brachte mich schnell in einen gleichmäßigen Laufrhythmus, die Beine bewegten sich von allein und der Schweiß strömte aus allen Poren. In einer solchen Phase versank die Welt um mich herum.

Wie so oft in der letzten Zeit dachte ich an die Vergangenheit und hinterfragte vermehrt mein jetziges rastloses Leben. Dass sich eine gewisse Unzufriedenheit ausbreitete, verdrängte ich allzu gern. Mit Ende dreißig waren viele meiner ehemaligen Schulfreunde und Kommilitonen verheiratet und hatten eine Familie gegründet. Vor einigen Jahren besuchte ich unzählige Hochzeitsfeiern. Es fand ein regelrechter Heiratsmarathon statt. Die Frage aller Beteiligten, wann und ob ich den Schritt plante, tat ich meistens mit einer lapidaren Bemerkung ab. Bislang gab es keine Frau, die ich so sehr liebte, um sie zu heiraten. Vielleicht traf ich sie, vielleicht aber auch nicht. Ich suchte nicht.

Mein alter Herr, üblicherweise kühl und abgebrüht, hatte unter dem Tod meiner Mutter gelitten, so sehr, wie ich es ihm niemals zugetraut hatte. Zart, fragil und zu Depressionen neigend, zerbrach sie am Leben. Dass sie den Freitod wählte, erfuhr ich erst Jahre später. Vermutlich hätte mich das zu Beginn meines Studiums vollends aus der Bahn geworfen.

Je mehr ich über die Schicksalsschläge nachdachte, desto schneller stellte ich die Geschwindigkeit des Laufbandes ein, das zwang mich, an die persönliche Belastungsgrenze zu gehen. Zum x-ten Mal wurde mir bewusst, dass das, was mit Anita passierte, sich ursächlich für meine emotionale Distanz verantwortlich zeigte.

Meine Muskeln spannten sich an und ich hatte das Gefühl, innerlich zu explodieren. Panisch drückte ich auf den roten Knopf, der die Maschine sofort stoppte. Völlig außer Atem und mit einem ungewöhnlich hohen Puls, zwang ich mich zu einem Cool-down. Auf dem Weg in die Umkleidekabine blieb ich vor einem Spiegel stehen und betrachtete mich. Wieso fühlte sich Cecilia zu meinem Vater hingezogen? Unbestritten, für sein Alter war er ein interessanter Mann. Insgeheim hoffte, dass ich im Alter genauso fit und attraktiv war wie er.

Finanzielle Interessen schien sie allerdings nicht zu verfolgen. Dass mein Vater nach so vielen Jahren unverhofft eine Frau traf, die sein Herz berührte, hätte ich niemals für möglich gehalten. Er hatte ebenfalls nicht gesucht. Vielleicht musste ich mich in Geduld üben? Mein Gott, welch schwermütige Gedankenspiele. Das passte nicht zu meinem Image des Bad Boys.

Der kraftraubende Sport hatte mich hungrig gemacht. Bei all den grüblerischen Gedanken entschied ich, in meinem italienischen Stammlokal eine Kleinigkeit zu essen, um zumindest meinen Gaumen zu verwöhnen. Das Restaurant besuchte ich ausschließlich allein. Ein Ort der Ruhe, verschönert durch wahrhaft kulinarische Genüsse.

»Samuel, wie immer dein Tisch in der hinteren Nische?«, begrüßte mich Alfredo, der Inhaber.

»Wie du das erraten hast.« Ich lachte. »Was hat deine Göttergattin denn heute Außergewöhnliches gezaubert?«

»Ich kann dir die Seezunge empfehlen. Die Zitronensoße – fantastico!« Er formte seine Finger zu einem Kreis und unterstrich es mit einem verbalen Kuss.

»Suona bene, mio amico«, antworte ich mit einem Lächeln. »Ich freue mich darauf.« Ich setzte mich an den Tisch und atmete entspannt durch. Alfredo servierte mir meinen bevorzugten Weißwein und die köstlichen warmen Panini, die ich in das exzellente Olivenöl tauchte.

Um diese Uhrzeit war die Trattoria noch wenig besucht. Von meinem Tisch konnte ich den Eingang sehen, ohne zunächst selbst gesehen zu werden. Die Tür öffnete sich und eine Frau betrat das Lokal. »Oh nein …«, murmelte ich und griff wie in einem Film zur Speisekarte, um mein Gesicht zu verdecken. Ich schielte über den Rand der Karte und hoffte inständig, dass mir ein Zusammentreffen erspart blieb. Sie sah sich um. Meine mäßige Tarnung half nichts und sie kam geradewegs auf mich zu. Wie in aller Welt hatte sie mich hier ausfindig gemacht?

Eine längst abgehakte Affäre baute sich vor mir auf.

»Warum antwortest du nicht auf meine Nachrichten?«

»Monika, dir auch ein Hallo.« Ich konnte nicht verhindern, dass ich die Augen verdrehte.

»Guck mich nicht so blöd an«, fauchte sie. »Das ist nicht lustig.«

»Kannst du mir mal verraten, was dein Auftritt hier soll?«

»Das fragst du noch?« Ihre Stimme zitterte und sie kämpfte gegen die Tränen an.

Höflicherweise hätte ich ihr einen Platz anbieten müssen, aber dazu fehlte mir jegliche Motivation. Ich sah sie mit zusammengekniffenen Augen an. »Ich befürchte, du hast es nicht verstanden beziehungsweise falsch interpretiert.«

»Dir hat das gemeinsame Wochenende also nichts bedeutet?«

»Es war sehr schön, keine Frage. Doch anscheinend musst du das Wesentliche überhört haben.« Wie ich diese Art der Unterhaltungen hasste.

»Wenn du es ebenfalls genossen hast, warum meldest du dich nicht?« Ihre Stimme wurde schriller. »Ich dachte, das, was zwischen uns passiert ist, war etwas Besonderes.«

»Nein.«

Sie sah mich mit geweiteten Augen an. »Du Arschloch!«

Jetzt wurde es mir zu bunt. »Stopp! Ich habe dir keinerlei Versprechungen gemacht.« Mein Ton nahm an Schärfe zu. »Wir hatten geilen Sex und auch sonst eine Menge Spaß, aber mehr nicht.«

»Ich verstehe es nicht«, schluchzte sie plötzlich. Mein Mitleid hielt sich jedoch in Grenzen. »Ich dachte …«

»Was willst du von mir hören?« Die Anspannung wuchs. »Okay … Du warst eine von vielen, hast du das verstanden? Ich hatte Lust auf Sex mit dir, mehr nicht! Das Ganze habe ich uns mit einem Wellnesshotel versüßt, für das du übrigens keinen Cent bezahlt hast.«

»Was bist du nur für ein mieser Typ? Zählen die intimen Momente zwischen uns gar nichts?«

Ich atmete tief durch. »Noch einmal: Ich habe dir nichts versprochen und meine, mich klar ausgedrückt zu haben.«

Sie sah mich mit tränengefüllten Augen an und ballte die Hände zu Fäusten. »Weißt du was, Samuel? Ich hoffe, dass du irgendwann auch mal diesen Schmerz der Zurückweisung erfährst, du selbstgefälliger Wichser.«

»Whoa, whoa, halte mal den Ball flach.«

Sie warf mir einen hasserfüllten Blick zu, drehte sich um und verließ fluchtartig das Lokal.

»Mannomann …«, murmelte ich und seufzte. Es war nicht

das erste Mal, dass mich eine verletzte Frau mit einer derartigen Verbitterung konfrontierte. Hatte ich es mir zu einfach gemacht? Vermutlich wollten es die Ladys nicht wahrhaben und hegten den Wunsch, eine Ausnahme zu sein. Bislang prallte ein solches Gehabe an mir ab. Heute jedoch fühlte ich mich zum ersten Mal unwohl. Standen die Grafenberg-Männer vor einem echten Umbruch? Mein alter Herr kehrte seinen Bunnys den Rücken zu und verliebte sich. Mich packte unvermittelt das schlechte Gewissen.

Das tiefgründige Grübeln verschwand nicht aus dem Kopf. Im Gegenteil, es fing an mich zu drangsalieren. Mit einer Handbewegung bestellte ich einen Grappa. Ab und zu stöberte ich durch die Facebook-Accounts meiner verheirateten Freunde, die dort ihr Familienleben mal mehr, mal weniger zur Schau stellten. Eine Familie, die mir in der Form verwehrt geblieben war. Erneut orderte ich einen Grappa und mein italienischer Freund ließ mit einem saloppen Spruch die Flasche auf dem Tisch stehen.

Ich liebte heißen und unverbindlichen Sex und die immerwährende Jagd nach einer neuen Eroberung trieb mich an. Mein Vater agierte ähnlich, um den Suizid meiner Mutter zu verdrängen, so meine Vermutung. Ob es zutraf, wusste ich nicht. Ich wäre der letzte Mensch, dem er sich anvertraute. Möglicherweise lag meine emotionale Isolation daran, dass ich mich vor tiefer gehenden, seelischen Verletzungen schützen wollte. Ich schaffte mir nicht mal ein Haustier an, um eine engere Bindung zu vermeiden

War mein Leben nur ein Traum, eine Illusion, das Haschen nach dem Glück im Wind? Ich wusste es jedenfalls in diesem Moment nicht und gönnte mir einen letzten Grappa, der die trüben Gedanken aufweichte. Die eine entscheidende Frage blieb jedoch:

War ich dazu bereit, mich neu zu orientieren?

Gefährlicher Schnee

Billy Winkler

Ein altes Fabrikgebäude zu teuren Lofts umzubauen, entsprach genau dem Trend, um eine wohlhabende und hippe Klientel in einer Metropole wie Frankfurt zu bedienen. Die sanierten Backsteinfassaden strahlten trotzdem etwas Morbides aus. Also nicht verwunderlich, dass ein Mann wie Samuel Grafenberg in einem solchen Gebäude eine Wohnung besaß. Im Erdgeschoß hatten sich diverse innovative Firmen angesiedelt, die, wie viele Start-up-Unternehmen, offensichtlich eine besondere Umgebung benötigten, um ihre Ideen zu entwickeln. Ethan hatte mir erzählt, dass er den gesamten Komplex aufgekauft hatte. Es wunderte mich nicht, dass er wieder einmal den richtigen Riecher gehabt hatte, um sein Vermögen zu vergrößern. Ob bei der Vergabe der Grundstücke alles mit rechten Dingen zuging, bezweifelte ich.

Wie in einem amerikanischen Film bestieg ich einen alten Lastenaufzug, der, so meine Hoffnung, technisch auf dem neusten Stand gebracht worden war. In der zweiten Etage hielt das Monstrum und ich drückte die schwere Tür auf. Lediglich Samuels Loft befand sich in diesem Stockwerk. Etwas verwundert registrierte ich, dass die Wohnungstür einen Spalt offen stand. »Hallo?« Vorsichtig trat ich ein. Bei dem Anblick des großen und geschmackvollen Raumes verschlug es mir den Atem. Backsteinwände, die den alten Charme widerspiegelten, eine moderne Kochinsel nebst einer stilvollen, offenen Küche. Zwei mal zwei Meter große Ölgemälde, die in einem Farbenmix strahlten.

Ansonsten war der Wohnraum spärlich möbliert. Ein mächtiger Flügel, der dem Raum ein besonderes Ambiente verlieh, überraschte mich. Okay, wir kannten uns nicht sonderlich gut, aber eine musische Seite hätte ich ihm nicht zugetraut.

Der ganze Luxus wurde jedoch von Chaos überlagert. »Was ist denn hier passiert?« Überall standen leere Flaschen herum, es sah nach einer wilden Party aus.

»Samuel? Ich bin es, Cecilia!« Keine Antwort. »Seltsam.«

Auf einem monströsen Tisch fiel mir ein kleiner Spiegel ins Auge, der noch die letzten Spuren von Koks aufwies. *Die haben es ja richtig krachen lassen.* Suchend sah ich mich um. In der ganzen Wohnung entdeckte ich nur eine Tür. Vermutlich führte die zu seinem Schlafzimmer und dem Bad.

Ich konnte es nicht erklären, aber ein ungutes Gefühl stieg in mir auf. Etwas stimmte nicht. Im Polizeidienst hätte ich meine Waffe gezogen. Vorsichtig öffnete ich die Tür. In dem abgedunkelten Raum sah ich nur schemenhaft ein Bett. »Hallo? Ist hier wer?«, machte ich mich erneut bemerkbar. Spontan schaltete ich das Licht ein.

»Scheiße!« Hastig eilte ich zum Bett, auf dem eine nackte Frau lag. Ihr Kopf hing über der Bettkante. Im Zimmer herrschte eine Wirrnis aus Klamotten und Flaschen. Ein zusammengerollter Geldschein sprang mir förmlich ins Auge. Ich biss mir auf die Lippen und das ungute Gefühl verstärkte sich. Sofort fühlte ich ihre Halsschlagader. Meine schlimmste Befürchtung bestätigte sich.

»Samuel? Verdammt, wo bist du?« Am Ende des Zimmers sah ich eine weitere Tür. »Fuck, ich glaube ich spinne.« Eine tote Frau in einer durch eine Koksparty verwüsteten Wohnung. *Na wunderbar!* Es hätte nicht schlimmer laufen können. Ich öffnete die Tür und der nächste schockierende Anblick beschleunigte meinen Pulsschlag. In der Mitte des Raumes stand eine Badewanne, die von ihren Ausmaßen eher einem Whirlpool glich.

»Samuel, mein Gott!« Mit einem Satz war ich bei ihm. Er hatte die Augen geschlossen, eine leere Champagnerflasche lag auf dem nackten Oberkörper. Mit zittrigen Fingern fühlte ich auch seine Halsschlagader. »Er lebt«, murmelte ich voller Erleichterung. »Hey, aufwachen …«

Ich schüttelte ihn, doch bis auf ein unverständliches Grummeln erreichte ich nichts. Unter weniger dramatischen Umständen hätte ich vermutlich durch den Anblick des sexy Körpers ein feuchtes Höschen bekommen. Abermals rüttelte ich an seinen Schultern. Er musste sich bedingungslos abgeschossen haben. Ich entschied mich, die Brause aufzudrehen. Eiskaltes Wasser plätscherte über Samuels Körper. Schwerfällig öffnete er die Augen.

»Komm verdammt noch mal zur Besinnung!«, schrie ich, da er nach wie vor in seiner Kokswelt schwebte. Plötzlich schüttelte er sich, so wie ein nasser Hund sein Fell, und setzte sich auf. Ich drehte das Wasser ab und kniete mich vor die Wanne.

»Cecilia … Oh Mann, ich habe keinen Plan …« Mit einem schmerzverzerrten Gesicht fasste er sich an den Kopf. »Was machst du hier? Oh, ja klar, wir sind verabredet.« Langsam kam er zu sich und stützte sich mit den Armen auf dem Rand ab, kraftlos sackte er zusammen. »Sorry, es ist wohl etwas aus dem Ruder gelaufen.«

»Etwas?«, kommentierte ich sarkastisch. »Wer ist die Frau in deinem Bett?« Ich wollte ihn nicht sofort mit der erbarmungslosen Wahrheit konfrontieren.

»Ich weiß nicht … Auf der Party gab es etliche … Ich kann dir nicht sagen, mit welchen von ihnen ich Bock hatte zu vögeln.«

Warum tat er so was? Gehörte das zu seiner gesellschaftlichen Rolle des Badboys? Das Klischee schien sich hiermit bestätigt.

Ich verdrehte die Augen. »Sie ist tot!« Schluss mit dem Schongang.

Er starrte mich ungläubig an. »Was redest du da für einen Mist?«

Ich warf ihm ein Handtuch zu. »Du hast ein Problem.«

Unvermittelt erkannte er, dass ich nicht scherzte. Von einer Sekunde auf die andere schien er bei klarem Verstand zu sein. Hektisch sprang er aus der Badewanne und stürmte ins Schlafzimmer. Ich folgte ihm. »Ich kenne sie nicht. Bist du sicher, dass sie nicht mehr lebt?« Schockiert raufte er sich durch die Haare. »Das ist ein Albtraum.«

»Wie, du weißt nicht, wer sie ist? Sie liegt nackt in deinem Bett …« Ich fand es abstoßend, wie eine Party so aus dem Ruder laufen konnte. Irritiert nahm ich den schmerzhaften Stich in meinem Herzen wahr. *Der Apfel fällt nicht weit vom Stamm.* Kopfschüttelnd sah ich in sein versteinertes Gesicht.

Ich überlegte fieberhaft, wie ich weiter vorgehen sollte. Normalerweise müsste ich umgehend die Kollegen verständigen, egal welche Todesursache dem zugrunde lag. Eine katastrophale Situation, die meine Tarnung gefährdete. Zunächst wollte ich jedoch mit Samuel sprechen. »Zieh dir etwas an, dann sehen wir weiter.« Er nickte und verschwand im angrenzenden Ankleidezimmer.

Als er außer Sichtweite war, übernahm instinktiv die Kommissarin in mir, die einen Fundort zu durchsuchen hatte.

Auf dem Fußboden entdeckte ich eine Handtasche. Wenn ich Glück hatte, fand ich die Ausweispapiere der Toten. Mit einem Papiertaschentuch, das Fingerabdrücke vermeiden sollte, hob ich die Tasche hoch und kippte den Inhalt auf den Boden. Neben den üblichen Utensilien entdeckte ich etwas, das aussah wie ein Set für Diabetiker. »Na hervorragend«, murmelte ich. Aus der Geldbörse zog ich den Ausweis hervor. Bei dem Geburtsdatum hätte ich kotzen können, da sie gerade einmal fünfundzwanzig Jahre alt war. Die anderen Papiere verrieten mir, dass es sich um eine Austauschstudentin aus Spanien handelte. Ich starrte auf das Diabetikerbesteck. Warum konsumierte eine junge Frau derart viele Drogen und begab sich damit in Lebensgefahr? Ein Leichtsinn, der für mich ein Rätsel blieb. Zu konsumieren, war anscheinend erforderlich, um im Blue66 dazuzugehören.

Samuel stand plötzlich hinter mir und sein fassungsloser Gesichtsausdruck löste eine Welle von Mitleid in mir aus. »Komm erst mal raus hier.« Ich legte eine Decke über das tote Mädchen.

Er nickte stumm und ging mit wackligen Beinen voraus.

Sichtlich erschrocken von dem chaotischen Zustand der Wohnung setzte er sich auf einen Barhocker an der Küchentheke und stützte seinen Kopf mit den Händen ab. Ich hatte mittlerweile einen Kaffeeautomaten entdeckt und versuchte, den richtigen Knopf für einen normalen Kaffee zu finden. Mit Getöse mahlte die Maschine die Kaffeebohnen und endlich entstand ein aromatisches Heißgetränk.

»Bitte, das wird dir guttun.« Ich stellte die Tasse vor ihn.

»Danke«, murmelte er, rührte den Muntermacher jedoch nicht an. Am liebsten hätte ich ihn umarmt. Andererseits hasste ich Menschen, die in diesem Ausmaß die Kontrolle verloren.

»Warum bist du so cool?«, fragte er mich mit tonloser Stimme.

Ich zuckte mit den Schultern. »Weiß nicht.« Was sollte ich sonst antworten? Dass dies als Polizistin Alltag für mich war? »Du bist dir im Klaren, dass wir die Polizei verständigen müssen?«

»Ich verstehe nicht, wieso das passiert ist. Der Stoff ist sauber. Wir haben alle viel getrunken, das hat sich so ergeben«, murmelte er fassungslos. »Der Alte bringt mich um.«

»Dein Vater? Wieso?«

Samuel schüttelte den Kopf und zwang sich ein gequältes Lächeln ab. »Offensichtlich weißt du nicht wirklich, wer er ist.«

Es kostete mich einiges an Kontrolle, um meine Mimik nicht meinen Empfindungen gleichzusetzen. Diese verlogene Rolle zu spielen, drehte mir fast den Magen um. Sollte eine Katastrophe, die einer jungen Frau das Leben gekostet hatte, dazu führen, dass ich mehr Informationen für meine Ermittlung erhielt?

»Niemals mit der Polizei in Berührung kommen, das ist sein Credo.«

»Keiner möchte das …«

»Er insbesondere.« Aus Samuels Stimme klang eine riesengroße Verbitterung hervor. »Vater hat auch damals …« Er brach ab.

»Was hat er damals?« Gab es etwa noch eine Leiche in Grafenbergs Keller?

Samuel schüttelte den Kopf. »Vergiss es.«

»Warum hast du dich so zugedröhnt?«

»Ich hatte einen beschissenen Tag und da hat es sich halt ergeben.« Er sprach mit mir, ohne mich anzusehen.

»Tolle Idee, das ist bestimmt keine Lösung.«

»Willst du mir jetzt auch noch eine Moralpredigt halten?«, blaffte er mich unvermittelt an. »Ich habe mit dem Scheiß hier ganz andere Sorgen.«

Oh ja, Drogenkonsum vom Feinsten, ein ungeklärter Todesfall … »Okay, du sagst, keine Polizei, was ein Irrsinn ist. Was sollen wir stattdessen unternehmen?« Obwohl mir eine Idee kam, wollte ich nicht vorpreschen. Zu viel Souveränität löste möglicherweise Samuels Misstrauen aus. »Hast du gewusst, dass sie unter Diabetes litt?« Vermutlich beging ich einen großen Fehler.

»Nein, ich kannte das Mädchen kaum. Woher weißt du das?«

»Ich habe Hinweise dafür in ihrer Handtasche gefunden.«

Er sah mich irritiert an. »Du agierst wie eine Polizistin.«

Ein unvorstellbarer Schreck jagte durch meinen gesamten Körper. Hatte ich mich mit dem kontrollierten Verhalten zu weit aus dem Fenster gelehnt? Wie würde eine Frau wie Cecilia im wahren Leben reagieren – panisch, kopflos, gar hysterisch? »Findest du? Was hilft es uns, wenn wir beide den Kopf verlieren?«

»Vermutlich nichts.« Er seufzte.

»Ich rufe deinen Vater an, der soll sich darum kümmern!« Mit dem Vorschlag, der einen Teil meiner waghalsigen Strategie darstellte, machte ich mich zur Komplizin. Ein Mann wie Grafenberg schützte seine Familie und verfügte über ausreichend Kontakte, eine Leiche verschwinden zu lassen. Damit verschaffte ich mir einen immensen Vertrauensbonus, den kein Sex der Welt herstellen würde. Meine Kollegen plante ich später einzuweihen. Ein riskantes Spiel, das durchaus weitreichende Folgen mit sich bringen konnte. Doch ich entschied, die Verantwortung zu übernehmen. Um mit Grafenberg zu schlafen, benötigte ich ebenfalls keine Zustimmung, das wurde von mir erwartet, also agierte ich in dem Fall ebenso eigenständig.

Ich war seit dem nächtlichen Ausflug nicht weitergekommen

und brauchte dringend Ergebnisse. Die Auswertung des Sticks hatte lediglich private und keine relevanten Daten ergeben. Was sich jedoch nachvollziehen ließ, war, dass Grafenberg regelmäßig meine Seiten besuchte.

»Oder hast du einen besseren Vorschlag?« Samuel schüttelte abermals den Kopf. Einen Moment hielt ich inne. *Wie verletzlich er wirkt, nichts erinnert mehr an den coolen Typ aus dem DAX.* Fürsorgliche Instinkte gehörten nicht zu meinen favorisierten Charaktereigenschaften, hier konnte ich jedoch nicht anders. Ich ergriff seine Hand, berührte ihn zum ersten Mal. Trotz der brisanten Lage erfasste mich ein Kribbeln. Wie ein leichter Stromschlag, der von den Zehen- bis zu den Haarspitzen wanderte. Wir sahen uns an und da war plötzlich eine Verbindung, so etwas wie Vertrauen, ich konnte es nicht definieren.

Mein ausgeprägtes Gespür für Menschen in solchen Gegebenheiten verriet mir, dass er etwas sagen wollte, das nicht mit dem heutigen Drama zusammenhing. Es fühlte sich wie bei einem polizeilichen Verhör an, in dem der Tatverdächtige mit den eigenen Schuldgefühlen ringt, ob er auspacken oder schweigen soll.

Doch er schwieg und nickte. Nach einer Weile sagte er leise: »Wahrscheinlich hast du recht.«

Eine Zerrissenheit, die sich zwischen der Polizistin und dem IT-Girl abspielte, verursachte ein Gefühlswirrwarr sondergleichen. Der Wunsch, ihn zu unterstützen, setzte sich jedoch blitzartig durch. Sanft strich ich über seinen Handrücken. »Okay, ich mach das für dich.« Ich löste mich von ihm, holte mein Handy und wählte Ethans Nummer, die er mir mittlerweile anvertraut hatte. Er meldete sich nach nur zweimaligem Klingeln. Ohne Begrüßung kam ich auf den Punkt: »Bitte komm' sofort zu Samuels Wohnung.«

»Du hörst dich gestresst an.«

»Ja, bin ich.«

»Was ist passiert? Ich bin am anderen Ende der Stadt und habe viele Termine.«

»Die musst du absagen, verschieben, wie auch immer.« Mein Ton wurde flehender.

»Was faselst du da für ein Zeug?« Ethan mochte es nicht, wenn man in dieser fordernden Art mit ihm sprach.

»Ich weiß, dass es ungewöhnlich ist, entschuldige. Aber, bitte, es ist sehr wichtig. Sonst hätte ich nicht angerufen. Glaube mir, es ist gewiss keine Lappalie.«

»Ist er in Schwierigkeiten?«

»Ja.« Meine Stimme zitterte unablässig. Die eben noch verspürte Gelassenheit hatte sich in Luft aufgelöst.

»Was ist passiert?«

»Nicht telefonisch«, wisperte ich, so als höre man uns ab. Am liebsten hätte ich ihn gebeten, sein Telefon auszuschalten, damit die Kollegen, die mittlerweile die Handyortung eingerichtet hatten, ihn nicht verfolgen konnten. Aber wie sollte ich das erklären?

»Na dann werde ich mich mal um meinen Herrn Sohn kümmern.« Ohne eine Verabschiedung legte er auf.

Ich sah Samuel an und nickte ihm aufmunternd zu. »Er ist auf dem Weg.«

»Danke. Er wird alles regeln – wie immer.«

Die Worte verstärkten meinen Verdacht, dass zwischen Vater und Sohn irgendetwas vorgefallen sein musste.

»Ich habe ebenfalls Angst, das kannst du mir glauben«, flüsterte ich. »Lass uns das Chaos beseitigen.« Ich konnte nicht tatenlos herumsitzen. Da keine Spurensicherung den Tatort sichten würde, hielt ich es für sinnvoll, Ethan nicht mit den Ausmaßen der exzessiven Party seines Sohnes zu konfrontieren. Mit alldem verstieß ich gegen jede Regel, doch ich konzentrierte mich zunächst auf die lösbaren Probleme. Still folgte Samuel meinem Beispiel, wirkte dabei jedoch so gedankenverloren und sich in sich gekehrt, dass ich ihm am liebsten in den Arm genommen hätte.

Als Billy Winkler hätte ich ihm wenigstens die polizeilichen Maßnahmen erklären können und ihm versichern, dass der Tod des Mädchen ein furchtbarer Unfall gewesen war.

Als Cecilia Ballier wurde von mir vermutlich erwartet, dass ich mich von Ethan Grafenberg retten ließ, weil ich ein zartes Modeblogger-Seelchen war. Hoffentlich kaufte Ethan mir diese Rolle weiterhin ab.

Welch eine beschissene Situation.

Nach einer gefühlten Ewigkeit betrat Ethan Grafenberg das Loft. Sein düster dreinblickender Bodyguard hielt sich diskret im Hintergrund. »Was machst du eigentlich hier?«, fragte er statt einer Begrüßung.

»Ursprünglich Modefotos mit dem Lotus …«

Samuel kam schwerfällig auf ihn zu. Auch an einem Bad Boy sowie erfahrenen Partyfreak ging so eine aus dem Ruder gelaufene Nacht nicht spurlos vorüber. Sein zerknirschter Gesichtsausdruck verriet, wie beschämend es für ihn war, Ethan um Hilfe zu bitten. Der Respekt gegenüber seinem Vater war mehr als deutlich. »Danke, dass du gekommen bist.«

»Was ist passiert?« Nicht die Spur einer Regung zeichnete sich in seinem Gesicht ab.

»Ein totes Mädchen – in meinem Schlafzimmer.« Samuels Stimme bebte. Ich sah, wie er seine zitternden Finger in den Taschen seiner Jeans verbarg.

Eine Zornesfalte bildete sich über Ethans Nasenwurzel und er schüttelte den Kopf. Seine Augen funkelten Samuel böse an. Ich stand etwas abseits und beobachtete mit einem mulmigen Gefühl die Szene.

»Zu viele Drogen konsumiert? Oder was anderes?« Mich erschütterte seine Emotionslosigkeit. Welcher Vater ging so mit seinem Sohn um? Wieso sagte er ihm nicht, dass alles gut werden würde oder zeigte einen Hauch von Fürsorglichkeit? Ethan benahm sich rein professionell, als gehörte dies zum alltäglichen Geschäft – etwas, das mich noch mehr erschreckte.

»Sie hatte Diabetes, Alkohol und Koks …«, half ich Samuel aus der Bredouille, da er sich schwertat, zu antworten.

»Halt dich da raus«, fuhr er mich an. »Es ist ärgerlich genug, dass du davon weißt.«

Betreten wandte ich mich ab. *Was für ein Arsch.* Hatte ich ernsthaft darüber nachgedacht, wie eine echte Beziehung mit Ethan verlaufen würde?

Er zeigte kein Interesse daran, sich ein Bild von der Lage zu machen. »Wer weiß davon, dass das Mädchen hier auf der Party war?«

»Wir haben sie im Blue getroffen und ich glaube nicht, dass sie jemand aus dem Kreis näher kannte.«

»Samuel, glauben oder wissen, das ist ein erheblicher Unterschied.«

Samuel senkte wie ein geschlagener Hund den Kopf. »Ja, Vater, ich bin mir sicher.«

»Gut«, brummte er und griff in der Jackentasche nach seinem Telefon. »Ich kümmere mich darum. Ihr zwei verschwindet.«

Meine Fassungslosigkeit stieg in Anbetracht dieser Abgebrühtheit. »Was hast du vor?«, wisperte ich, da ich Informationen benötigte, um meine weitere Vorgehensweise zu planen.

»Sagte ich nicht, dass du dich da raushalten sollst?« Und zu Samuel gewandt: »Wir sprechen uns später in der Villa.« Bevor wir das Loft verließen, nahm er mich zur Seite, packte mich fest am Arm, sodass es schmerzte. »Kein Wort zu niemandem, klar?« Durch die bedrohliche Tonlage zuckte ich zusammen und nickte. »Aber ich kann mich ja auf dich verlassen, nicht wahr?«

»Ja«, presste ich hervor. In der Sekunde stellte sich mir die bange Frage, wie ich es schaffen sollte, meine Kollegen zu informieren, ohne Ethans Misstrauen zu wecken. Mir kamen Bedenken, ob ich die richtige Entscheidung getroffen hatte. Als Polizistin hatte ich gelernt, in Gefahrensituationen schnell zu handeln und in einer solchen hatte ich mich meiner Meinung nach befunden.

Leise fiel hinter uns die Tür zu. Wie so oft regelte Ethan Grafenberg seine Angelegenheiten allein und abseits von neugierigeren Ohren.

Schweigend fuhren Samuel und ich mit dem Aufzug ins Basement. Mir rasten etliche Gedanken durch den Kopf. Was, wenn ich meinen Kollegen den Vorfall verschwieg? Die Vorstellung, dass die junge Frau wie Abfall entsorgt wurde, löste Übelkeit aus. War es bei Kessy ähnlich abgelaufen? Hatte jemand sie nackt und mit Drogen vollgepumpt gefunden? Was in aller Welt hatte ich mir dabei gedacht? Es gab nichts Schlimmeres, als eine elementare Entscheidung infrage zu stellen. Vertrauensboni hin oder her.

Vor dem Gebäude verharrten wir unschlüssig. Ich blickte die Fassade hinauf, doch äußerlich ließ nichts darauf schließen, was ich eben erlebt hatte.

»Was für eine verdammte Scheiße.« Samuel rieb sich mit den Händen übers Gesicht.

»Für den Tod des Mädchens bist du nicht verantwortlich«, versuchte ich, ihn zu beruhigen. »Du konntest nicht wissen, dass sie Medikamente nimmt. Es war allein ihre Entscheidung.«

»Kann sein.« Er wirkte wenig überzeugt. »Es ist ein sich wiederholender Albtraum.«

»Wie meinst du das?« Ich wurde hellhörig.

»Ach, schon gut«, wich er abermals aus.

»Soll ich dich begleiten?«

»Nein, ich möchte lieber allein sein.« Er sah mich an. Pure Verzweiflung zeichnete in seinem Gesicht ab. Ethan war in der Lage, Gefühle zu zeigen. Weshalb schenkte er seinem Sohn gerade nicht einen Hauch davon? Zum zweiten Mal in kurzer Zeit erfasste mich diese unerträgliche Zerrissenheit. Ein solches Drama trug üblicherweise nicht dazu bei, sich einem Menschen unvermittelt nahe zu fühlen. Der Wunsch ihn liebevoll, beruhigend in den Arm zu nehmen, wuchs dennoch. Warum verhielt sich sein Vater wie ein Eisblock?

»Wie du meinst.« Es fiel mir schwer, die Enttäuschung zu verbergen. Die Ratio hingegen sagte mir, dass es richtig war.

»Danke für alles! Es ist schräg, was wiederum zu meiner Familie passt.« Wir standen uns nah gegenüber, sodass ich ihn fast berühren konnte. Überfallartig und wie aus einem Reflex heraus nahm ich ihn in den Arm. Es war eine platonische Umarmung, die zumindest ein wenig Nähe vermittelte, Samuel zögerte jedoch, bevor er sie erwiderte. »Mit dem Wissen wirst du künftig ein Teil davon sein.«

Wie bei der Mafia. Ich löste mich und versuchte weiterhin Gelassenheit auszustrahlen. »Es ist schrecklich, was passiert ist, und ich habe das Beste daraus gemacht.« Wie mies ich mich bei dem Satz fühlte, ließ sich auf keiner Skala messen.

Eilig ging ich zum Fahrzeug. Ich stieg gezwungen lässig ein, doch mein Körper befand sich in Aufruhr. Mit fahrigen Bewegungen steckte ich den Zündschlüssel ins Schloss und konzentrierte mich, den Wagen beim Losfahren nicht abzuwürgen. Samuel stand unterdessen noch immer an der gleichen Stelle. Langsam fuhr ich an ihm vorbei, was er nicht wahrnahm. Hatte ich ihn bislang für einen Snob und einen abgefuckten Egozentriker gehalten, vermittelte er mir hier das gegenteilige Bild. Sensibel und verletzlich – zwei völlig unterschiedliche Gesichter. Für eine Sekunde kam mir der Gedanke, dass uns genau das verband. Wir spielten unsere Rollen, so wie es von uns erwartet wurde.

Ziellos fuhr ich durch die vom Verkehrschaos gebeutelte Stadt. Was sollte ich tun? Aus Angst einen Unfall zu verursachen, steuerte ich den Wagen stadtauswärts, bis mir auffiel, dass ich den Weg nach Hause gewählt hatte. Eine riesige Sehnsucht trieb mich dorthin. Kurz vor dem Ortseingang fuhr ich auf einen Feldweg. Natürlich konnte ich nicht mit dem Cabrio vorfahren, da ich jedoch bereits alle Vorsichtsmaßnahmen missachtete und mich auch nicht bei meinem Team gemeldet hatte, war es fast schon egal. Blitzartig fiel mir ein, dass ich ursprünglich mit Frau Tausendschön verabredet war. Der Kloß im Hals vergrößerte sich abermals. Ich hatte es schlichtweg vergessen und musste mich melden. Dass ich das Shooting nicht wahrgenommen hatte, ließ sich simpel erklären. Ich sandte eine Sprachnachricht an sie, die erklärte, dass ich unabkömmlich sei, da unsere Zielperson, mich mal wieder vereinnahmte. Ein herausragendes Gefühl, alle und jeden zu belügen.

Ich umklammerte das Lenkrad und legte die Stirn darauf. Der ganze Körper schmerzte und ich hatte das Gefühl, mein Kopf zerspringe in wenigen Sekunden. »Ich halte das nicht mehr aus, ich kann nicht mehr.« Die Tränen schossen aus den Augen und die ungeheuerliche Belastung entlud sich in Form eines Weinkrampfes. Meine Nase verstopfte und ich lehnte mich in den Sitz zurück und schnappte nach Luft. Die Umgebung verschwamm durch den Tränenschleier und ich schloss die Augen. Dicke Tropfen kullerten ohne Pause über meine Wangen, liefen den Hals herunter und versickerten schließlich im Rand des Shirts. Die Hände krallte ich weiterhin um das Lenkrad, sodass die Knöchel schmerzten. Das gradlinige Leben der Billy Winkler stürzte wie ein Kartenhaus in sich zusammen. Was blieb, war ein großes Durcheinander.

Langsam versiegten die Tränen, meine Atmung beruhigte sich und ich versuchte, mich ein bisschen zu entspannen. Kurzerhand startete ich den Wagen und fuhr in den Ort. Um diese Zeit waren die Straßen menschenleer. Mit klopfendem Herzen rollte ich langsam an unserem Haus vorbei. Alles sah aus wie immer, so als sei ich erst heute Morgen zur Arbeit gefahren und nicht wochenlang im Einsatz gewesen. Plötzlich kam mir meine kleine Welt wie eine Oase der Ruhe vor. Ich musste hinein, nur für einen winzigen Moment.

Das Auto parkte ich ein paar Straßen weiter und schlich mit gesenktem Kopf, in der Hoffnung, dass mich keiner sah, in den Garten. Natürlich hatte ich den Schlüssel nicht dabei, wusste aber, dass wir unter einem Stein einen Ersatzschlüssel deponierten. Obwohl es mein Zuhause war, kam ich mir wie eine Einbrecherin vor. Wie auf den Fotos, die mir Markus ab und zu schickte, hatten sich die Terrasse und der Garten positiv verwandelt. Ich hatte ein Chaos erwartet und wurde von Ordnung überrascht. Auch beim Betreten des Flures und nach dem Blick in die Küche, bot sich mir ein Bild der Sauberkeit. Ich hätte mich freuen müssen, stattdessen überkam mich Bitterkeit. Warum kümmerte Markus sich jetzt akribisch um den Haushalt? Wie eine Fremde huschte ich durch die Räume, bis mir bewusst wurde, dass ich nach Indizien für eine andere Frau suchte. Was für ein absurder Gedanke.

Es existierten mittlerweile Türen und der Parkettboden war bis auf ein paar typisch fehlende Details fertig verlegt. Vorsichtig lugte ich ins Schlafzimmer. Mit einem Seufzer setzte ich mich auf das ungemachte Bett. Ich sah mich im Raum wehmütig um. Bei dem Anblick eines Fotos von Markus und mir seufzte ich laut. Cecilia Ballier – eine Person, die real nicht existierte, begann mein wahres Leben zu zerstören. Ich jagte einer Illusion nach.

Unvermittelt klingelte mein Handy und ich zuckte zusammen. Fahrig nahm ich es aus der hinteren Hosentasche. Keiner, außer Ethan Grafenberg, rief mit unterdrückter Nummer an. Ich biss mir auf die Lippe, schloss für eine Sekunde die Augen und nahm das Gespräch an.

»Wo bist du?«

»Ethan, hallo, ich fahre ein bisschen herum, um den Kopf freizubekommen.«

»Ich möchte dich heute Abend sehen.«

»Die Ereignisse haben mich ziemlich mitgenommen und ich wollte früh schlafen gehen.« Mir fehlte die Kraft für ein Zusammentreffen.

»Das kannst du auch hier.«

Ich seufzte. »Gut, ich komme.«

»Sehr schön. Wir müssen nämlich reden.«

Wieder dieser Schreck, die Angst, enttarnt zu werden. *So geht das nicht weiter. Ich sollte alles hinwerfen.*

Der Vergangenheit entkommt man nicht

Samuel Grafenberg

Erwartungsgemäß reagierte mein alter Herr aufgebracht, als wir uns in der Villa trafen.

»Ich bin mir nicht sicher, ob wir nicht doch die Polizei hätten einschalten sollen«, gestand ich. Meine Zweifel an der heute getroffenen Entscheidung hatten zugenommen, nachdem ich etwas zur Ruhe gekommen war.

»Ich will in keiner Weise in deren Fokus geraten, aber das ist dir bekannt.« Seine Stimme hörte sich wie früher an, wenn er mich maßregelte. »Was weiß Cecilia?« Dabei sah er mich misstrauisch an.

Ahnte er, dass ich für sie mehr empfand? Das hätte die Lage um einiges verschlimmert. »Sie kam auf die Idee, dich anzurufen.«

»Gut zu wissen«, murmelte er und wirkte einen Augenblick abwesend.

»Was hast du mit der Leiche gemacht?« Obwohl ich die Antwort kannte, stellte ich diese Frage und holte ihn wieder aus seinen Gedanken zurück.

»Je weniger du weißt, umso besser. Es ist auf jeden Fall alles geregelt.« Seine Augen funkelten mich an.

»So wie in der Vergangenheit«, entfuhr es mir. Wir saßen in seinem Büro. Er hinter dem mächtigen Schreibtisch, der die Distanz zwischen uns sinnbildlich hervorhob, und ich davor.

Unvermittelt schlug er mit der flachen Hand auf den Tisch.

»Ja, genau! Glaubst du, in deiner offensichtlich vorhandenen Naivität, dass du da ständest, wo du heute beruflich und gesellschaftlich gelandet bist?«

»Das sind Hypothesen.« Es nervte mich, wie er mit mir sprach, dennoch vermied ich es, dies zu zeigen. Heute war ein denkbar ungünstiger Tag, um ihm zu sagen, dass viele seiner Handlungsweisen mich störten.

»Wie dem auch sei, ich habe es seiner Zeit für dich getan. Genauso wie ich dir heute aus der Klemme geholfen habe. Das tut ein Vater für seinen Sohn.«

»Können wir Cecilia tatsächlich vertrauen?« Sie hatte zwar alles in die Wege geleitet, trotzdem gehörte sie nicht zur Familie. »Du kennst sie besser als ich.«

»Es wird noch einmal ein Gespräch geben, in dem ich ihr sehr deutlich klarmache, dass sie zu schweigen hat. Ich werde ihr die Konsequenzen aufzeigen.«

Meine Befürchtungen, dass er sie in einer Partnerschaft nicht gut behandeln könnte, bekamen neuen Nährboden und ich ergriff unbewusst ihre Partei: »Ich habe eigentlich keine Zweifel, dass sie uns gegenüber loyal ist.«

»Ja, ich stimme dir zu.« Für einen Moment entspannten sich seine Gesichtszüge. Es hatte ihn emotional voll erwischt.

Ein Seufzer entwich mir. »Es ist trotzdem eine Scheißsituation.« Ich stand auf und wanderte im Zimmer umher.

»Ich habe niemals behauptet, dass solche Entscheidungen angenehm sind.« Er wirkte unvermittelt nachdenklich. »Es bleibt einem nur die Option, es radikal zu akzeptieren, da es unabänderlich ist.« Mein Vater sah auf die Uhr. »Cecilia sollte jeden Augenblick hier eintreffen.«

»Ich gehe eine Runde joggen.« Obwohl ich mich mittlerweile selten hier aufhielt, gab es noch mein ehemaliges Zimmer, wo ich ein paar Klamotten deponiert hatte.

»Ich möchte, dass wir zusammen das Abendessen einnehmen.«

»Normalität auf Biegen und Brechen ...«

»Genau, mein Sohn. Ich möchte nicht weiter über das reden,

was heute passiert ist. Ich habe dir deinen Arsch gerettet und es wird alles so weiterlaufen wie bisher. Sonst hätte ich mir das schenken können.« Der Ton nahm an Schärfe zu.

»Schon gut, ich habe es verstanden«, lenkte ich ein. »Dafür bin ich dir sehr dankbar.«

Es klopfte an der Tür und mein alter Herr rief etwas ungehalten: »Herein!«

Margot trat ein. »Herr Grafenberg, Frau Ballier ist da.«

»Sie kann kommen.«

Sofort fragte ich mich, ob mein Vater sie sonst warten ließ. Ein komisches Gefühl erfasste mich, da ich an vorhin dachte. Zum ersten Mal hatte sie sich nicht distanziert und affektiert verhalten und es war eine liebevolle Frau hervorgeblitzt. Am liebsten hätte ich ihre Umarmung inniger erwidert, die Gesamtlage erlaubte es jedoch nicht. Ihre Nähe für den winzigen Moment zu spüren, nahm ich intensiver wahr als die Sexgeschichten. Ein verbotenes Verlangen zu einer Frau, die sich für meinen Vater entschieden hatte.

»Hallo.« Sofort bemerkte ich, dass sie geweint hatte und es versuchte mit viel Make-up und sonstigen Schminktricks zu kaschieren. Die Frau, die den Raum betreten hatte, sah traurig und erschöpft aus. Normalerweise sprühte sie vor Charme und Esprit. Hatte auch sie sich mit der Entscheidung übernommen und bereute es? Ich hoffte, dass wir zeitnah darüber sprechen konnten. Dazu wollte ich jedoch mit ihr allein sein.

»Da bin ich.«

Mein Vater stand auf, ging auf sie zu und begrüßte sie mit einem eher oberflächigen Wangenkuss. Ihre Verfassung nahm er nicht wahr. Wunderte es mich? Nein! »Ich habe dich hierher gebeten, da ich dir noch einmal mit aller Deutlichkeit sagen muss, dass ich von dir absolute Verschwiegenheit erwarte.«

»Ethan, ich habe es dir versprochen.« Sie rang mit der Fassung und warf mir einen flüchtigen Blick zu, der ihm nicht entging. »Wir haben in deinem Sinne gehandelt und dich statt der Polizei angerufen.«

»Setz euch!«, gab er vor und ging hinter den Schreibtisch, blieb allerdings stehen. Ein psychologisch guter Schachzug, da er auf uns heruntersah.

Cecilia nahm Platz, sank in sich zusammen und senkte den Blick. Auch ich setzte mich wieder. Ich vermutete, dass er uns erneut ermahnen wollte, wie ein Lehrer seine Schüler. »Mit den heutigen Geschehnissen hat sich eine elementare Veränderung ergeben.«

»Was meinst du?« Cecilia hob den Kopf und eine immense Anspannung erfasste sie.

»Du bist heute mit einer internen Familienangelegenheit konfrontiert worden, solche Dinge tragen die Grafenbergs nicht nach außen.«

»Das ist mir klar«, murmelte sie.

»Du genießt dadurch einen besonderen Status, das sollte dir bewusst sein.«

»So?« Sie setzte sich gerade hin und ihre verspannten Gesichtszüge hätten normalerweise auch meinem Vater auffallen müssen. Doch er fuhr unbeirrt fort.

»Ich werde unsere Beziehung offiziell machen.« Ich saß schweigend neben ihr und hätte kotzen können. So oft hatte ich mir gewünscht, dass mein Vater mit irgendeiner Frau um die Welt segelte, doch jetzt fühlte es sich wie ein Schlag ins Gesicht an. »Aus diesem Grund habe ich dich, Samuel, in das Gespräch miteinbezogen.« Er sprach darüber, als verkünde er einen erfolgreichen Geschäftsabschluss.

»Das ist eine schöne Nachricht.« Mehr hatte sie nicht dazu zu sagen? Alle Frauen vor ihr wären vermutlich auf die Knie gefallen oder hätten vor Glück geschrien, finanziell gesehen hatte sie ausgesorgt.

Lediglich ein Lächeln huschte über ihr Gesicht und es schien, als würde sie jeden Augenblick in sich zusammenfallen.

»Wir werden heute zusammen essen, ich gehe davon aus, dass es für dich in Ordnung geht?«

»Ja, natürlich.«

Bildete ich mir ein, dass in diesem Raum eine unterschwellige Spannung waberte? Lag es an mir? Mein Vater tat sich stets schwer, in Gegenwart anderer Gefühle zu zeigen. Cecilia hatte sich dem offensichtlich bereits angepasst. Ich stand auf. »Ich gehe joggen und wir sehen uns beim Abendessen.«

»Gut, Sohn.«

Er nickte mir für seine Verhältnisse freundlich zu und ich verließ das Zimmer. Vorher trafen sich Cecilias und mein Blick. Das war der Punkt, der mich umdenken ließ. Ab dem heutigen Tag musste ich mich endgültig von ihr distanzieren. Ich stand noch ein paar Sekunden vor der Tür und horchte, aber ich konnte nicht verstehen, was gesprochen wurde. Es hatte mich sowieso nicht zu interessieren.

Das Abendessen verlief in Anbetracht der Geschehnisse ruhig. Alle wirkten gedankenversunken, auch mein Vater. Obwohl es köstlich schmeckte, verspürte ich kaum Appetit und aß nur aus Höflichkeit. Als Familienoberhaupt saß er von jeher am Kopf des Tisches. Was ich bislang noch nie erlebt hatte, war, dass auf dem Platz zu seiner Rechten eine Frau saß. Im Andenken an meine Mutter hielt er diesen stets unbesetzt – seine geheime emotionale Seite ließ er nur selten zu. Ab und zu legte er die Hand auf Cecilias. Ein echt mieses Gefühl!

Nach dem Dessert verkündete er, dass er unerwartet in einer beruflichen Angelegenheit einen Termin außer Haus wahrnehmen müsse. »Es tut mir sehr leid, ich hätte gern den Abend mit dir verbracht. Ich möchte jedoch, dass du hierbleibst.«

Wie ich dieses patriarchische Verhalten an ihm hasste.

»Ich bin auch viel zu müde«, stimmte sie zu. »Vermutlich gehe ich früh schlafen.«

Er nickte ihr zu. »Ich muss los. Georg wartet mit dem Wagen.«

Cecilia begleitete ihn zur Tür. Ich rührte mich nicht, außer dass ich das dritte Glas Wein in mich hineinschüttete. Mein Blick wanderte durch den Raum mit all seinem Luxus. Ich kannte nichts anderes. Das Gefühl im goldenen Käfig gefangen sein, kehrte nach Jahren zurück. Sämtliche Bemühungen mich von meinem übermächtigen Vater, dem Patriarch alter Schule, zu lösen, zerstörte ich in einer Nacht. Der Wunsch sich in eine losgelöste Sphäre zu koksen und zu saufen, um die Leere zu übertünchen, hatte diese Katastrophe ausgelöst. *Du bist so verdammt schwach!*

Ein paar Minuten später kehrte sie zurück.

»Was für ein krasser Tag.« Mit einem Seufzer ließ sie sich auf den Stuhl sinken.

»Mit tollen Neuigkeiten … So als offizielle Frau an der Seite von Ethan Grafenberg.« Es gelang mir nicht, den Zynismus in meiner Stimme zu verbergen.

»Das habe ich mir gewünscht.« Es klang nicht euphorisch. Ganz im Gegenteil. »Es ist schön, dass dein Vater mir vertraut.«

»Ja, darauf kannst du dir etwas einbilden.«

»Ich weiß.« Sie füllte ihr Glas und unsere Augen trafen sich. *Welch begehrenswerte Frau!* »Wie geht es dir?«

Ich fuhr mir mit der Hand durch die Haare. »Möchtest du eine ehrliche Antwort?«

»Ja.« Abermals hafteten unsere Blicke aneinander. In ihren Augen spiegelte sich Traurigkeit. Ihre Körperhaltung wirkte den ganzen Abend bereits steif, obwohl sie versuchte, sich nichts anmerken zu lassen, war es offensichtlich, dass es ihr immer noch schlecht ging.

»Es gab schon bessere Tage in meinem Leben«, erwiderte ich wahrheitsgemäß. Wieso sollte ich ihr etwas vorspielen und den coolen Typen raushängen lassen, dazu war mir nicht zu Mute. Dennoch senkte ich den Blick, da es sich ehrlich gestanden ein bisschen peinlich anfühlte, die Fassade fallen zu lassen. »Oder sagen wir so: Es ist der absolut beschissenste Tag seit Jahren.« Genervt zerknüllte ich die Serviette und warf sie bis in die Mitte des Tisches.

»Bereust du die Entscheidung?« Sie sprach sehr leise. »Ich bin unsicher, und der Gedanke, wo sie ist, du weißt, was ich meine … fühlt sich ätzend an.«

Ich wusste natürlich, dass sie das Verschwinden der Leiche meinte, aber es aus verständlichen Gründen nicht aussprach. Schließlich konnte uns unter Umständen das Dienstmädchen hören. Von Kindesbeinen an lernte ich, heikle Dinge nicht einfach so auszusprechen, sondern erst zu überprüfen, ob sich jemand in der unmittelbaren Nähe aufhielt. Vermutlich hatte sie mein Vater ebenfalls darauf hingewiesen.

»Ich weiß es nicht. Ändern lässt es sich nicht mehr.«

Wie aufs Stichwort kam ein Dienstmädchen herein. »Soll ich den Tisch abräumen?« Cecilia zuckte zusammen, ein Zeichen ihrer Anspannung.

»Ja, vielen Dank«, erwiderte ich und wie abgesprochen erhoben wir uns gleichzeitig. Das Dienstmädchen begann flink, das schmutzige Geschirr zusammenzustellen und wir standen wie zwei unbeholfene Teenager herum.

»Brauchen Sie mich heute noch?«, fragte sie.

»Nein, Sie können anschließend Feierabend machen.« Sie nickte mir zu und verschwand mit einem Teil des Geschirrs. Ich konnte meine Augen nicht von Cecilia abwenden, immer wieder, auch beim Abendessen, ertappte ich mich, wie ich sie beobachtete. »Hast du Lust, mit mir im Wohnzimmer noch ein Glas Wein zu trinken? Ich würde mich freuen.«

»Ein Absacker, bevor ich mich schlafen lege, kann nicht schaden.« Mit den Fingern rieb sie sich die Schläfen.

Wir nahmen Gläser und Weinflasche mit und verließen das Esszimmer. In der Mitte des weitläufigen Wohnraumes hatte der Flügel meiner Mutter, trotz Umgestaltung, nach wie vor seinen Platz. Cecilia hielt unvermittelt davor inne. »Ich habe in deiner Wohnung auch ein Klavier gesehen. Spielst du oder ist es Dekoration?«

Ich lachte das erste Mal an diesem Tag. »Es ist eine Leidenschaft und ich kann dabei gut entspannen.«

»Entspannung klingt gut.« Sie lächelte. »Möchtest du mir etwas vorspielen? Ich liebe Klaviermusik.«

»Gern.« Ich freute mich, dass sie fragte. Der Tag hatte mich so sehr eingenommen, dass ich nicht einmal auf die Idee kam, mich mit Musizieren abzulenken. »Allerdings bin ich nicht der Klassikfan.«

»Das muss auch nicht sein, ich überlasse dir die Auswahl.«

»Kennst du *Sinnermann*? Ursprünglich von Nina Simone.«

»Nein, leider nicht, aber der Titel klingt schon mal passend.« Sie ließ offen, was sie damit meinte.

»Ich interpretiere es jedoch aus der Serie *Lucifer*.«

»Wie geil, ich liebe Lucifer Morningstar!« Plötzlich funkelten ihre Augen und eine erwartungsvolle und wunderschöne Frau sah mich an.

»Der Teufel auf Erden …« Ja, so kam ich mir gerade vor. Ich setzte mich und öffnete den Deckel des Flügels. Ein paar Mal bewegte ich meine Finger und lockerte die Handgelenke. Mit den ersten Tastenanschlägen eroberte mich wie immer das intensive Gefühl, von der Musik gefangen genommen zu werden. Das Stück startete sehr rasant, ich schloss die Augen, die Finger flogen von allein über die schwarz-weißen Tasten. Ich konnte nicht anders und untermalte die Musik mit kräftiger Stimme.

»Oh, Sinnerman, where you gonna run to? Sinnerman, where you gonna run to? Where you gonna run to? All on that day. Well I run to the rock, please hide me. I run to the rock …«

Ich verlor mich immer mehr in dem Rausch und ohne Pause spielte ich den nächsten Song. *All along the Watchtower*, ursprünglich von Jimi Hendrix, jedoch abermals in der Interpretation der Serie.

»There must be some kind of way out of here, said the joker to the thief. There's too much confusion, I can't get no relief …«

Irgendwann kehrte ich in das Hier und Jetzt zurück. Verschämt wischte Cecilia sich eine Träne weg.

»Es ist … ich kann es gar nicht in Worte fassen«, wisperte sie. »Ich habe eine solche Gänsehaut bekommen.«

Andächtig lehnte sie sich an den Flügel, ihre Hände lagen auf der glänzenden Oberfläche, und strahlte etwas ganz anderes aus. Ich weiß nicht, wie ich es erklären soll. Es fühlte sich an, als wäre eine fremde Frau neben mir. Eine, die leise und sensibel agierte. Ja, sie wirkte zurückhaltend und das erste Mal empfand ich sie als süß. Eine Bezeichnung, die ich bei Frauen eher vermeide, aber es passte. *Ich habe mich so sehr in dich verliebt. Egal, wie falsch und verboten es ist!* In letzter Sekunde verhinderte ich, dass ich es aussprach. Stattdessen presste ich mit rauer Stimme ein »Danke« hervor.

Warum nur war sie mit meinem Vater zusammen? Ein fieser Stich in meiner Herzgegend verdeutlichte mir, dass sie für mich tabu war. Ich blieb sitzen und versuchte mich zu sammeln. Es entstand eine Pause. »Es ist eine Passion, und wann immer mir es die Zeit erlaubt, spiele ich.«

»Ich bin fassungslos. Samuel, das ist Wahnsinn!«

Ich freute mich über ihre Begeisterung und wäre am liebsten aufgesprungen, um sie zu küssen. Ihre wunderschön geschwungenen Lippen zu berühren, musste traumhaft sein. Einen Menschen zu küssen, den man begehrt, fühlt sich vermutlich anders an, als wenn es um puren Sex geht. Mir wurde zunehmend klarer, in was für einem Teufelskreis ich mich befand. Erschrocken stellte ich fest, dass ich mich an das Gefühl nicht erinnerte.

»Du könntest auftreten … Es klingt fantastisch.« Obwohl sie Worte der Superlative verwendete, klang sie ruhig.

Damit hatte sie ein kleines Geheimnis angesprochen, dass ich mit keinen meiner Bekannten teilte, so wie die Besuche in der Trattoria. »Ab und zu spiele ich in einem winzigen Jazzclub«, offenbarte ich mich ihr spontan.

»Das hätte ich dir nicht zugetraut. Also ich meine, dass du so eine musikalische Seite hast.« Eine leichte Röte der Verlegenheit überzog ihr hübsches Gesicht. »Vielleicht ergibt sich eines Tages die Möglichkeit, dich dort zu hören. Wer weiß …«

»Tja, es gibt vieles, was man mir nicht zutraut.«

»Haben wir nicht alle zwei Gesichter?« Sie atmete tief durch und wich mir aus. Ihren Gesichtsausdruck wusste ich nicht zu deuten.

»Das stimmt.« Das, was sich in unserem Innersten abspielte,

teilten wir selten. Zumindest ich hatte gelernt, es zu verbergen. Es knisterte zwischen uns und ihre Wangen hatten sich noch mehr gerötet. »Jetzt habe ich große Lust auf ein weiteres Glas Wein. Der Vorteil eines gutsortierten Weinkellers ist, dass der Vorrat nicht ausgeht. Du auch?« Mit dem Vorschlag beging ich eine Übersprunghandlung, da ich es kaum noch aushielt, sie nicht zu berühren und sprang auf.

Sie räusperte sich und straffte ihren Körper, strich mit den Händen den Rock glatt und wich einen Schritt zurück, so als habe sie Angst vor meiner Nähe. »Ja, dein Vater verfügt über einen exzellenten Geschmack.«

Wohl wahr! Zügig verließ ich den Raum. Am liebsten hätte ich um mich getreten, gegen die Wand geschlagen, aber ich hatte ja gelernt, mich zu beherrschen. Im Grunde war es keine gute Idee, sich noch mit ihr zusammenzusetzen. Für meine unsägliche Verfassung wäre es vermutlich besser, sich so schnell wie möglich zurückzuziehen. *Scheiß auf die Vernunft!*

Als ich das Wohnzimmer betrat, saß Cecilia zurückgelehnt auf dem Sofa und hatte die Augen geschlossen. Sofort erwachte in mir das verbotene Bedürfnis, sie in den Arm zu nehmen. Um zu überprüfen, ob sie schlief, näherte ich mich ihr leise.

»Was für ein Tag, ich kann es nicht wirklich realisieren«, murmelte sie, ohne die Augen zu öffnen. »Ich bin total erledigt.«

»Allerdings.« Ich setzte mich neben sie. »Möchtest du doch lieber ins Bett gehen?«

Sie schlug die Augen auf, rappelte sich in eine aufrechte Sitzposition und streckte sich. »Nein, nein. Ich habe schon Lust auf ein weiteres Glas Wein.«

»Den, den wir beim Essen hatten, oder ein Glas Rotwein? Der ist hervorragend.«

»Rotwein ist optimal für meine Bettschwere, danach werde ich höchstwahrscheinlich wie ein Baby schlafen.«

»Es dauert jedoch noch einen Moment, bis sich das Bouquet entfaltet. Dazu muss der Wein ein bisschen atmen.«

Beim Öffnen der Flasche und beim Einschenken beobachtete sie mich. »Ich habe mich vor ein paar Wochen mit einem Sommelier unterhalten, das hat mich wirklich begeistert.«

»Ja, es ist eine Kunst für sich. Aufgrund meines Cateringservice beschäftige ich mich damit.«

»Hast du was dagegen, wenn ich die Pumps ausziehe?«

»Äh, nein«, erwiderte ich überrascht. »Ich wundere mich eh, warum du sie die ganze Zeit trägst.«

Erleichtert streifte sie die Schuhe ab. »Na ja, dein Vater legt darauf sehr großen Wert.«

Ich war geneigt, eine abwertende Bemerkung loszulassen, vermied es jedoch. »Mach es dir bequem, ich bin da ganz entspannt.«

»Gern.« Sie zog die Bluse aus dem Rock, öffnete einen weiteren Knopf. »Ich liebe es abends eigentlich eher gemütlich.«

»Das ist eine seltsame Angewohnheit von ihm. Er erwartet seit jeher, dass wir uns zum Essen *angemessen* kleiden. Da gab es in der Vergangenheit unzählige Diskussionen.«

»Ich kann mir das gut vorstellen. Das würde mich auch nerven.«

Bis ich den Wein in zwei Gläser einschenkte, schwiegen wir und hingen unseren Gedanken nach. Wenn ich ihre Antwort in Betracht zog sowie ihre fehlende Überschwänglichkeit als die Frau von Ethan Grafenberg verkündet zu werden, fiel mir nur ein Schluss ein: Sie war nicht glücklich mit meinem Vater. Konnte es sein …?

»Zum Wohl und dass der Tag zumindest ein angenehmes Ende findet.«

Ich gab ihr das Weinglas und wir stießen an. Genussvoll ließ sie den Schluck im Mund, um den Geschmack auszukosten.

»Und, habe ich dir zu viel versprochen?«

»Oh nein, sehr, sehr lecker.«

Das Gespräch begann zu stocken. Es gab tausend Dinge, die ich sagen wollte, aber nicht durfte, weil sie die Freundin meines Vaters war.

»Samuel, ich habe eine Frage«, beendete sie das Schweigen.

»Ja?«

»Ich möchte nicht neugierig wirken, aber du hast einige Andeutungen gemacht …« Sie machte eine Pause. »Es klang so, als gäbe es in deinem Leben ein ähnliches Ereignis.« Da ich nicht sofort antwortete, ergänzte sie: »Ich will dir nicht zu nahe treten.«

Ich nahm das Glas in die Hand, trank es in einem Zug aus und verursachte damit einen echten Frevel. In meinem Kopf kreisten die Gedanken. Sollte ich es ihr anvertrauen? Seit Jahren hatte ich nicht mehr darüber gesprochen. Es war einfach nicht existent, vergraben und für alle Zeit aus dem Gedächtnis gelöscht. Dass ich mich irrte und der Vergangenheit nicht entkam, zeigte sich immer öfter. Ich fragte mich erneut, wie ich den heutigen Tag in dieser gefassten Haltung überstanden hatte. Aber ich war ein Meister der Verdrängung geworden. »Du hast gut zugehört«, murmelte ich. »Alles ist ewige Zeiten her. Das, was heute passierte, katapultiert das schreckliche Ereignis wieder an die Oberfläche.«

Sie wandte sich mir zu. »Wie ein Flashback?«

»In gewisser Weise. Die Bilder von damals lassen sich nur mit Mühe verdrängen.«

»Was ist passiert?« Ihre Stimme klang mitfühlend.

In mir wuchs das Bedürfnis, es mit Cecilia zu teilen. Zwischen uns bestand diese seltsame Verbindung. Vielleicht bildete ich es mir ein, aber sie sendete Signale, die etwas Ähnliches aussagten. »Es gibt immer einen Weg zwischen Glück und Qual. Es kommt darauf an, wie man mit traumatischen Ereignissen umgeht.«

»Wie meinst du das? Das klingt philosophisch.« Sie rückte ein Stück heran.

»Nein, es ist eine grausame Wahrheit.« Mein Herz klopfte mir bis zum Hals. Plötzlich tauchten die Bilder jener Nacht glasklar vor meinen Augen auf. Eine leichte Übelkeit breitete sich aus.

»Samuel, du bist mit einem Mal ganz blass.«

»Das Auto, Anita neben mir, das Blut – manchmal glaube ich, ich bin in einem Teufelskreis und komme immer an die Stelle des Unglücks zurück. Das zermürbt mich.«

»Ich höre dir gern zu, wenn du reden möchtest.« Sie legte ihre

Hand auf meine und strich sanft über meinen Handrücken. Ich seufzte.

»Ich weiß nicht, es ist sehr heikel.« Mein innerliches Ringen, ob ich es ihr anvertrauen sollte, erhöhte die Qual. Cecilia zuckte mit den Schultern, sah mich jedoch aufmunternd an.

Der Kloß in meinem Hals wurde größer und ich entzog mich ihrer Berührung, beugte mich nach vorn und stützte den Kopf in die Hände. Ich durfte keinesfalls die Augen schließen, wenn ich davon sprach. Das hatte mir meine Psychologin damals eindringlich empfohlen, um der Macht der schrecklichen Bilder in meinem Kopf zu entkommen.

»Wir waren so überheblich und glaubten, alles in der Welt besitzen zu können. Geld kann Jugendliche maßlos versauen. Insbesondere, wenn die Kohle die Liebe ersetzt.« Ich rang erneut mit mir. »Diese kindische Wette, damit fing alles an.« Meine Stimme zitterte.

»Samuel, was ist passiert?«

Ihre Nähe und die ruhige Art durchbrachen die Mauer des Schweigens und ich erzählte ihr zunächst die Details der Wette. »Natürlich musste ich alles daran setzen, zu gewinnen, da ich mich in sie verknallt hatte. Ich wäre Amok gelaufen, wenn einer meiner Kumpels sie rumgekriegt hätte. Kindisch, oder?« Ich focht einen letzten inneren Kampf, den ich verlor. »Außerdem galt es herauszufinden, ob sie Ähnliches für mich empfand.«

»Ja, in dem Alter ist es nicht so einfach, über Gefühle zu sprechen.«

Ich richtete mich auf, starrte weiterhin geradeaus. »Manchmal glaube ich, das wird sich niemals ändern. Die Angst vor Zurückweisung ist und bleibt ein ständiger Begleiter.« Das, was sich abzuzeichnen begann, kam einem Seelenstriptease gleich.

Sie griff erneut nach meiner Hand. Am liebsten hätte ich meinen Kopf an ihre Schulter angelehnt, aber der letzte Funke des männlichen Stolzes hielt mich davon ab. Cecilia sah mich feinfühlig an. Sanft streichelten ihre Finger immerzu über meinen Handrücken.

»Es war ein verregneter, windiger Tag im September. Ich hatte Anita eingeladen und wir verbrachten gemeinsam den Nachmittag. Hockten in meinem Zimmer, hörten Musik und rauchten Gras, wie so oft in den letzten Monaten. Einer von uns hatte das Zeug mitgebracht und wir konsumierten es zusätzlich zum Alkohol. Alle aus der Clique standen unter einem immensen Leistungsdruck. Die Erwartungen unserer Eltern, die monatlich horrende Summen für die Privatschule investierten, haben uns fertiggemacht. Die Partys, sich den Kopf wegknallen, waren eine Flucht aus dem goldenen Käfig.«

Ich lehnte mich zurück, kämpfte gegen das Schließen der Augen an und verlor. Das Rad der Zeit begann sich schnell und unaufhörlich zurückzudrehen. Der Film, in dem ich die tragische Hauptrolle spielte, startete. Die Worte verselbstständigten sich.

»Mein Vater hatte sich ein paar Wochen zuvor den neuesten Porsche zugelegt. Ich war erst seit zwei Monaten im Besitz des Führerscheins und er hatte mir versprochen, dass ich in seinem Beisein ein paar Runden drehen durfte. Doch er verschob die Termine immer wieder, was mich nervte.« Ich atmete tief durch und sah den schwarzen Sportwagen mit all seinen luxuriösen Details. »Um Anita zu beeindrucken, schlug ich vor, eine kleine Spritztour mit dem Geschoss zu unternehmen. Natürlich behauptete ich, dass mein Vater mir die Erlaubnis dazu gegeben hatte. Sie sollte ja nicht glauben, dass er es mir nicht zutraute. Ohne darüber nachzudenken, klaute ich den Schlüssel, was kein Problem darstellte, da meine Eltern wie so oft unterwegs waren, um irgendwelchen gesellschaftlichen Verpflichtungen nachzukommen.«

Ich merkte, wie der Kloß in meinem Hals immer bedrohlicher wurde, mir das Atmen erschwerte. Ich zählte schnell von einhundert rückwärts und begann mit dem rechten Bein zu wippen. Kleine, gelernte Ablenkungsmanöver, um zu versuchen, die Anspannung zu reduzieren.

»Der 250-PS-starke Wagen beschleunigte in wenigen Sekunden auf 100 km/h, was mich überforderte. Bekifft und verliebt mimte ich dennoch den Niki Lauda. Auch Anita flippte vor

Euphorie aus. Johlend drehte sie die Musikanlage auf, öffnete das Fenster und hielt die Hand raus. Unerwartet spielte die CD einen unserer Lieblingstracks: *Tears For Fears – Everybody wants to rule the world.* Im Musikvideo fährt ein Wagen durch die endlosen Straßen Amerikas und ein Flugzeug startet in den blauen Himmel. Ich trat auf das Gaspedal, der Motor heulte auf … Wir rasten über die Landstraße – genau wie in dem Video. Ich werde auch die nächsten Songs niemals vergessen. *Self Control* von Laura Branigan und Billy Idols *Rebel Yell.* Ein wahnsinniges Gefühl der Freiheit ergriff uns, eines, was uns in unseren strengen Elternhäusern gern geraubt wurde.«

Ich machte eine Pause, öffnete die Augen und schenkte mir ein weiteres Glas Wein ein, dabei konnte ich sie nicht ansehen. Ich verbarg die Verbitterung, da die Scham mich weiterhin im Griff hatte. Meine Hände zitterten, als ich einen Schluck trank. Sie nahm mir das Glas wortlos ab und ich lehnte mich wieder zurück. Deutlich hörte ich das Prasseln des Regens auf dem Dach des Porsches, sah, wie die Bäume an uns vorbeiflogen.

»Es regnete stärker, was ich ignorierte. Durch die Partystimmung achtete ich nicht auf die Straße …«

Cecilia saß neben mir und legte die Hand auf mein immer heftiger wippendes Bein.

»Der nasse Dreck von den landwirtschaftlichen Fahrzeugen verwandelte die Straße in eine Rutschbahn. Das Auto drehte sich. Alles geschah innerhalb von Sekunden.«

Ich riss die Hände vors Gesicht und jeder Muskel spannte sich an. Ein eiskalter Schauer durchlief mich von Kopf bis Fuß.

»Nein, ich will diese verdammten Bilder nicht mehr sehen«, murmelte ich. »Unerfahren wie ich war, verriss ich das Lenkrad.« Nur mit Mühe schaffte ich es, weiterzusprechen, meine Stimme drohte wegzubrechen. *Die verdammten Bilder!* »Scheiße, ich höre immer noch das Quietschen der Reifen, dieses schreckliche Krachen, Anitas Schreie … Der Wagen wurde zu einem Karussell, das sich schneller und schneller drehte.«

Obwohl ich es hasste, lief mir eine Träne über die Wange.

Mein Pulsschlag erhöhte sich und alles, was ich damals fühlte und hörte, erlebte ich in dieser Sekunde zum ungezählten Male.

»Mit einem ohrenbetäubenden Scheppern knallten wir gegen einen Baum.« Ich konnte kaum noch sprechen, doch ich wollte es endlich loswerden. »Überall das Blut, ich hörte ihr Röcheln und beugte mich zur Seite. Immer wieder schrie ich ihren Namen. Doch sie antwortete nicht. Mein Blick fiel auf das Fenster auf der Beifahrerseite. Scherben und dann dieser Ast, der sich ins Innere des Wagens gebohrt hatte. Der hatte sie regelrecht aufgespießt.«

»Oh Gott«, hörte ich Cecilia aus weiter Ferne.

»Irgendwie kämpfte ich mich aus dem zertrümmerten Wagen und irrte schreiend auf der Straße umher. Kopflos, hilflos ... Ab da verliert sich meine Erinnerung.« Schwindel setzte ein und ich begann zu schwitzen. »Sie hat es nicht überlebt ...« Das auszusprechen, kostete mich unheimliche Kraft. »Das wusste ich aber zunächst nicht. Mein Vater brachte es mir wenig sensibel bei.« Ich beugte mich nach vorn und konnte die schmerzerfüllten Schluchzer nicht mehr unterdrücken. »Der Unfall wurde nie registriert und Anita ... Verdammte Scheiße ...«

Unvermittelt merkte ich, wie sie ihren Arm um mich legte und ich ließ es zu, genoss ihre Körperwärme. »Was heißt das?«, flüsterte sie und ihre Stimme drohte ebenfalls wegzubrechen.

»Ich habe bis heute keine Ahnung, wie mein Vater das alles hingebogen hat. Er hat es vermutlich mit viel Geld geregelt. Es gab auch nur sehr wenige Menschen, die involviert waren. Er verbot mir, nur ein einziges Wort über den Unfall zu verlieren. Es zerriss mich als Jugendlicher und ich geriet immer mehr aus der Bahn.«

Liebevoll strich sie mir über das Gesicht. »Kein Rettungswagen? Keinerlei Versuche, zu überprüfen, ob sie noch lebte?«

Ich schüttelte den Kopf und presste ein »Nein«, hervor. Für einen Moment hielt ich inne, meine Kraft schwand immer mehr, doch ich zwang mich weiterzusprechen. »Wie das Schicksal so spielt, fuhr ein Bekannter meines Vaters die Landstraße entlang und entdeckte uns. Er besaß zu jener Zeit bereits ein Autotelefon und rief ihn an.«

»Was ist mit ihr passiert?« Cecilias Stimme zitterte immer heftiger und sie hielt mich fest, so fest, dass ich nicht den imaginären Abgrund hinabstürzte.

»Sie gilt als vermisst!«

»Weiß niemand, dass sie … tot ist? Bis heute?«

»Nein, keiner …«

»Auch nicht ihre Eltern oder Freunde?«

»Niemand. Er hat sich um alles gekümmert. Ein rebellischer Teenager, der aus einem goldenen Käfig abhaut oder verschleppt wird – so etwas passiert. Insbesondere, wenn ein derartig monetärer Hintergrund besteht. Es fanden sich genügend Szenarien, um ein Verschwinden zu rechtfertigen. In dieser Zeit gab es einige Vergewaltigungen und man kalkulierte ein, dass auch sie ein Opfer sein könnte.« Sie schwieg und ich ließ meinen Tränen endlich freien Lauf. »Danke«, flüsterte ich und wischte mir über das Gesicht.

»Für was?«

»Dass du mir zuhörst.« Ich nahm ihren feinen Duft wahr, spürte ihren Körper, unsere Herzen schlugen aufgeregt und es fühlte sich an, als hatten sie denselben Rhythmus. »Bitte verzeih mir!« Ich wusste, dass ich es nicht tun sollte, aber meine Seele schrie danach. Vorsichtig näherte ich mich ihrem Mund, meine Lippen berührten ihre. Lediglich für einen winzigen Augenblick trafen sich unsere Zungenspitzen. Ein wundervoller Moment, der niemals enden sollte.

Was sagten die Frauen über einen Bad Boy, dessen Charakter man mir nachsagte? Harte Schale, weicher Kern.

Die Grenzen verwischen

Billy Winkler

Wie benommen taumelte ich nach diesem unerlaubten Kuss aus dem Wohnzimmer und drehte mich nicht um. Ich ertrug es nicht, ihn anzusehen. Am liebsten hätte ich mich mit ihm eingekuschelt, die Nacht zusammenverbracht, geküsst, um die gemeinsame Körperwärme zu erleben, danach schrie mein Herz. Müde quälte ich mich die Treppen hinauf, Samuel kam mir nicht nach. Die Belastung war nicht mehr zu ertragen In letzter Sekunde schaffte ich es ins Bad. Wie lang ich vor der Toilettenschlüssel hockte, wusste ich nicht. Immer wieder quälten mich Magenkrämpfe und der Würgereiz wollte nicht aufhören. Bis auf die widerliche Gallenflüssigkeit kam jedoch nichts mehr heraus. Das uneingeschränkte Vertrauen Grafenbergs zu gewinnen, hatte einen hohen Preis. Glücklicherweise blieb ich bis zum Morgengrauen allein, da ich die Nähe von Ethan nicht ertragen hätte.

Den süßen Kuss, gleichzusetzen mit dem verbotenen Apfel aus dem Paradies, durchlebte ich in einer prickelnden Dauerschleife. Endlich schlief ich vor Erschöpfung ein, wachte jedoch ständig auf. Das Karussells des Grübelns drehte sich immer schneller. Mit Fug und Recht konnte ich behaupten, dass mir der Verlauf der Operation entglitt. Die Entscheidung, den Tod der Studentin auf diese perfide Art zu vertuschen, erreichte eine völlig neue Dimension, nachdem Samuel mir von Anita erzählte. Es musste ihm wie ein Déjà-vu vorgekommen sein, das Verdrängtes an die Oberfläche katapultierte. Ich beschloss, in der Angelegenheit zu recherchieren. Der Unfall wurde nicht gemeldet, dennoch gab es vermutlich eine Vermisstenmeldung und die dazugehörigen Ermittlungen.

Um das Desaster zu komplettieren, spukte Markus in meinem Kopf herum und es quälte mich das schlechte Gewissen. Streng genommen hatte ich ihn mit zwei Männern betrogen. Ob es jemals wieder so sein würde wie früher? Ich wusste es nicht.

* * *

Aufgrund der persönlichen Verstrickung durften meine Kollegen nichts davon erfahren, was abermals einen groben Dienstverstoß darstellte, da ich relevante Operationsergebnisse zurückhielt. Dass ich das Wissen gegen Ethan verwenden konnte, daran bestand kein Zweifel, auch wenn ich Samuel damit diskreditierte. Der Gedanke schmerzte. Nur zu gut wusste ich, wie sich das anfühlte. Wären wir damals nicht heimlich in den Club gegangen, wer weiß, vielleicht wäre unser Leben anders verlaufen. Schrecklich, wie sich alles innerhalb von wenigen Tagen, Stunden oder sogar nur Minuten verändern konnte. Aus diesem Grund plante ich, es so lange wie möglich zurückzuhalten. Erneut erinnerte ich mich an die Worte von Frau Tausendschön. *In einer verdeckten Ermittlung bist du völlig auf dich allein gestellt. Keiner, der nicht mittendrin steckt, kann nachvollziehen, was mit dir passiert.* Die Sorge, die mich zu Beginn beschäftigt hatte, dass ich mich selbst verlieren würde, bestätigte sich.

Ich wusste nicht mehr, wo Billy Winkler aufhörte und wo Cecilia begann, die Fassade war längst rissig geworden und darunter drohte ich unter der emotionalen Belastung auseinanderzubrechen.

Um Informationen über Vermisste abzufragen, benötigte ich einen Zugang auf dem Server unserer Behörde. Aus Sicherheitsgründen hatte ich jedoch alle Zugangskarten abgegeben, sodass ich nicht ohne Hilfe in mein Büro kam. Ich musste eine Vertrauensperson einweihen, die mir half. Mit Thorsten hatte ich einen engen Austausch, aber konnte ich ihm vertrauen? Manches

Mal hatte ich den Verdacht, dass er mein ausschweifendes Leben als Cecilia kritisch betrachtete. Oder sollte ich mich an Frau Tausendschön wenden? Sie war vermutlich die bessere Ansprechpartnerin, da sie ebenfalls undercover gearbeitet hatte. Letztlich beschloss ich, sie einzuweihen, um ins Büro zu gelangen. Ich würde ihr sicherlich nichts von den emotionalen Verquickungen anvertrauen, das empfand ich als zu heikel, obwohl ich innerlich nahezu explodierte. Eine Kollegin, die mir neben Claudia ein wenig nahestand, war mein einziger Anker. Eine sozialkompetentes Armutszeugnis.

Frau Tausendschön und ich trafen uns einen Tag später in einem Café, um dem Schein nach die Arbeit an Cecilias Blog zu besprechen. »Ich muss unbedingt an meinen Rechner im Präsidium«, konfrontierte ich sie mit der Bitte.

»Das ist gefährlich. Stell dir vor, dich sieht jemand.«

»Vielleicht nachts, wenn keiner da ist?«

»Was ist so brisant, dass du es nicht über den offiziellen Dienstweg klären kannst?«

Sie sah mich prüfend an. Es war mir unmöglich, dem Blick standzuhalten und mir kamen die Tränen.

»Du bist an deine Grenze gelangt, stimmt's?«

Ich nickte nur und wischte mir verschämt die Tropfen weg. »Hilfst du mir, obwohl ich dir nicht sagen kann, worum es geht?«

Sie strich zärtlich über ihren Babybauch, der mittlerweile beträchtlich an Umfang zugenommen hatte. Kristina war für mich zu einer wichtigen Bezugsperson geworden, fast schon eine Freundin. Als ich sie nun betrachtete, wurde mir bewusst, dass sie für die Operation in absehbarer Zeit nicht mehr in dem Maße zur Verfügung stand. Das machte mir Angst.

»Wann ist es denn so weit?«

»Ich gehe in einer Woche in Mutterschutz.«

»Oh Gott!« Dass es schon so bald war, versetzte mir einen Schock.

Sie reagierte jedoch nicht auf meinen Ausbruch, sondern blieb ganz sachlich beim eigentlichen Thema. »Du bist sehr nah an ihm dran, was ich phänomenal finde, und wir dürfen das nicht aufs Spiel setzen.«

»Es ist alles noch nicht spruchreif«, log ich. »Ich muss sicher sein, bevor ich das Team einweihe.«

»Bitte achte darauf, dass du dich nicht von Gefühlen leiten lässt.« Mahnende Worte, die längst zu spät kamen. »Das ist das Miserabelste, was uns bei einer verdeckten Ermittlung passieren kann.«

Ich vermied es, auf dieses Thema einzugehen. Wahrscheinlich ahnte sie es eh schon.

»Du bist tough!« Sie fixierte mich für einen Moment. Spontan umarmte sie mich flüchtig. Welch eine Wandlung. *Ein Königreich für ihre Gedanken!*

»Einverstanden, ich helfe dir, auch wenn es mehr als fragwürdig ist.«

Erleichtert atmete ich auf. »Danke, es ist wirklich wichtig für mich«, flüsterte ich. »Ich kläre mit Grafenberg, wie und wann er gedenkt, mich zu sehen. Wenn ich das weiß, können wir uns treffen.«

»Manchmal ist es notwendig, insbesondere bei einem solchen Einsatz.« Sie wirkte nachdenklich, eine tiefe Falte bildete sich zwischen ihren Augen. »Wir werden gezwungen, Grenzen zu überschreiten.«

Zwei Tage später war es so weit und ich schlich mich wie ein Dieb in die Dienststelle. Meine Kollegin hatte mich abgeholt und wir kurvten zunächst durch die Stadt, um sicherzustellen, dass wir nicht verfolgt wurden. Ich trug unauffällige Kleidung und ein Basecap, um mir zumindest ein bisschen Schutz vorzuspielen.

Im Büro hielt sich zum Glück keine Menschenseele auf. Mein Herz klopfte bis zum Hals, als ich den Rechner startete. Zunächst suchte ich nach aktuellen Informationen, ob man die Leiche des Mädchens gefunden hatte oder sie als vermisst gemeldet wurde. Ich fand die Vermisstenanzeige einer Kommilitonin, mit der sich unsere Tote eine kleine Wohnung teilte. Es fühlte sich mies an, aber ich hatte den Zeitpunkt verpasst, mein Wissen zu offenbaren. Ich schwor mir, dafür zu sorgen, dass die Eltern zumindest von ihrem Tod erfuhren, wenn alles vorbei war. Obwohl streng verboten, kopierte ich mir alle wesentlichen Informationen auf einen Stick, den ich eingesteckt hatte. Es dauerte eine gefühlte Ewigkeit, bis endlich die Info auf dem Bildschirm erschien: *Kopiervorgang abgeschlossen.*

Bei der Namenseingabe *Anita von Hofmeister* zitterten meine Hände. Die Akte erwies sich als ungewöhnlich umfangreich. Die Liste meiner Vergehen wurde länger und länger, trotzdem zog ich mir auch hier alle wesentlichen Informationen auf den Datenträger. Bereits beim Überfliegen der digitalen Ermittlungsakte lief es mir eiskalt den Rücken herunter. Wie schrecklich für die Eltern, bis heute nicht zu wissen, was ihrer Tochter widerfahren war, und mit dieser zermürbenden Ungewissheit zu leben. Mit Grausen erinnerte ich mich an das Gefühl, als Kessy vermisst wurde, bevor die schlimme Wahrheit ans Tageslicht kam. In dieser Sekunde fühlte ich die Bitterkeit besonders deutlich, dass die Täter niemals gefasst wurden. Dennoch betrachtete ich Samuel nicht als einen Verbrecher. Diese handelten aus niederen Beweggründen. Er jedoch war sprichwörtlich in sein Traumata hineingeschliddert. Wir beide waren Gefangene der Erlebnisse unserer Jugend. Ich hingegen hatte Gegner, die ich jagte und zur Verantwortung ziehen wollte, zumindest ein winziger Vorteil.

Rasch warf ich noch einen Blick in die Akten des letzten Loverboy-Falls. Trotz des Spitzenanwalts, verlief es bislang positiv. Abrupt fiel mir das spontane Zusammentreffen von Sievers und Grafenberg im Blue66 ein. Vermutlich bestand dort kein Zusammenhang zu unseren aktuellen Ermittlungen. Ich konnte Ethan nicht für alles Schlechte dieser Welt verantwortlich machen, doch ein leiser Zweifel blieb.

Frau Tausendschön betrat das Büro und tippte mit dem Finger auf ihre Armbanduhr. Ich nickte und fuhr den PC herunter. Natürlich bestand die Gefahr, dass die Aktivitäten entdeckt wurden, aber warum sollten die Kollegen meinen Rechner nach dem Verlauf durchforsten? Dazu gab es keinerlei Anlass.

Ich gestehe, dass mir ein Stein vom Herzen fiel, als ich wieder in die Wohnung zurückkehrte. In der Zeit meiner Abwesenheit gab es keine Anrufe, niemand, der mich hatte sprechen wollen, das beruhigte mich zusätzlich. Ich wollte nur noch schlafen. Mein Kopf dröhnte, sämtliche Glieder schmerzten, alles Begleiterscheinungen eines extrem hohen Anspannungslevels.

Schnell versteckte ich die Unterlagen an einem sicheren Ort, riss mir förmlich die Klamotten vom Leib und ließ mich völlig erschöpft ins Bett fallen. Das frisch bezogene Bettzeug roch wunderbar und ich kuschelte mich in die Kissen. Langsam kam ich zur Ruhe. Die Glieder entspannten sich, das schmerzhafte Pochen hinter meiner Stirn verschwand und die Atemzüge wurden gleichmäßiger.

Unvermittelt nahm ich ein lautes Geräusch wahr. Es dauerte einen Moment, bis ich realisierte, dass es von der Haustürklingel kam. Bislang hatten sie nur wenige Leute benutzt, Frau Tausendschön hatte einen Schlüssel, so kam mir der Ton fremd vor. Von Unruhe gepackt stand ich auf und überprüfte mit der integrierten Videokamera den Eingangsbereich, um herauszufinden, wer zu dieser nachtschlafenden Zeit läutete. Mich traf im wahrsten Sinne des Wortes ein Blitzschlag. Samuel! Warum kam er zu mir?

»Hallo?«, flüsterte ich durch die Gegensprechanlage. »Was tust du hier?«

»Entschuldige, aber ich habe es einfach nicht mehr ausgehalten.«

Ein aufregendes Prickeln durchflutete meinen Körper. Dem sofort einsetzenden Verlangen gehorchend, öffnete ich ihm. Alle daraus möglicherweise entstehenden Konsequenzen wischte ich weg. Aufgeregt wartete ich, lugte durch den Spalt der Wohnungstür, und in dem Augenblick, als die Fahrstuhltüren aufgingen, wäre ich ihm am liebsten entgegengelaufen. Erst jetzt registrierte ich, dass ich nicht einmal ein Höschen trug, dennoch empfand ich keinerlei Scham.

»Du bist verrückt«, flüsterte ich, nachdem ich ihn hereingelassen hatte.

»Ich weiß, aber es ist mir egal. Ich bekomme dich nicht mehr aus dem Kopf.« Ausdrucksstarke Augen sahen mich an und seine Mundwinkel zuckten. »Du bist wunderschön.«

Eine leichte Röte überzog mein Gesicht, doch verhüllte ich mich nicht. Im Gegenteil, ich posierte so, dass er mich ausgiebig betrachten konnte. »Ich schlafe gern nackt.«

»Ich auch.«

Oje, der Mann raubte mir den Verstand, das Kribbeln zog sich vom Kopf bis zu meiner Vagina und es begann zu pochen. »Bist du dir sicher, dass dein Vater dich nicht verfolgt hat?«

»Ja, warum sollte er mich beschatten lassen?«

»Natürlich nicht, eine dumme Frage«, murmelte ich verlegen. »Ich kann es nur nicht glauben, dass du hier in meiner Wohnung stehst.«

»Diese Verbindung zwischen uns ist einfach nicht mehr zu übersehen.« Er kam einen Schritt näher und strich mir liebevoll durch die Haare.

»Ja, es ist etwas Seltsames zwischen uns passiert. Ich hoffe, dass es uns nicht …«

»Psst!« Er legte mir seinen Finger auf die Lippen. »Ich will nicht über Probleme oder die Zukunft reden.«

»Nein, das möchte ich auch nicht, es passieren gerade schreckliche Dinge …« Ich wollte ihm meine wahre Identität entgegenschreien, doch eine leise innere Stimme warnte mich davor. Ich sah in Samuels markantes Gesicht, das Traurigkeit widerspiegelte. »Du hast Schreckliches erlebt«, wisperte ich und mein Herz krampfte sich zusammen, wenn ich an die Nacht seiner Offenbarung dachte. Was mich jedoch mehr aufwühlte, war die Erinnerung an den zarten Kuss.

»Vielleicht werde ich durch dich das Geschehene vergessen.«

Wie von einer fremden Macht getrieben, fanden sich unsere

Münder zu einem Kuss der Leidenschaft zusammen. Die innige Berührung löste ein innerliches Beben in mir aus. »Samuel, ich liebe dich, auch wenn ich es nicht sollte.« Es war unmöglich, meine wahren Gefühle weiter zu verdrängen. Dieser magische Moment verpflichtete mich zur Ehrlichkeit. Mir kam es vor, als höre ich gregorianische Gesänge, die von weither an mein Ohr drangen. Ich fühlte mich plötzlich in eine andere Welt versetzt. In eine, in der ich künftig leben wollte.

Samuel sah mich liebevoll an. »Es ist wunderschön, dass du mir deine Gefühle gestehst.«

Mit seinen Fingerspitzen strich er meinen Hals entlang und wanderte zu meinem Dekolleté. Es fühlte sich wie eine Feder an, die nahezu über meine Haut schwebte. Diese zarten Berührungen, die mich in eine neue Gefühlsebene schleuderte. Ich stand in Flammen, heiß, willenlos und voller Verlangen. Dieses noch nie empfundene Gefühl zog sich nach und nach durch den gesamten Körper.

Ich legte meinen Kopf in den Nacken, jeder Muskel brannte und alles an mir zitterte. Wie betrunken verlor ich an Körperspannung. Doch Samuels starke Arme fingen mich auf. Noch nie in meinem Leben hatte ich mich einem Mann so nah gefühlt. Es war, als verschmolzen wir miteinander. Zwei Menschen mit zwei Gesichtern, die endlich zusammen sein durften. Die sich erlaubten, das verdrängte und verbotene Gefühl von Lust und Begierde zu genießen.

Samuel zog sein Shirt aus und mir stockte der Atem. Diesen sexy Körper so nah vor mir zu sehen, zu wissen, dass ich alsbald mit ihm verschmolz, erregte mich auf unbeschreibliche Weise. Ein winziger Lusttropfen löste sich aus meiner nassen Vagina und perlte an der Oberschenkelinnenseite hinab. Voller Erregung presste ich meinen Unterleib an seinen und es lief mir eiskalt den Rücken herunter, da ich seine Erektion wahrnahm.

»Oh ja«, entfuhr es mir. Ich sprach es nicht aus, sondern hauchte es atemlos vor Lust.

»Das gehört dir und ich werde es niemals mehr mit einer anderen teilen.«

»Du klingst so besinnlich, das ist fast unheimlich.«

»Unheimlich ist unser unersättliches Verlangen nacheinander.«

Endlich berührten seine Lippen meine Haut. Ich stand augenblicklich lichterloh in Flammen. Hatten sich die letzten Minuten bereits wie eine neue Enthüllung der Lust angefühlt, so lösten diese zärtlichen Bemühungen eine noch nie da gewesene Erregung aus. »Ich kann mich nicht erinnern, wann ich jemals einen Mann so sehr begehrt habe.« Mir kamen fast die Tränen, als ich diesen Satz aussprach.

»Ich will deine Haut spüren, deine Küsse genießen, jeden deiner Lustseufzer aufsaugen.«

»Es ist unfassbar – deine Worte sind wie dein Klavierspiel. Hinreißend, begeisternd, nicht von dieser Welt.«

»Künstler haben eine sensible Seite.« Er lachte leise. Ohne weiter zu warten, hob er mich hoch und ich ließ mich in seine kräftigen Arme fallen. Er trug mich ins Schlafzimmer und ich legte meinen Kopf an seine Schulter. Wieder schloss ich die Augen und hörte erneut die sakrale Musik, die mich innerlich aufwühlte. Das, was ich gerade empfand, war nicht nur die Lust auf Sex – nein, es war viel mehr.

»Ich liebe deinen Körper«, flüsterte er, nachdem er mich auf das Bett gelegt und mich einen Moment betrachtet hatte. »Wie schön deine Brüste sind, deine Bauchdecke, die sich vor Erregung hebt und senkt, die schlanken Beine, die du für mich so bereitwillig spreizt …«

Meine Hände ertasteten einen durchtrainierten Männerkörper. Streichelnd erkundete ich jeden Millimeter. Immer wieder hörte ich die Musik im Hintergrund, die sich mit unseren Lustseufzern vermischte. Ich war voller Gier, ihn endlich zu spüren, dass er schließlich in mich eindrang …

Das, was sich zwischen uns abspielte, hatte nichts mit dem üblichen Beischlaf zu tun. Es besaß eine andere Bedeutung, eine, die zwei Menschen für alle Ewigkeit miteinander vereint. Seine Zungenspitze kreiste um die Klitoris, verwandelte meinen Unterleib in einen Vulkan. Es kam der Moment, da sich unsere Leiber im Rhythmus der Ekstase bewegten, wilder und schneller. Der Schweiß strömte aus allen Poren, ein gemeinsamer Höhepunkt kündigte sich an. Ich hatte die Augen geschlossen und begann zu fliegen.

»Du dumme Drecksau! Ich wusste, dass du ein verlogenes Miststück bist!«

Panisch riss ich die Augen auf und starrte in die Mündung einer Pistole.

»Ich weiß alles über dich!« Ethan Grafenberg stand mit wutverzerrtem Gesicht vor mir.

»Tja, du hinterhältige Fotze, und ich ahnte, dass du jeden fickst«, vernahm ich Samuels Stimme, die plötzlich einen bitterbösen Klang angenommen hatte.

»Was machen wir mit Verräterinnen wie ihr?« Ethan lachte hämisch und mir kam es vor, als stände der Teufel leibhaftig in meinem Zimmer. »Abknallen und die Leiche in den Main oder auf die Müllkippe werfen.«

»Nein … Nein, bitte«, wimmerte ich. Immer noch fickte mich Samuel erbarmungslos. »Warum tust das? Wo ist dein Verlangen, deine Zärtlichkeit geblieben?«

»Du bist ein verlogenes Dreckstück, durchtrieben und berechnend. Dafür wirst du von uns bestraft.« Seine Worte drangen wie durch einen schlechten Lautsprecher verzerrt zu mir.

»Wir werden ihr das Gehirn wegpusten … lass das deinen Vater übernehmen, ich regele das für dich.«

Der kalte Lauf befand sich auf meiner glühenden Stirn. Ich hörte das Klicken, wenn man die Waffe entsicherte.

»Auf Wiedersehen, Bullenschlampe …«

Mit einem panischen Schrei schoss ich in die Höhe. Mein Herz raste, kalter Schweiß klebte mir am Körper, der Kopf glühte. Angsterfüllt sah ich mich um, verkrampfte die zitternden Finger. Doch da war niemand. Ängstlich ließ ich mich zurück auf die Kissen fallen und rollte mich wie ein Igel zusammen. Was für ein furchtbarer Traum, der so erotisch begonnen hatte. Das Erschreckende daran waren die realen Bilder und die Gefühle.

»Du hast nur geträumt«, murmelte ich. »Nur ein verfickter Traum …« Im Grunde jedoch wusste ich, dass Traumbilder stets ein Abbild unserer Seele, tiefvergrabener Ängste und Emotionen sind. Ich empfand es als Warnung. Doch trotz des schrecklichen Endes dieses hocherotischen Traumes wünschte ich mir, dass Samuel endlich vor meiner Tür erscheinen würde. Ein Wunschtraum, der so weit entfernt war, wie die Musik, die ich immer wieder gehört hatte.

Gefühlschaos

Samuel Grafenberg

Jeder Mensch kompensiert Frust auf eigene Weise. Klavierspielen und sich bis zum Umfallen auspowern gehörten zu meinen Favoriten. Dumm nur, wenn selbst das nichts half. *Samuel Grafenberg, hey, wo ist deine Coolness geblieben?* Ich hätte mich über eine Antwort gefreut, die blieb mir jedoch verwehrt. Um von dem Trubel des Blue66 Abstand zu gewinnen, überlegte ich mir, einige Tage freizunehmen. Da ich mich auf Frederik verlassen konnte, stellte es kein Problem dar. Zurzeit gingen mir die Party-People auf die Nerven, auch wenn sie meine Kassen füllten. Außerdem wollte ich vermeiden, mit den Leuten von dem verhängnisvollen *Budenzauber* zusammenzutreffen.

Noch in der Nacht, in der ich mich Cecilia anvertraute, verließ ich die Villa. Ein beklemmendes Gefühl, das mich nach draußen trieb. Sofern es sich nicht um eine solch vertrackte Konstellation gehandelt hätte, hätte ich mich wie ein Teenager im siebten Himmel gefühlt. Ein Kuss, der mich mehr aufwühlte als ein Orgasmus nach Tagen der Enthaltsamkeit:

Wir hatten uns noch einen Moment schweigend gegenüber gesessen, nachdem sich unsere Lippen von einander lösten. Beschämt wich Cecilia meinem Blick aus. Das Bedürfnis, sie zu berühren, wuchs. Liebevoll strich ich über ihre Wange, doch sie sprang auf. »Das dürfen wir nicht, das … nein …« Angst zeichnete sich in ihrem Gesicht ab. »Das ist ein Irrsinn, das darf niemals, hast du gehört, niemals wieder passieren.« Jäh wandte sie sich ab und rannte aus dem Raum. Ich folgte ihr nicht, denn sie sprach die traurige Wahrheit aus.

Herzlichen Glückwunsch Herr Grafenberg, sie haben für den heutigen Tag den Vogel abgeschossen: Eine tote Frau am Morgen und am Abend hintergehe ich meinen Vater. Statt mir ein Taxi zu rufen, setzte ich mich angetrunken hinters Steuer und kurvte stundenlang ziellos durch die Gegend. Ich konnte von Glück reden, dass ich in keine Polizeikontrolle geriet. Niemals zuvor hatte mich eine solche Gleichgültigkeit erfasst. Der Entzug des Führerscheins stellte im Verhältnis zu zwei toten Frauen eine Banalität dar.

Ohne es geplant zu haben, fuhr ich die Landstraße entlang, die Anita und mir zum Verhängnis wurde. Um diese Uhrzeit verirrte sich kaum ein Fahrzeug hierher. Ich parkte den Wagen am Seitenstreifen und stieg aus. Der Mond erleuchtete auf diffuse Weise den Wald und die Straße. Obwohl es Jahre her war und ich damals unter Schock stand, erinnerte ich mich genau an die Stelle des Unfalls. Mein Unterbewusstsein war unbarmherzig und konfrontierte mich gnadenlos mit der verdrängten Vergangenheit. Mir zitterten die Knie und die Bilder tauchten zum zweiten Mal an diesem Abend vor meinen Augen auf. Übelkeit überkam mich und plötzlich merkte ich, wie sich der Inhalt des Magens seinen Weg nach oben bahnte. Ohne es kontrollieren zu können, übergab ich mich direkt an dem Ort des Schreckens. Der Kopf dröhnte, Schwindel ließ mich hin und her schwanken. Benommen suchte ich Halt an dem Begrenzungspfosten. Ein ekelhafter Geschmack breitete sich in meinem Mundraum aus und ich spuckte etliche Male aus, aber es half nichts. Angewidert wischte ich mir über den Mund. Was für schreckliche Stunden lagen hinter mir.

Mein ganzes Leben musste ich mit einer Lüge umgehen. Nicht zum ersten Mal quälte mich die Frage, wie sehr Anitas Eltern gelitten hatten und es wahrscheinlich noch immer taten. Kurz nach ihrem Verschwinden wurden wir alle von der Polizei befragt. Es gab Suchtrupps, Fernsehaufrufe, Herr von Hofmeister setzte eine Belohnung für Hinweise aus, die zu seiner Tochter führten. Aufgrund dessen wurde sie angeblich in weiten Teilen Europas und sogar auf anderen Kontinenten gesehen. Mit niemandem darüber reden zu können und die verzweifelte Suche mitzuerleben, zermürbte mich. Mein Vater hingegen erwartete von mir, dass ich mich zusammenriss, auch wegen meiner Mutter, die von alldem nichts erfahren durfte. Es war die Phase, in der ich mir einen emotionalen Panzer zulegte, um nicht daran zu zerbrechen.

Es begann zu regnen und ich stolperte zu meinem Wagen. Eine Weile saß ich in der Dunkelheit und starrte ins Nichts. Was, wenn ich Anitas Eltern die Wahrheit sagte? Würde es mich entlasten? Ging es mir damit besser, oder den von Hofmeisters? Der Gedanke war nicht neu, aber gerade extrem ausgeprägt. Die Eltern lebten auf einem Gutshof, wenige Kilometer von hier entfernt, in meinen dunkelsten Stunden hatte ich mich immer wieder im Netz nach ihrem Verbleib erkundigt.

Nach einigem Zögern startete ich den Lotus. Der Motor heulte auf, da meine Feinmotorik nicht funktionierte. Ich fuhr los, schlich jedoch deutlich unter der Richtgeschwindigkeit voran. Der Gedanke, endlich die Wahrheit zu sagen, trieb mich an. Ich musste mich allerdings konzentrieren, da der Regen sich verstärkte und mir die Sicht nahm. Nicht ein einziges Auto kam mir entgegen, keine Menschenseele war auf der Straße unterwegs. Ein Sinnbild meiner Verfassung.

Das stattliche Herrenhaus lag in der Dunkelheit, am Ende einer langen Allee. Die jahrhundertealten Bäume wiegten sich im Wind und die Äste wirkten wie Krakenarme, die nach mir zu greifen schienen. Abrupt bremste ich den Wagen ab, der Kopf dröhnte immer heftiger und der widerliche Geschmack wollte nicht verschwinden. »Nein, das ist Irrsinn«, murmelte ich. »Ich kann es nicht …«

Wie ein Verrückter wendete ich den Sportwagen und raste davon. Mit einem Restfunken Verstand parkte ich vor unserer Villa, statt in mein Loft in der Stadt zu fahren. Dort hätte ich mich vermutlich ebenfalls nicht wohlgefühlt. Ein Horror, dem ich in dieser Nacht nicht entkam.

Mein Vater war sehr spät zurückgekehrt, nichts hatte sich geändert. Er kam und ging, wie es ihm beliebte. Der Gedanke, dass er sich zu Cecilia ins Bett legte, widerte mich mehr denn je an. Ebenso hasste ich die Erkenntnis, dass ich mich in die Frau verliebt hatte, welche die Mauer zum Einsturz brachte, mich zum Reden motivierte und somit dafür sorgte, dass alles aus mir herausbrach.

Nach ein paar Stunden unruhigen Schlafes verließ ich im Morgengrauen das Haus. Das Loft bei Tageslicht zu betreten, empfand ich weniger abschreckend. Ich schaute in den Spiegel. Mir blickte ein müdes und unrasiertes Gesicht entgegen. *Schluss damit!*

Ich sah auf die Uhr, in ein paar Stunden öffneten die Möbelhäuser. Ich ekelte mich bei der Vorstellung, in einem Bett schlafen zu müssen, in dem jemand zu Tode gekommen war. Schon am frühen Nachmittag hatte die Firma, die ich beauftragte, alles ausgetauscht. Da ich einen Sonderstatus genoss, kamen sie meinem Drängen problemlos nach. Geld regiert die Welt. Den Plan, ein paar Tage eine Auszeit zu nehmen, verwarf ich wieder und stürzte mich stattdessen in die Arbeit. Der Cateringservice benötigte meine Aufmerksamkeit, die nächsten Aufträge mussten geplant und koordiniert werden.

Ich beschloss, ins Blue zu fahren und mir Gedanken über ein spontanes Event zu machen. Um der Erschöpfung entgegenzuwirken, zog ich mir eine Line. Der Vorsatz, neue Wege einzuschlagen, rückte in den Hintergrund. Doch der erhoffte Stimmungswechsel trat umgehend ein. Ich kokste nie tagsüber, aber ohne hätte ich den heutigen Tag nicht geschafft. Die üblichen, zahlreichen Anrufe ignorierte ich, bis auf einen.

»Hallo, Samuel, ich habe mir Sorgen gemacht.« Sie sprach sehr leise und ein Seufzer schloss sich an.

»Cecilia, das ist nicht nötig. Ich komme zurecht.« Ich wischte mir mit dem Handrücken über die Nase und schniefte. »Das Leben geht weiter.« Wieder zog ich die Nase hoch. Eine nervige Nebenwirkung. »Machen wir das Beste daraus.«

»Ich wollte mich noch für deine Offenheit und das Vertrauen bedanken.« Sie hörte sich nun verhalten an.

»Ja, der Alkohol hat die Redseligkeit ausgelöst.«

»Ah, na ja.«

Sie klang ein bisschen enttäuscht, aber es wäre unklug, ihr die Wahrheit zu sagen. Es brachte uns keinen Schritt weiter.

»Ich möchte dir anbieten, dass du jederzeit mit mir reden kannst, falls dir danach ist. Es ist sicherlich besser, als sich die Birne zu vernebeln.«

»Ich wüsste nicht, was dich das angeht«, schmetterte ich ihr entgegen. Das Begehren, sie zu lieben, musste aufhören. Ich schüttelte den Kopf. Es gab kein *uns*. Um das zu untermauern, ging ich auf Konfrontation. »Trotzdem, danke.«

»Das stimmt, es geht mich nichts an. Du hast ja immer andere Wege gefunden, bleib dabei.« Sie reagierte auf meine verbale Ablehnung mit Sarkasmus. »Ich will auch nicht länger stören, also mach's gut.«

»Okay. Und prima, dass du verstanden hast, dass du mich nicht retten musst.« Ich hasste mich für diese Provokationen. Einen Moment wartete sie, dass ich noch etwas sagte. Ich schwieg jedoch und wischte über das Display, um die Verbindung noch vor ihr zu trennen. »Was für eine Scheiße!« Voller Wut packte ich ein Glas und schmetterte es auf den Boden. Es zerbarst in unzählige Splitter.

Kurze Zeit später suchte ich bei den Mitarbeitern Fehler, die man immer fand, und ließ erstmals meinen Frust auf übelste Weise aus. Unfair, aber das war mir völlig egal. Am besten suchte ich mir heute Abend williges Fickfleisch, um mich endgültig abzureagieren. Alternativ konnte ich es mir selbst machen und dabei an Cecilia denken – keine gute Idee.

Das Kartenhaus wackelt

Billy Winkler

Der Blick in den Spiegel löste einen Schreck aus. Gemäß dem Motto: *Hallo, was machen Sie morgens in meinem Bad?* Ich war am Ende sämtlicher Kräfte. Mir fiel ein Vergleich ein, den ich durchaus passend fand: Am Anfang der beiden Weltkriege fühlten sich die Soldaten euphorisch und siegesgewiss. Mit den Jahren des Elends verlor sich der Wille, für sein Land den Kopf hinzuhalten. Es galt, die letzten Reserven zu mobilisieren, um vielleicht noch etwas zu bewirken – koste es, was es wolle. Auf meine Situation bezogen, wollte ich nun schnellstmöglich Beweise finden, die Ethan des Steuerbetrugs in Millionenhöhe überführten. Jeder Tag, den ich länger in der Rolle der Mata Hari agierte, zermürbte mich ein bisschen mehr. Ich war ebenfalls nicht bereit, den letzten Rest von mir aufzuopfern.

Hatte ich zu Beginn den Luxus geschätzt und das Leben der Cecilia genossen, empfand ich es zunehmend als belastend. Ich wusste, dass Samuel nicht Billy, sondern die Kunstfigur begehrte. Die Lügen, die ich ihm auftischte, quälten mich. Ein furchtbares Gefühl, da er sich mir auf so wundervolle Weise offenbart hatte. Die unscheinbare Polizistin, die undercover seinen Vater ausspionierte, sogar mit diesem fickte, um an ihr Ziel zu kommen, stellte einen Vertrauensbruch sondergleichen dar.

Ich war mir sicher, dass er mich hassen würde, wenn alles ans Tageslicht kam.

Markus hatte mir bei einem der wenigen Kontakte derweil deutlich gemacht, dass er meine Abwesenheit nicht länger ertrug. »Nie und nimmer hätte ich einem über Monate dauernden Einsatz zugestimmt.« Seine Stimme klang durch das Telefon resigniert und traurig. »Wir haben uns seit Wochen nicht gesehen und von unser beider Leben überhaupt keine Ahnung mehr.«

»Wunderbar, dass du mir in den Rücken fällst!«, schrie ich ihn an und fegte eine Packung Taschentücher vom Tisch. Vor der Porzellanschale hatte ich zu viel Respekt, da sie mir nicht gehörte. »Ich habe mir das nicht ausgesucht.«

»Gib doch zu, dass du Gefallen an dem Leben gefunden hast.«

»Das ist unfair. Wie kommst du darauf?«

»Bei unserem letzten Zusammensein habe ich gespürt, dass du mit dieser Rolle verwachsen bist.«

»Es ist meine verdammte Aufgabe, die Person authentisch zu verkörpern. Das kann ich nicht mal für eine halbe Stunde abstreifen.«

»Doch, wenn man seinen Partner liebt, ist das möglich.«

Alles, was Markus sagte, entsprach der Wahrheit. Besonders schlimm war für mich, dass er nicht sauer reagierte. Warum brüllte er nicht herum? Diejenige, die schrie, war ich. »Es wird nicht mehr lange dauern«, schluchzte ich plötzlich. Meine Wut verschwand und ließ nur das Gefühl der Leere zurück, das mich seit Tagen plagte. »Wir haben große Fortschritte gemacht.«

»Billy, oder soll ich lieber Cecilia zu dir sagen …«

»Markus, das ist fies.«

»Entschuldige, das stimmt.« Er seufzte. »Es ist scheiße, wenn ich über Monate nicht weiß, was meine Frau macht, ob du dich in Gefahr begibst und wo du nachts schläfst. Glaube mir, das ist manchmal unerträglich.«

Seine Worte setzten meinem Elend die Krone auf. Natürlich konnte er nicht ahnen, mit welchen Konflikten ich rang. »Ich verstehe das und es tut mir leid, dass du dich so mies fühlst.« Die Schluchzer nahmen zu und ich zitterte am ganzen Leib.

»Ich vermisse dich, dennoch habe ich das Gefühl, wir haben

uns entfremdet.« Er machte eine Pause. »Manchmal weiß ich nicht, wie es weitergehen soll.«

Für mich klangen seine Worte wie die Einleitung einer bevorstehenden Trennung. Das wollte ich nicht hören und beendete das Telefonat mit einer fadenscheinigen Begründung. Der Strudel, in den ich hineingeriet, riss mir den Boden unter den Füßen weg. Zwei Männer, und beiden konnte ich nicht das geben, was sie sich wünschten. Alles basierte nur noch auf Lügen.

Blieb ich bei dem Kriegsvergleich, entschied ich mich für die finale Schlacht, danach würde ich es beenden, die weiße Flagge schwingen, egal mit welchem Endergebnis. Ethan und Samuel ahnten noch nichts von meiner Doppelrolle. In dem Fall legte ich den Fokus auf das Wort *noch.*

Es gab einen Vorfall, der mir zusätzlich Sorgen bereitete. Als offizielle Frau an der Seite von Ethan Grafenberg wurde ich zwangsläufig mit Menschen konfrontiert, denen ich üblicherweise aus dem Weg gegangen wäre. Insbesondere dem Rechtsanwalt Sievers. Im Blue66 hatte es einen brenzligen Moment gegeben, der bislang ohne Folgen geblieben war. Beim ersten gemeinsamen Abendessen hatte er mich allerdings bei der Begrüßung lange angesehen.

»Frau Ballier, haben Sie eine Schwester?«

Ich schwitzte Blut und Wasser. »Nein, wem sehe ich ähnlich?«, flötete ich. »Ich hoffe, mindestens jemandem aus Hollywood. Amanda Seyfried vielleicht?«

Er lachte. »Ich kann es leider nicht sagen, an wen Sie mich erinnern. Na ja, es ist auch nicht wichtig.«

»Nein, ist es nicht. Dennoch geht es mir ab und zu ähnlich, dass ich glaube, jemanden schon einmal getroffen zu haben. Ich vermute, es hat mit dem Internet zu tun. Tausend Bilder und Gesichter, da kann ich zum Beispiel gar nicht mehr unterscheiden, ob virtuell oder real.«

»Da haben Sie wohl recht.« Allerdings hörte er sich nicht überzeugt an.

Ich hasste seine Visage, sein subtiles Geschwätz und dass er die Loverboys verteidigte. Ethan befreite mich unbewusst aus dieser unangenehmen Lage, da er mich wie eine Trophäe vereinnahmt hatte. »Na, belästigt er dich?« Er lachte und klopfte ihm freundschaftlich auf die Schulter. Zur Verdeutlichung seines Besitzanspruches legte er den Arm um meine Hüften und zog mich an ihn heran.

»Dazu ist es ja leider zu spät.« Sievers zwinkerte ihm zu und ich kämpfte gegen den Impuls, ihn eines auf die widerliche Schnauze zu geben. An dem Abend hatte ich mehrfach das Gefühl, dass Sievers intensiv grübelte, während er mich subtil beobachtete. Der Mann war ein Wadenbeißer mit einem exzellenten Gedächtnis.

Die darauffolgenden Tage stand ich unter größter Anspannung, aber es passierte nichts Auffälliges. Zum Glück, denn die heiße und gefährlichste Phase der Ermittlung nahm ihren Lauf. Ich wusste, dass Ethan die Distanz verlor und unvorsichtiger wurde. Ohne seine persönliche Zuneigung, so die allgemeine Überzeugung, wäre die Operation längst gescheitert. Egal mit wem er in der Vergangenheit eine Affäre eingegangen war, in sein berufliches Umfeld gewährte er niemandem einen Einblick. In der Form hatten wir das zu Beginn anderes vermutet.

Doch bei einem intimen Gespräch nach dem Sex hatte ich endlich eine entscheidende Information aus ihm herausgekitzelt und ihn zu einer wichtigen Handlung motiviert. Ein Moment, der in mir die Hoffnung weckte, dass ich bald die Ziellinie als Siegerin überschritt.

»Ich weiß immer noch nicht, wie du eigentlich dein Geld verdienst.« Ich lag neben ihm und streichelte seinen Oberkörper.

»Mit Immobilien im In- und Ausland, außerdem erarbeite ich mit einer weltweit agierenden Kanzlei Konzepte für optimierte Gewinne.«

»Das klingt interessant. Wie genau?«

»Das ist ein Geflecht aus unzähligen Einzelteilen.« Er hatte die Augen geschlossen und lag entspannt neben mir.

»Ich tippe jetzt mal auf Steuervermeidung«, wagte ich einen Vorstoß.

»Du bist ein schlaues Mädchen.«

»Falls du irgendwann Geld über die Grenzen schmuggeln musst, kann ich dir gern helfen.« Ich kicherte, um ein wenig naiv zu wirken.

»Ja, das ist eine brillante Idee. Aber das gehört der Vergangenheit an. Die globale Vernetzung bietet heute andere Varianten.« Er streckte sich genüsslich.

»Ich finde es auch unverschämt, was der Staat von mir an Steuern verlangt. Allein die Erbschaftssteuer aus dem Nachlass meiner Tante war immens. Das ist doch dreist.«

»So sehen es viele, die hart für ihr Geld arbeiten.«

»Wir haben noch nie darüber gesprochen, aber ich könnte, unter Umständen, deine Hilfe gebrauchen.« Spielerisch knabberte ich an seinem Ohr. »Es gibt da ein paar Einnahmen, die … also … die ich nicht so gern dem Finanzamt zeigen möchte.«

Ethan öffnete die Augen und sah mich mit einem Schmunzeln an. »Soso … Aber da sollte uns etwas einfallen, das für dich hilfreich ist.«

»Ach, wie toll. Ich habe mich die ganze Zeit nicht getraut, es anzusprechen.« Meine Begeisterung war durchaus nicht gespielt. Obwohl es nahegelegen hätte, dieses Anliegen früher an ihn heranzutragen, sah ich mich bestätigt, so lange gewartet zu haben. Ein inneres Gefühl sagte mir, dass ich zeitnah mit ihm gemeinsam den wichtigsten Ort betreten würde – sein geheimes Büro.

»Jetzt genießen wir aber den Abend und reden nicht übers Geschäft«, brummte er zufrieden. »Verwöhne mich noch ein bisschen.«

Ich wusste, dass ich ihm einen blasen musste. Es hört sich schräg an, aber ich hatte mich daran gewöhnt. Mittlerweile verdrängte ich jegliches persönliche Gefühl, schaltete den Kopf ab und sagte mir, dass ich die Rolle nicht auf ewig spielte.

Misstrauen

Ethan Grafenberg

Geschäftspartner, und jeder, der mich gut kennt, sagen mir eine hohe Empathie und ein Gespür für Unregelmäßigkeiten nach. Eine Eigenschaft, die ich durch Achtsamkeit erlangte, denn nur, wenn man sein Gegenüber genau beobachtet, sind die Nuancen zu erkennen. Sowohl bei Samuel als auch bei Cecilia nahm ich solche Signale wahr. Mein Sohn verhielt sich distanzierter denn je. Ich brachte nach dem unangenehmen Vorfall ein gewisses Verständnis auf, dennoch hätte ich mir ein wenig mehr Dankbarkeit gewünscht. Schließlich hatte ich ihm erneut Unannehmlichkeiten erspart. Seine Abneigung gegen Cecilia nahm ich ihm nicht ab und in mir regte sich der Verdacht, dass er eifersüchtig war. Letztendlich betrachtete ich es als sein persönliches Problem, falls dem so sein sollte.

Mit etwas größerer Sorge verfolgte ich die Entwicklung von Cecilia. Sie hatte zwei Gesichter, was mich irritierte. Mal naiv, dann äußerst gewieft. Es kam mir vor, als umgäbe sie ein Geheimnis. Gab es einen anderen Mann, den sie mir verschwieg? Womöglich meinen Sohn? Mir waren die heimlich zugeworfenen Blicke bei ihren wenigen Zusammenkünften nicht entgangen. Ich beruhigte mich jedoch damit, dass ich aufgrund der Zuneigung zu ihr überempfindlich reagierte, da ich nicht gern teilte, was mir gehörte. Weiterhin fiel mir auf, dass sie, nach unserem ersten Gespräch über meine geschäftlichen Aktivitäten, eine gewisse Hartnäckigkeit entwickelte. Möglicherweise lag es tatsächlich daran, dass sie, wie sie behauptete, ebenfalls eine beträchtliche Summe vor dem Fiskus schützen wollte.

Cecilia verbrachte regelmäßig Zeit in der Villa, was mir gefiel. Ich mochte ihre Gegenwart und hatte sie zudem besser im Auge. Eines Tages stand sie unvermittelt auf der Türschwelle, als ich meinen Geschäften in dem abgeschirmten Büro nachging. »Was machst du hier?«, knurrte ich, da ich mich über die eigene Nachlässigkeit ärgerte, die Tür nicht geschlossen zu haben.

»Ach, hier ist der geheime Ort.« Sie kicherte in ihrem Naivmodus, was ich ihr jedoch nicht abnahm. Ihre Augen zeigten ein anderes Bild. Es sah aus, als scanne sie blitzschnell die Gegebenheiten, während sie sich tapsig dem Schreibtisch näherte.

»Du weißt, dass ich nicht möchte, dass du dich hier aufhältst.«

»Ich klaue schon nicht«, erwiderte sie spitz und blieb stehen. »Was machst du so ein Geheimnis aus deiner Arbeit? Hast du etwas zu verbergen?«

»Was redest du da?« Ich kniff die Augen zusammen. »Geldgeschäfte sind grundsätzlich eine vertrauliche Angelegenheit.«

»Ich habe dich halt vermisst«, schmollte sie und warf mir einen ihrer verführerischen Blicke zu, denen ich nur sehr schwer widerstehen konnte.

»Du bist ein Biest, weißt du das?« Ob ich wollte oder nicht, ihre Art erregte mich. »Hast du Langeweile? Dem kann ich gern abhelfen …« Ich stand auf und ging um den Schreibtisch herum.

»Wer weiß, finde es heraus.«

Ich setzte mich auf die Schreibtischkante.

»Was sehe ich denn da?« Keck umarmte sie mich und rieb mit ihrem Knie am Hosenschritt, sodass mein Schwanz vollends versteifte. Verlockend knabberte sie an meinem Ohr und strich mir sanft mit ihren Fingerspitzen über den Oberkörper. Ihre Augen fokussierten jedoch den Schreibtisch und signalisierten wenig Leidenschaft.

Ich hatte gelernt, immer auf der Hut zu sein.

Brüsk griff ich in ihre Haare und zog den Kopf in den Nacken. »Was spielst du für Spielchen?«

»Was meinst du?« Sie sah mich irritiert an. »Gefällt es dir nicht?«

Das unterschwellige Misstrauen entfachte eine gefährliche Wut in mir. »Willst du gefickt werden?« Mein Ton wurde schärfer. »Oder in meinem Büro herumschnüffeln?«

»So nicht.« Sie befreite sich mit erstaunlicher Geschicklichkeit aus dem Griff und sah mich zornig an. »Manchmal verstehe ich dich nicht, ich hab dich einfach nur vermisst.« Beleidigt wandte sie sich ab und verließ den Raum.

Mit einem Seufzer setzte ich mich wieder hinter den Schreibtisch. Ich lehnte mich im Stuhl zurück und betrachtete meine immer noch ausgebeulte Hose. »Na warte, du Miststück, ich werde es dir heute Abend richtig besorgen«, murmelte ich.

Das Handy auf dem Tisch begann zu vibrieren und signalisierte einen Anruf. Überrascht zog ich eine Augenbraue hoch. Mein Verbindungsmann von der Polizei rief an. »Ja?«, meldete ich mich knapp. Die Gespräche zwischen uns beschränkten sich auf ein Minimum.

»Es wurde mir zugetragen, dass es eine verdeckte Ermittlung gegen Sie gibt.«

»Was wissen Sie?« Keine gute Nachricht.

»Nichts Genaues, aber es muss jemand in Ihrem direkten Umfeld sein.«

Ich rieb mir das Kinn. »Wie lange läuft das schon?«

»Wie gesagt, ich habe es durch einen Zufall aufgeschnappt, es handelt sich offensichtlich um eine sehr geheime Operation, da bislang noch nichts durchgesickert ist, was wirklich brauchbar ist.«

»Bleiben Sie dran, sobald Sie etwas Neues hören, melden Sie sich umgehend.«

»Selbstverständlich.« Natürlich würde er das, schließlich finanzierte ich ihm diverse Annehmlichkeiten, die er sich von seinem spärlichen Beamtengehalt niemals leisten könnte.

Nachdenklich schaute ich auf den Bildschirm, der einige Exceltabellen zeigte. Gedanklich spielte ich die Kontakte durch, die sich in der letzten Zeit ergeben hatten. Es war ärgerlich, dass mein Informant nicht den Zeitrahmen kannte, aber daran ließ sich nichts ändern. Seit der Beziehung mit Cecilia hatte ich jedoch keine Frau kennengelernt, die einen ernsthaften Stellenwert in meinem Leben hatte. Wann war ich Cecilia das erste Mal begegnet? Die Vernissage lag Monate zurück. Ich schüttelte den Kopf. Nein, das war eine absurde Überlegung.

Es konnte jedoch nicht schaden, die schöne Cecilia künftig im Auge zu behalten, da ich bislang aus Gefühlsduseleien heraus nachlässig agiert hatte. Unbestritten, die Frau hatte mir den Kopf verdreht. Der Gedanke, dass es einen Zusammenhang zwischen ihr und den aufkommenden Ermittlungen gegen mich gab, gefiel mir überhaupt nicht. Sofern der unglaubliche Verdacht zutraf, würde ich es zügig herausfinden, dazu bedurfte es keinerlei Hexenwerk.

Verbrannt

Billy Winkler

Es war ein unglaublich aufregender Moment, den Raum der Beweise zu betreten. Mit geschultem Auge hatte ich die Gegebenheiten gescannt und mir wesentliche Dinge eingeprägt. Ich wusste, wo der Safe stand, in dem sich vermutlich brisante Dokumente befanden. Zwei Bildschirme und ein Laptop auf dem Schreibtisch sowie unzählige Ordner in den Regalen ließen auf eine Masse an Daten schließen, die uns den endgültigen Beweis liefern würden, da gab es keinerlei Zweifel. Beim Verlassen des Büros fiel mir auf, dass Ethan die Schlüssel für die Tür an einem separaten Schlüsselbund aufbewahrte. Das gerade erworbene Wissen bot mir eine Grundlage für weiteres Handeln.

Was mir jedoch ein wenig Sorge bereitete, war seine Reaktion. Niemals im Vorfeld hatte er mich derart barsch abgefertigt. Meine weiblichen Reize hatten ihn stets weich wie Butter werden lassen. Das war ein unübersehbares Warnzeichen, dass die Uhr tickte. Ich spürte, dass sich bei ihm Misstrauen aufbaute, was mich nicht wunderte, da mich das intensive Zusammensein mit ihm belastete und ich dadurch vermutlich unbewusst Fehler machte oder Signale aussandte, die nicht einer verliebten, glücklichen Freundin entsprachen. Für die weitere Vorgehensweise brauchte ich schnellstmöglich eine Strategie, die ich mit dem Team absprechen musste.

Ich wanderte im Wohnzimmer der Villa hin und her, doch

Ethan folgte mir nicht. Eilig zückte ich das Handy und schrieb an *Marie Claire* eine Nachricht.

Du kannst es dir nicht vorstellen, endlich habe ich die elegante Handtasche im Internet gefunden, die ich schon ewig haben wollte. Muss mal sehen, wann ich sie mir bestelle. Es gibt verschiedene Modelle, da benötige ich deinen Rat.

So kommunizierte ich Thorsten Schröder, dass ich wusste, wo Grafenberg die Unterlagen aufbewahrte. Es dauerte lediglich wenige Minuten und ich erhielt eine Antwort.

Wow, danach hast du wirklich lange gesucht. Freut mich. Falls du es einrichten kannst, können wir uns morgen Abend bei dir treffen und gemeinsam überlegen, welche Farbkombination die Beste ist.

Einen Augenblick ging ich den Ablauf des nächsten Tages durch. Ethan hatte angekündigt, dass er ab morgen Nachmittag ein geschäftliches Treffen außerhalb Frankfurts wahrnehmen wollte. Somit konnte ich dem Termin zustimmen. Innerlich bebend, bestätigte ich den Vorschlag.

Jetzt galt es, Ethan wieder milde zu stimmen. Das Personal hatte das Haus bereits verlassen und ich ging in die Küche, um aus dem Kühlschrank eine Flasche Champagner zu holen. Obwohl es mich anwiderte, huschte ich anschließend ins Schlafzimmer und verwandelte mich in eine Femme fatale. Sexy Dessous und feuerrot geschminkte Lippen sollten ihn entsprechend geil machen und seinen Ärger vertreiben. Ich plante, reumütig an der Bürotür zu klopfen und auf der Schwelle stehen zu bleiben, um ihn so anzufixen.

Ein paar Gläser Champagner später schlich ich in das Arbeitszimmer und versuchte mein vor Nervosität pochendes Herz zu beruhigen. Die Tür zum Geheimbüro war nach wie vor angelehnt. Ich hörte seine Stimme. Er schien zu telefonieren. Vorsichtig näherte ich mich der Tür und lauschte. Die modernen

Smartphones hatten eine üblicherweise unangenehme Begleiterscheinung: Obwohl die Lautsprecherfunktion deaktiviert war, hörte man den anderen Gesprächspartner deutlich. Ein störender Umstand, der mir gerade gelegen kam.

»Bist du dir sicher?«

Ich konnte Ethan nicht sehen, hörte aber, wie er hin und her lief.

»Ja, es tut mir leid, ich habe es gegengecheckt.«

»Sievers, wenn dem so ist, weißt du, was das bedeutet?«

Mir fuhr ein Schrecken durch die Knochen. Der Anwalt war für mich ein rotes Tuch. Angespannt horchte ich weiter.

»Es passt zu der Information, die mir heute zugetragen wurde«, ergänzte Ethan. Bei dem Klang seiner vor Zorn bebenden Stimme lief mir ein Schauer über den Rücken. »Ich bringe sie um, dieses Miststück.«

Meine Atmung beschleunigte sich und ich musste darauf achten, keinerlei Geräusche von mir zu geben.

»Ethan, bleib erst einmal ruhig. Wir werden das regeln. Hast du dich in der Vergangenheit hinreißen lassen, über unsere Geschäfte zu reden?«

»Für wen hältst du mich?«

»Für einen verliebten Mann.«

Ich schloss die Augen, meine Hände begannen zu zittern. *Scheiße!*

»Schwachsinn«, polterte er. »Ich will die weitere Vorgehensweise nicht am Telefon besprechen.«

»Verstehe ich. Bist du sicher, dass du nicht abgehört wirst?«

»Laut meinen Sicherheitsexperten nicht.«

»Gut. Ich habe noch ein Anliegen.«

»Hmmm, ja?«

»Es geht um Joe, er hat gefragt, wie wir zu der Übernahme stehen?«

»Ich denke seit geraumer Zeit nach, mich aus dem Business komplett zu verabschieden. Das Thema wird immer mehr in der Presse thematisiert und auf das Geld lege ich keinen Wert.«

»Ethan, das ist eine sinnvolle Entscheidung. Wir sind zu alt für solche Geschäftszweige.«

»Es rumort in der Szene, die Black Desperados übernehmen immer mehr Bereiche.«

»Die Rockergangs breiten sich aus wie Parasiten. Ein Grund mehr sich von dem Milieu zu verabschieden. Dazu sollte auch der Saunaclub gehören. Je weniger Berührungspunkte umso besser.«

»Es gibt sinnvollere Berührungspunkte, das ist jedoch noch nicht spruchreif.«

»Wir werden es im Auge behalten.« Er lachte überheblich. »Geld verdienen, kann manchmal so einfach sein.« *Was für ein Widerling!*

»Hast du den Jungen herausgeboxt?«, wechselte Ethan das Thema.

»Ich kümmere mich mit Hochdruck darum, aber bis jetzt ist das Mädchen standhaft geblieben.« Es entstand eine kurze Pause. »Letztendlich hat uns der Fall auf ihre Spur gebracht.«

Ich biss mir auf die Lippen, der Puls pochte heftig gegen meine Schläfen und ein fürchterlicher Verdacht baute sich auf. Die Gliedmaßen verselbstständigten sich und vor Schreck fiel mir eines der Gläser aus der Hand. Wie sollte ich mich verhalten? Die Flucht ergreifen? So tun, als hatte ich nichts gehört? Doch die Entscheidung wurde mir abgenommen.

Grafenberg, durch das Klirren aufgeschreckt, riss die Tür auf. Wir standen uns gegenüber. »Ich rufe zurück.«

»Lieb-Liebling …«, stammelte ich. »Entschuldige, ich bin so ungeschickt …«

Seine Augen funkelten mich böse an.

»Ist irgendetwas?« Durch den Adrenalinschub gelang es mir, nicht in Panik zu verfallen.

Um seine Mundwinkel herum zuckte es, er rang mit der Fassung und ich rechnete mit dem Schlimmsten. In der Sekunde, in der das Unheil auf einen zu rast, verwandelt sich die Sichtweise in Zeitlupe. Mit unvorstellbarer Wut, riss er an meinen Haaren, die

Flasche sowie das zweite Glas entglitten mir ebenfalls und knallten auf den Boden. »Du miese Schlampe!«, brüllte er.

Ich stolperte, verlor auf den High Heels das Gleichgewicht. Nur mit Mühe gelang es mir, nicht zu stürzen. »Lass mich los!« Obwohl in Abwehrtechniken geübt, versagte mein Geist in dieser Gefahrenlage und verhinderte den antrainierten Automatismus.

»Ich mach dich fertig!«, bellte er und stieß mich gegen die Wand.

»Ethan, beruhige dich.«

Deeskalation – was soll ich sagen? Ich hatte alles vergessen. Weiter kam ich nicht. Die rechte Hand legte sich um meinen Hals, mit der anderen schlug er meinen Kopf gegen die Wand. Ein fieser Schmerz raste durch den Hinterkopf. Das wutverzerrte Gesicht kannte ich – es war direkt aus meinem Albtraum entsprungen. Ethans mächtige Gestalt presste mich gnadenlos an die Wand.

»Schlampe, eine Polizeihure!« Es bildete sich sprichwörtlich Schaum vor seinem Mund. »Das wirst du mir büßen.«

»Bitte …«, röchelte ich.

Der Druck auf meinen Kehlkopf nahm bedrohlich zu. Es schmerzte, die Luft reduzierte sich, mein Kopf fühlte sich an, als zerplatze er in wenigen Augenblicken. *Tu was! Wehr dich, du schaffst es! Gib nicht auf!* Ein erneuter Stoß mit dem Kopf gegen die Steinwand ließ mich zusammensacken, doch die Pranke löste sich nicht. Meine Lungen versuchten, den dringend benötigten Sauerstoff zu inhalieren. Mein verzweifeltes Röcheln und Japsen klang furchterregend.

»Sieh mich an, ich will in deine verlogenen Augen schauen.«

Mein Herz raste, versuchte, die verbliebene Luft durch die Adern zu pumpen. Mir wurde schwindelig. Sterne explodierten und ich sah ein Feuerwerk, das in unzähligen Farben und Formen am Nachthimmel tanzte. Die Beine zitterten und mit letzter Kraft trat ich um mich. Niemals hatte ich vermutet, dass ein Mensch, der mit dem Tod ringt, solch unmenschliche Stärken entwickelt. Ich wurde zu einem Raubtier, das kurz davor stand, seine Beute zu erlegen. Das zum Sprung ansetzte, um seine Beute niederzureißen. Grafenberg stieß einen schmerzhaften Schrei aus und lockerte den gefährlichen Griff. Ich beugte mich nach vorn, rang um Atem, sah, wie er sich die Weichteile hielt und ebenfalls nach Luft hechelte.

Sämtliche Glieder schmerzten und ich stützte mich an der Wand ab. Unbewusst fasste ich an meinen Hinterkopf und betrachtete die blutverschmierte Hand. Den Polizeigriff anzuwenden, fühlte ich mich außerstande. Der gesunde Instinkt riet mir zur Flucht. In Panik stolperte ich Richtung Tür.

»Bleib hier!«

Seine Hand griff in den feinen Stoff des Dessous und riss mich zu Boden. Ich hatte geahnt, dass er, sollte er die Wahrheit herausfinden, die Nerven verlor, aber mit einem solchen Hass und einem derartigen Kontrollverlust, nein, damit hatte ich nicht gerechnet. Niemals hätte ich es so weit kommen lassen dürfen. Nur mein verbiesterter Ehrgeiz und die Faszination eines luxuriösen Lebens brachten mich in diese Gefahr. Einen Mann wie Ethan Grafenberg hintergeht niemand, ohne dass es gravierende Folgen mit sich bringt.

Wild schlug ich um mich, schrie um mein Leben, spürte einen Schlag gegen meine Schläfe und wieder seine mörderische Hand an der Kehle. Wutschnaubende Geräusche, die mir das Blut in den Adern gefrieren ließen, schallten wie Donnerschläge an mein Ohr.

Unvermittelt nahm ich einen Schatten wahr. »Lass los, bist du wahnsinnig!« Der Griff löste sich und meine Lungen sogen endlich wieder Luft ein.

»Verschwinde, das ist meine Angelegenheit!«, brüllte Ethan. »Kümmere dich um deinen eigenen Dreck.«

»Vater, beruhige dich.«

Samuel, dich schickt der Himmel. Mit Wucht zog er ihn von mir weg. Ich schloss die Augen, mein Körper erschlaffte, der lebensnotwendige Widerstand war gebrochen. Schaffte es Samuel, ihn unter Kontrolle zu bringen? Was, wenn nicht? Sollte mein

Lebensretter versagen und Grafenberg erneut auf mich losgehen, würde ich mich dem Schicksal ergeben. Letztendlich hatte ich mit dem Feuer gespielt und drohte nun in der Hölle zu verbrennen.

Sturmflut

Samuel Grafenberg

Niemals zuvor hatte ich meinen Vater in einer solchen Verfassung erlebt. Nur mit großer Anstrengung schaffte ich es, dass er von Cecilia abließ. Welch glücklicher Zufall, dass ich ausgerechnet heute meinen alten Boxsack holen wollte, um ihn im Loft anzubringen. Nicht auszudenken, wie sein Ausraster sonst ausgegangen wäre.

»Du setzt dich jetzt hierhin und rührst dich nicht vom Fleck«, befahl ich ihm, nachdem ich ihn ins Wohnzimmer begleitet hatte. »Mach es nicht noch schlimmer.«

Mit ausdruckslosem Gesicht ging er zu dem Schrank mit den Spirituosen. Ein erschreckender Anblick. »Ja, ja schon gut«, brummte er und schenkte sich ein Glas Whisky ein. »Wegen ihr werde ich mir sicherlich nicht die Hände schmutzig machen.«

Was war geschehen, dass er sich hatte so gehen lassen? Mir wurde mulmig. Hatte er von unserem Kuss erfahren? Eine brisante Angelegenheit, dennoch kein Grund in dem Maße handgreiflich zu werden. Zunächst musste ich mich um Cecilia kümmern, alles andere ergab sich im Anschluss. Mit schnellen Schritten eilte ich zu ihr. Sie lag immer noch bewegungslos auf dem Boden. Besorgt kniete ich mich hin. »Hey, es ist vorbei.« Sie öffnete die Augen und hustete. »Kannst du aufstehen?« Sie nickte und ich half ihr auf die Beine. Ich war innerlich aufgewühlt, versuchte es aber nicht zu zeigen. Mein Blick fiel auf die Platzwunde am Hinterkopf. »Was ist denn passiert?«

Ihre Augen spiegelten noch den Schock. Erneut hustete sie, sagte jedoch kein Wort. Ihr Körper zitterte.

»In der Küche gibt es Verbandsmaterial.« Ihr Blick flackerte zwischen mir und meinem Vater hin und her. Pure Todesangst. Die Frau, die ich liebte, so zu sehen, schmerzte. »Keine Sorge, mein Vater hat sich wieder im Griff.« Ich stützte sie, da sie nicht allein gehen konnte. »Setz dich. Möchtest du etwas trinken?«

»Ja, gern«, krächzte sie.

Wiederholt musterte ich sie, doch nach wie vor wich sie meinen Blicken aus. Ich hatte keine Ahnung, was ich von alldem halten sollte und hoffte auf eine Erklärung. Zunächst versorgte ich ihre Wunde, während sie am Küchentisch an einem Glas Wasser nippte. »Soll ich einen Arzt rufen?«

Sie schüttelte den Kopf. »Nein, es geht schon wieder.«

Mit sorgenvoller Miene setzte ich mich ihr gegenüber und strich ihr über die Hand. Sie entzog sich jedoch sofort der Berührung. »Bitte, sag mir, was diese Gewaltorgie ausgelöst hat.« Mir zitterten weiterhin die Knie.

»Frag deinen Vater, er wird dir alles erklären.«

»Das werde ich sicherlich tun.« Mir saß eine völlig fremde Frau gegenüber. »Findest du es nicht fair, dass du mir den Vorfall zunächst aus deiner Sicht schilderst?«

»Nein, ich schaffe das nicht.«

»He, nichts ist so schrecklich, dass du es mir nicht antrauen kannst. Wir können auch gemeinsam mit ihm reden.« Ich ließ nicht locker.

»Dazu wird es sicherlich kommen, allerdings anders, als du erwartest.«

»Ich verstehe dich nicht.«

Mühsam stand sie auf und hob den Kopf. Ihre Augen waren voller Tränen, ihre Lippen zitterten. Mein Herz krampfte sich bei dem Anblick zusammen. Sie rang sich ein Lächeln ab, doch der tieftraurige Ausdruck blieb. »Es ist alles gelogen, aber dass ich mich zu dir so unendlich hingezogen fühle, das ist wahr. Auch werde ich dein Vertrauen, dass du mir gegenüber hattest, nicht verraten. Ich wollte, dass du das weißt.«

»Du sprichst in Rätseln.« Das Kryptische setzte sich fort.

»Es tut mir leid, es ist alles aus dem Ruder gelaufen. Ich muss jetzt das Haus verlassen. Ich kann hier nicht mehr bleiben.«

»Wenn du glaubst, dass es der richtige Weg ist, werde ich dich nicht aufhalten.« Obwohl es mir schwerfiel, sie nicht weiter zu bedrängen, lenkte ich ein. »Ich rufe dir ein Taxi.« Ich hoffte, dass mein Vater mir mehr zu dem Drama sagte.

»Ja, das ist nett. In zehn Minuten bin ich fertig.«

»Bist du sicher, dass du keinen Arzt benötigst?«

»Samuel, lass es gut sein. Wenn du die Wahrheit erfährst, wirst du froh sein, dass ich weg bin.«

»Cecilia …« Ich trat an sie heran. Vermutlich war es der ungünstigste Moment, den ich hatte wählen können, aber ich konnte nicht anders. »Du weißt, dass ich für dich mehr empfinde, als es gut ist. Deshalb möchte ich dir auch helfen.«

Sanft strich sie über meinen Arm. Warum fühlte sich diese Berührung an, als würde sie mich trösten, obwohl es doch anders herum sein sollte? »Mir ergeht es ebenso. Aber auch wenn ich künftig zu deinem Vater keinen Kontakt mehr habe, werden wir nicht zusammen sein können. Es funktioniert nicht.«

»Nicht sofort …«, hangelte ich nach einer Lösung. »Soll ich mich bei dir melden, wenn sich die Lage beruhigt hat?« In diesem Moment weigerte sich alles in mir, sie gehen zu lassen und möglicherweise niemals wiederzusehen. Ich hatte so viele Chancen verstreichen lassen, diese würde ich nicht unausgesprochen zwischen uns stehen lassen.

»Glaube mir, du wirst es nicht mehr wollen.« Sie drehte sich um und humpelte aus der Küche.

Ich folgte ihr mit gewissem Abstand, auch um sicherzustellen, dass mein Vater nicht ein weiteres Mal auf sie losging. Glücklicherweise blieb er im Wohnzimmer und ich forderte ein Taxi an. Zehn Minuten später hatte Cecilia sich etwas übergeworfen, ihre Tasche gepackt und verließ wie ein getretener Hund mit hängenden Schultern das Haus. Mit einem sehr flauen Gefühl in der Magengegend sah ich ihr nach. Bevor sie einstieg, wandte sie den Kopf noch einmal in meine Richtung. Es lag so etwas wie ein endgültiger Abschied in der Luft. Bis die Rücklichter des Taxis verschwanden, harrte ich an der Haustür aus. Mit einem Seufzer schloss ich sie. Egal, welche Beweggründe mein Vater für sein außergewöhnliches Verhalten anführte, meine Intuition signalisierte mir, dass sich gravierende Veränderungen anbahnten.

Mein alter Herr saß mit vorgebeugtem Oberkörper in einem Sessel, stützte sich mit den Unterarmen auf den Beinen ab und wirkte völlig abwesend. Er hinterließ nicht den Eindruck, als wolle er sich zu den Geschehnissen äußern. Ein paar Minuten wartete ich still ab und setzte mich zu ihm.

»Sie ist ein Polizeispitzel«, presste er unvermittelt hervor und starrte weiterhin auf den Boden.

»Bitte? Was ist das für ein Schwachsinn?« Ich glaubte, mich verhört zu haben. »Wie kommst du darauf?«

»Es gibt eine Menge Leute, die ich bezahle und die mir dafür Informationen zutragen.«

»Auch die können sich irren.« Nein, ich weigerte mich, das Gehörte zu glauben.

Er schnellte in die Höhe und spießte mich mit einem wütenden Blick auf. »Wenn ich es sage, dann ist es genauso.« Sein Tonfall nahm eine Schärfe an, wie ich sie schon lange nicht mehr von ihm gehört hatte. »Sie suchte nach Beweisen für die Steuertransaktionen …«

»Verdammt, ich habe es geahnt, dass dich das irgendwann den Kopf kostet.« Ich erhob mich ebenfalls und wir standen uns gegenüber, eine feindliche Anspannung lag in der Luft. »Wann hast du davon erfahren?«

»Vorhin. Es gibt keinerlei Zweifel.«

»Hat sie den Kontakt zu dir nur aus diesem Grund aufgenommen?« Nun dämmerte es mir, warum mein Vater derart ausgerastet war. Und was Cecilia mit ihrer verwirrenden Aussage meinte. Mit einem lauten Seufzer raufte ich mir durch die Haare.

»Ja, sie ist eine Polizeihure.« Ein eiskalter Schauer lief mir den Rücken herunter. »Alles nur Theater, nichts, was sich zwischen uns zugetragen hatte, war echt. Es ging ihr einzig und allein um ihre Arbeit.«

»Ihre Identität?«, presste ich hervor.

»Alles erfunden, sie ist nicht die, für die sie sich ausgibt. Jedes kleinste Detail ist erstunken und erlogen.«

In Anbetracht dieser Ungeheuerlichkeiten verschlug es mir die Sprache. Auch ich hatte mich in eine Illusion verliebt. Es fiel mir schwer, die Wut und Enttäuschung nicht herauszuschreien. Mit wackligen Beinen holte ich mir ebenfalls einen Drink.

»Sie hat mich an deine Mutter in jungen Jahren erinnert«, sagte er mit tonloser Stimme. »Es gab so viele Parallelen und das hat mich fasziniert.«

Ich schluckte, es war das erste Mal, dass mein Vater über seine Gefühle sprach.

»Vielleicht bin ich deshalb auf sie hereingefallen.« Vielleicht hatte Cecilia mich ebenfalls deswegen fasziniert.

»Du hast dich in sie verliebt«, stellte ich fest. »Sie war mehr für dich als eine Affäre, das habe ich gesehen.«

Ein verbittertes Lächeln umspielte seinen Mund. »Tja, man ist selbst im Alter nicht vor solchen Fehlern gefeit.«

»Sie hat ihre Rolle perfekt gespielt.« Ich schüttelte den Kopf. Waren die letzten Monate wirklich nur ein Schauspiel gewesen? »Was wird sie mit ihrem Wissen anfangen, ich meine über das tote Mädchen?« Das Unwohlsein verwandelte sich in Sorge. Mein Leben schien plötzlich auf wackligem Untergrund zu stehen. So als habe eine Sturmflut das Fundament unterspült und niemand wusste, wie lange das Gebäude den Widrigkeiten noch standhielt.

»Darüber mache ich mir morgen Gedanken, und glaube mir, das wird sie bereuen.«

»Mit Drohungen wirst du nicht weiterkommen«, widersprach ich ihm.

»Einen Ethan Grafenberg behandelt man nicht so!« Die verzerrten Gesichtszüge, die Körperhaltung kündigten eine Explosion an. »Was bin für ein Trottel!«, schrie er, die Wut entlud sich. Mit Wucht knallte er das Kristallglas auf den Steinboden. Der Inhalt spritzte in alle Richtungen. »Da ist das letzte Wort noch nicht gesprochen.« Erneut steigerte er sich in das Hassgefühl hinein. Cecilia hatte ihm von jetzt auf gleich das Herz gebrochen. Die Gefühle, die er für sie hegte, kamen denen nahe, die er für meine Mutter empfunden hatte. Nur so konnte ich mir seine Reaktionen erklären. »Sie hat mir Hörner aufgesetzt …«

Unvermittelt klingelte es an der Haustür. Wir sahen uns an. »Bitte, schau nach, wer das ist«, bat er mich. »Egal, wer es ist, ich bin für niemanden zu sprechen.« Wann hatte er zuletzt eine Bitte formuliert? Ethan Grafenberg gab stets vor, bestimmte und agierte rational und pragmatisch. Der Mann, der mir gegenüberstand, hatte diese Eigenschaften eingebüßt. Wenngleich nur für eine kurze Zeit. Ich wusste, dass er es ernst meinte, Cecilia tat gut daran sich vorzusehen. Auch eine Polizistin verschonte er nicht. Es standen uns unruhige Zeiten bevor. Auch ich musste mir genau überlegen, wie ich mich verhielt. Durch die Gefühle zu ihr würde ich schnell zwischen die Fronten geraten. Was für eine verdammte Scheiße!

Ich ging in die Eingangshalle, um nachzusehen. Irritiert blieb ich stehen. Blaulichter warfen ihre Lichtkegel durch die Fenster. »Was soll das?«, murmelte ich unruhig. Hatte sie etwas damit zu tun? Hatte sie so schnell ihre Kollegen alarmiert und auf meinen Vater gehetzt?

»Aufmachen, hier ist die Polizei, Steuerfahndung.«

Dass mein Vater die Wahrheit über Cecilia Ballier sagte, bestätigte sich mit dem Auftauchen der Fahnder. Ich öffnete und ein Pulk Beamter empfing mich.

»Wir möchten zu Ethan Grafenberg«, kam einer der Männer sofort auf den Punkt. »Wer sind Sie?«

»Der Sohn.«

»Wir wissen, dass Ihr Vater zu Hause ist.«

Ich nickte. »Ja, das ist korrekt. Haben Sie einen Durchsuchungsbeschluss?« Ich baute mich in der Tür auf.

»Den brauchen wir bei Gefahr im Verzug nicht.«

»Das ist lächerlich.« Ich ärgerte mich über die Polizeiwillkür, wusste dem aber auch nichts entgegen zu setzen.

Mein Vater betrat mit schweren Schritten die Halle. »Junge, es ist in Ordnung. Lass die Herren herein.«

Ich erkannte ihn nicht wieder. Die extreme Wut war verraucht und alle seine Ressourcen aufgebraucht. Gab sich mein Vater geschlagen? Zumindest sah es für den Moment so aus.

»Ethan Grafenberg?«

»Ja.« Er sah den Beamten an. »Kann ich Ihnen behilflich sein?«

»Ich nehme Sie wegen des Verdachts der Steuerhinterziehung in Millionenhöhe und weiterer krimineller Transaktionen fest.«

Der Trupp wusste genau, wo er zu suchen hatte. Mit Schrecken fiel mir ein, dass wir die Tür zum Büro nicht verriegelt hatten und so konnten die Fahnder geradewegs hineinmarschieren. Wenn es schlecht läuft, dann richtig. Verbittert gestand ich mir ein, dass Cecilia, oder wie immer sie hieß, ganze Arbeit geleistet hatte.

Mein Vater machte keinerlei Anstalten, sich der Verhaftung zu entziehen. Die Handschellen klickten und stumm hörte er dem üblichen Spruch über seine Rechte zu. »Muss das sein?«, fragte ich jedoch verärgert. »Das mit den Handschellen ist übertrieben.«

»Es besteht Fluchtgefahr«, wurde ich aufgeklärt. Weitere Beamte mit weißen Plastikwannen betraten die Villa. Mein Vater wurde abgeführt und in einen Streifenwagen gesetzt, der sofort losfuhr. Ich kam mir wie in einem der zahlreichen Fernsehkrimis vor.

Tausend Gedanken rauschten mir durch den Kopf. Vermutlich musste auch ich mich gegenüber der Steuerfahndung rechtfertigen und jeder noch so unbedeutende Beleg würde analysiert werden. Glücklicherweise konnte ich mich auf Frederik verlassen, der alles akribisch erledigte. Als Gastronom war es nicht ungewöhnlich, mit dem Verdacht der Steuerhinterziehung konfrontiert zu werden. Umso wichtiger war es, eine korrekte Buchhaltung vorweisen zu können.

Ich holte mir eine Jacke aus dem Wagen, da ein herbstlich frischer Wind wehte. Um zumindest etwas Sinnvolles zu tun, rief ich unseren Anwalt an.

»Tja, das ging dann wohl schneller als erwartet«, kommentierte er die Nachricht. »Ich mache mich sofort auf den Weg.«

Wie ging es jetzt weiter? Sollte ich beiwohnen, wie sie das Haus durchwühlten und kistenweise Akten herausschleppten? Mein Vater hatte nicht den Eindruck gemacht, als bräuchte er meinen Beistand. Dennoch war es ein wahrgewordener Albtraum. Aus meiner Sicht blieb meinem alten Herrn nichts anderes übrig, als mit den Behörden zu kooperieren. Für die meisten Beteiligten bei diesen aufsehenerregenden Fällen ging es verhältnismäßig glimpflich aus, wenn sie einer Zusammenarbeit zustimmten. Der Staat zog dann lediglich die Daumenschrauben an. Umso mehr wurmte es mich, dass mein Vater nicht bereits vor Jahren losgelassen hatte. Aus heutiger Sicht wäre ihm einiges erspart geblieben.

In der Auffahrt standen zig Autos. Die Männer und Frauen schafften unermüdlich die Akten aus dem Haus. Ein perfides Gefühl, wenn die Privatsphäre in diesem Ausmaß beschädigt wird. Ich ging davon aus, dass sie jeden Winkel auf den Kopf stellten.

Cecilia Balliers Worte hallten nach und erlangten plötzlich eine andere Dimension. *»Sobald du die Wahrheit erfährst, wirst du froh sein, dass ich weg bin.«* Es klang verrückt, aber das war nicht der Fall. Ganz im Gegenteil.

Rückkehr

Billy Winkler

Die Tränen, die in großen Tropfen aus meinen Augen kullerten, wollten nicht enden. Nur mit Mühe gelang es mir meine Atmung zu kontrollieren. Die Angst saß mir noch im Nacken. Immer wieder sah ich Ethans wutverzerrtes Gesicht, als er die Kontrolle verloren hatte. Mein Gott, was hatte ich angerichtet? Der Taxifahrer blickte immer wieder besorgt in den Rückspiegel. Da es mir peinlich war, schaute ich ihn bewusst nicht an. Kurz nachdem ich das Grundstück verlassen hatte, nahm ich mit zitternden Händen das Handy und wählte die Nummer von Marie Claire. Das Gespräch wurde umgehend angenommen.

»Es ist vorbei«, flüsterte ich in den Apparat.

»Was meinst du? Wieso rufst du überhaupt an?« Schröder reagierte irritiert.

»Es ist dringend. Schicke eine Einheit zur Villa, da werdet ihr alles finden, was nötig ist.«

»Ich verstehe nicht ganz.«

»Das musst du auch nicht«, blaffte ich zurück. »Mach einfach, was ich dir gesagt habe. Informiere den Staatsanwalt, und zwar sofort.«

»Okay … Ich verlass mich auf deine Worte.«

»Ich glaube, ich spinne«, zischte ich. »Wenn ich sage, dass es so ist, dann zweifle nicht daran. Ich lebe seit Monaten mit diesem Mann zusammen, ist dir das eigentlich bewusst?« Meine Stimme überschlug sich vor Aufregung. Eine unsagbare Wut baute sich auf. Was bildete er sich ein? Hätte ich ihn vorher anrufen sollen und fragen, ob ihm die Eskalation zeitlich in den Kram passte?

»Entschuldige, ich wollte dir nicht zu nahe treten. Aber es kommt sehr überraschend.«

»Für mich auch, glaube mir. Er muss von irgendwoher einen Tipp bekommen haben.« Ich bemühte mich, meine tränenreiche Verfassung zu verbergen, doch ein Krächzen schlich sich in meine Stimme und beim Sprechen schmerzte noch immer mein Hals. »Wichtig ist jetzt einzig und allein, dass ihr handelt, sonst ist womöglich alles umsonst gewesen.«

»Was meinst du mit Tipp? Redest du von einem Maulwurf in unseren Reihen?«

»Ach, ich weiß es nicht.« Ich lehnte mich zurück und versuchte zumindest ein bisschen meine Glieder zu entspannen.

»Billy, wir veranlassen das Notwendige. Bist du in Sicherheit?«

Einen Augenblick zögerte ich, entschied aber, nichts von Ethans tätlichen Übergriff zu erwähnen. »Ich bin in Ordnung. Bevor es brenzlig wurde, habe ich mich abgesetzt.«

»Das ist vernünftig. Wo bist du?« In der Stimme des Kollegen schwang Erleichterung mit.

»Auf dem Weg in das Penthouse. Ich brauche ein bisschen Ruhe, ab morgen bin ich wieder dabei. Ihr werdet mich heute Nacht nicht benötigen.« Ich wusste, dass das alles sehr schräg klang, aber mir war es egal. Ich wollte niemanden mehr um mich haben und sehnte mich nach einem heißen Bad.

»Vermutlich hast du recht. Wir sehen uns morgen im Büro.«

»Ein komischer Gedanke«, murmelte ich.

»Das glaube ich. Sollen wir dir noch einen Beamten zum Schutz abstellen?«

»Nein, das ist nicht nötig.«

»Meinetwegen, aber wenn du etwas Auffälliges bemerkst, melde dich umgehend.«

»Versprochen.« Es war definitiv eine Lüge, allerdings hatte ich keine Lust auf eine Diskussion um meine Sicherheit.

Ich beendete den Anruf und warf einen Blick zum Taxifahrer, der jedoch stoisch auf die Straße starrte. Mir sollte es recht sein.

Mit schmerzenden Gliedern betrat ich die Wohnung, wohlwissend, dass es die letzte Nacht in diesem luxuriösen Ambiente sein würde. Die verdeckte Ermittlung hatte heute Knall auf Fall ihr Ende gefunden. Manchmal entwickeln sich die Dinge anders, als man es erwartet.

Erschöpft ließ ich Wasser in die Badewanne ein, während ich vorsichtig den Hinterkopf abtastete. Samuel hatte die winzige Platzwunde desinfiziert und mit einem Klammerpflaster versehen. Ich nahm mir vor, die Wunde morgen von einem Arzt begutachten zu lassen. Sollte es zu spät sein und eine Narbe zurückbleiben, war es mir auch gleichgültig, ich trug gerade weitaus größere davon. Mein ganzes Leben kam mir unsinnig vor.

Es gab keinerlei Zweifel, dass alles, was wir an Beweisen für Grafenbergs Steuerbetrug benötigten, sich im versteckten Büro befand, das die Kollegen aller Voraussicht nach bereits durchsuchten. Doch verspürte ich nicht den Hauch eines Glücksgefühls. Im Gegenteil, noch nie in meinem Leben hatte ich mich einsamer und schäbiger gefühlt.

Ein letztes Mal glitt ich in die große Wanne und die Muskeln entspannten sich langsam. Im Spiegel hatte ich einige blaue Flecken auf meinem Körper entdeckt. Ethan hatte meinen Hals mit einer solchen Kraft umschlossen, dass sich Würgemale bildeten. Ein gruseliges Gefühl, dem Tod so nahe gewesen zu sein, ohne Samuels Einschreiten hätte er nicht mehr von mir abgelassen. Wie sehr musste ich ihn mit der vorgespielten Liebe verletzt haben. Ein Mann, der sich seit dem Tod seiner Frau nie wieder geöffnet hatte, verlor bei der Erkenntnis, hintergangen worden zu sein, die Kontrolle.

Konnte ich ihm das verübeln?

Das Ausmaß seines Zorns vielleicht, den Zorn an sich jedoch nicht.

Zu all dem körperlichen Elend plagten mich erneut Selbstzweifel. Mit Ethan zu schlafen, war eine gravierende Entscheidung in eine unkontrollierbare Richtung. Letztendlich musste ich mir vorwerfen, dass ich seine Gefühle unterschätzt hatte, beziehungsweise diese für meine Zwecke benutzte. Damit überschritt ich jegliche Grenzen, was schließlich zu der Eskalation führte. Ich mochte mir nicht ausmalen, wie Samuel auf die Enthüllung reagierte. Dass er mich nach alldem hasste, stand für mich außer Frage.

Schlampe! Polizeihure! Ethans wildes Gebrüll hallte immer noch durch mein Gedächtnis. Würde Samuel mich ebenfalls so beschimpfen?

Mein Herz krampfte sich zusammen und wieder füllten sich meine Augen mit Tränen. Ein zusätzlicher Beweis für die Unfähigkeit, einen Undercovereinsatz professionell durchzuführen. Wieso hatte ich die Emotionen nicht im Griff? Lag es an Samuels faszinierenden Lebensstil, dass ich so empfand? Noch nie in meinem Leben war ich einem solchen charismatischen Mann begegnet. Natürlich nicht, innerhalb meiner realen Existenz gab es derlei Typen nicht.

»Was hast du nur für bescheuerte Gedanken? Das ist selbstzerstörerisch«, schalt ich mich laut und glitt mit dem Kopf unter Wasser. Ich tauchte jedoch sofort wieder auf, da mich augenblicklich eine beängstigende Beklemmung erfasste. Die Atemnot, die ich vorhin aushalten musste, war erneut präsent. Die Wunde pochte und brannte, üblicherweise war ich nicht so empfindlich, aber im Moment potenzierte sich der Schmerz ins Unermessliche. Wieder einmal sah ich es als erwiesen an, das Körper, Geist und Seele eine Symbiose darstellten.

Wenn ich ehrlich in mich hineinhörte, gestand ich mir ein, panische Furcht vor der Rückkehr in mein altes Leben zu haben. Emotional stand ich vor dem Abgrund. Markus und ich hatten uns voneinander entfernt, so kaputt wie ich war, bezweifelte ich, dass ich den Graben zwischen uns überwinden könnte. Mit Samuel in ferner Zukunft eine Partnerschaft einzugehen, mutete sich nahezu lächerlich an. Auch wenn er mir verzieh, was ich eher als unwahrscheinlich einschätzte, passte Billy Winkler nicht in seine Umgebung. Was wollte ein so toller Mann mit einer unscheinbaren, grauen Maus? Obendrein einer Polizistin?

Eine noch nie gekannte Verzweiflung schüttelte mich durch. »Ich halte das nicht aus, ich kann nicht mehr«, schluchzte ich. »Warum ist das alles mir passiert?« Eine zermürbende Frage, auf die es keinerlei Antwort gab.

Der Sturm pfiff um das Hochhaus und der Regen klatschte gegen die Fassaden. Der Winter hielt unweigerlich Einzug, es wurde kälter und trostloser. Was für ein Sinnbild des eigenen Lebens.

Mit Mühe quälte ich mich aus der Badewanne, wankte in mein Bett und rollte mich wie ein Igel ein. Der gesamte Körper zitterte. Nach wenigen Minuten war das Kopfkissen von Tränen durchnässt. Die Spirale des Kummers drehte sich immer rasanter abwärts.

Glücklicherweise breitete sich endlich eine bleierne Müdigkeit aus. Der letzte Gedanke vor dem Einschlafen war die Sorge vor Albträumen, die mich durch die Dunkelheit jagten.

Erwartungsgemäß schlief ich unruhig und wachte schweißgebadet und wie gerädert auf. Ich benötigte einen Moment, um zu realisieren, was sich gestern abgespielt hatte und das meine Zeit als Cecilia Ballier abgelaufen war. Sofort erfasste mich wieder die Zukunftsangst, der ich mich heute unweigerlich stellen musste.

Ich sah auf die Uhr. Obwohl es gerade erst sechs war, rollte ich mich mit bleiernen Gliedern aus dem Bett. Ein letztes Mal bereitete ich mir einen Kaffee zu und schaute über die Skyline. Die düstere Atmosphäre und der wolkenverhangene Himmel, ein graublauer Brei, entsprachen exakt meinen Emotionen. Nicht mal der Hauch eines Sonnenstrahls.

Verstohlen schaute ich auf das Display von Cecilias Telefon. Hatte mich eine unterschwellige Hoffnung getrieben, eine Nachricht von Samuel zu erhalten, wurde ich enttäuscht. Das private

Handy zeigte einige SMS, die vom Team stammten. Sie gratulierten mir zu dem Erfolg.

Ich sollte Markus anrufen oder anschreiben, dass ich heute nach Hause käme. Daran hatte ich bisher nicht gedacht. Für einen Augenblick zögerte ich, da ich darüber nachdachte, unangemeldet aufzutauchen. Das hätte den Vorteil, den Zustand des Hauses authentisch zu sehen, vielleicht sogar Spuren einer anderen Frau vorzufinden. Ich hasste mich für diesen Gedanken. Aber war er denn so abwegig? Die Idee verwarf ich, da ich es ihm nicht zutraute. Wenn auch der letzte Fels in der Brandung unter meinen Füßen wegbrach, würde es nichts mehr geben, das mir Halt gab.

Hey, Markus, der Einsatz ist abgeschlossen, ich komme heute nach Hause. Kann dir aber noch nicht sagen, um welche Uhrzeit. Ab wann bist du da?
LG Billy

Nachdem ich den Text eingetippt hatte, schüttelte ich den Kopf. Nein, das fühlte sich falsch an. So beschloss ich, ihn später anzurufen, um ihm meine Heimkehr zu verkünden. Vielleicht würde der Klang seiner Stimme, etwas Vertrautes, mir gut tun.

Der Körper und die Seele schrien danach, die Wohnung schnellstmöglich und endgültig zu verlassen. Mit einem tiefen Seufzer begann ich, die wenigen persönlichen Sachen zusammenzupacken. Der Blick in den Badspiegel zeigte mir eine völlig erschöpfte Frau ohne Glamour. Die schwarzen Augenränder, die roten Abdrücke am Hals sowie diverse blaue Flecke dokumentierten meine desolate Verfassung. Ich ließ kaltes Wasser über die Handgelenke laufen und benetzte mein Gesicht. In der Vergangenheit hatte sich Cecilia Ballier morgens sorgfältig geschminkt und frisiert. Billy Winkler hatte seit jeher darauf verzichtet, so auch jetzt. Traurig warf ich einen letzten wehmütigen Blick in den begehbaren Kleiderschrank. All die schönen Kleider, die zu einer illusionären Existenz gehörten, symbolisierten die nahe Vergangenheit und fanden vermutlich den Weg in eine der edlen Secondhand-Boutiquen. Letztendlich waren es nur tote Gegenstände, die mir keine Antworten gaben. Mit den Fingern strich ich über die feinen Stoffe, kniete mich zu den High Heels und betrachtete sie. Ein farbenfrohes Sammelsurium der Eitelkeiten. Mit einem Seufzer rappelte ich mich zurück in den Stand. Nein, nichts von alldem gab mir Trost. *Ich muss hier raus!*

Es dauerte nicht lange und ich zog die Tür von außen zu. Abschied Teil eins – dazu gehörte auch das Cabriolet in der Tiefgarage. Um ins Präsidium zu kommen, nahm ich mir ein Taxi. Müde sah ich aus dem Fenster des Wagens, der sich durch den beginnenden morgendlichen Berufsverkehr schlängelte. In der Scheibe spiegelten sich Umrisse meines Gesichts, wie ein düsterer Schatten verfolgte mich mein desolater Anblick. Also schloss ich die Augen und dachte an Samuel. Ein Mann, der sich niemals für mich interessiert hätte. Der Gedanke schmerzte und verdeutlichte mir, dass ich unsere gemeinsame Welt verließ. *Billy, du musst ihn aus deinem Herzen entfernen und aus dem Gedächtnis verbannen.* Eine Aufgabe, die mir in diesem Augenblick unlösbar schien. Stattdessen dachte ich an das Klavierstück, das er mir vorgespielt hatte. *Oh, Sinnerman, where you gonna run to.*

Die Kollegen empfingen mich in der obersten Etage mit Applaus. Jeder klopfte mir auf die Schulter und alle fühlten sich glücklich und erleichtert, dass wir die Operation *Dirty Life* nach langer Zeit erfolgreich abschließen konnten. Ich nahm den Trubel wie hinter einer Nebelwand wahr, lächelte, wenn es erwartet wurde, gab Informationen und Abläufe des gestrigen Tages wieder, kurzum, ich funktionierte wie so oft in den letzten Monaten. Ich wünschte, Frau Tausendschön wäre anwesend, sie hätte vielleicht meine Gefühlslage verstanden.

In der vergangenen Nacht hatten die Experten bereits die ersten Unterlagen gesichtet. Der Betrug und die illegalen Machenschaften, so die Vermutung, übertrafen bei Weitem die Erwartungen. Der Haftbefehl war beantragt und die Mühlen der Justiz begannen zu mahlen. Die Presse hatte ebenfalls Wind von Grafenbergs Verhaftung bekommen und die ersten Journalisten belagerten das Präsidium. In unserem Besprechungsraum lief unentwegt der Fernseher. Eine Pressemeute hatte sich mittlerweile vor der Villa Grafenberg versammelt. Eine Reporterin fasste erste Erkenntnisse zusammen. Plötzlich fuhr mir ein Schreck durch den gesamten Körper und ich starrte auf den Bildschirm. Samuel verließ hektisch das Haus, unzählige Mikrofone und Blitzlichter verfolgten ihn, bis er endlich in seinen Wagen stieg. Er sah gestresst und mitgenommen aus. Wieder klopfte das schlechte Gewissen an. *Du trägst dafür die Verantwortung, du bist schuld …*

* * *

Der normale Wahnsinn: Mein persönliches *Radio Eriwan* verhinderte, dass ich in meinem Auto den Radiobericht über die Festnahme Grafenbergs vollständig verfolgen konnte. Die mäßig funktionierende Lüftung der alten Karre machte die Heimfahrt nahezu zu einem Blindflug und der erste Schneematsch lag auf den Straßen. Wie hatte ich nichts davon vermisst.

Markus' Reaktion auf den Anruf, in dem ich meine Rückkehr mitteilte, war beängstigend verhalten ausgefallen. »Das ist aber überraschend«, erwiderte er. »Wie kommt es?«

»Ich kann auch noch ein paar Tage wegbleiben, wenn es dir lieber ist«, ging ich sofort auf Konfrontation, lenkte aber umgehend wieder ein. »Tut mir leid, ich bin am Ende meiner Kräfte und stehe immer noch unter Hochspannung.«

»Schon gut, ich freue mich, dass du alles gut überstanden hast.«

»Ich auch, das kannst du mir glauben. Wann bist du denn zu Hause?«

»Wie immer, also falls du die Uhrzeit noch weißt.«

Was er offensichtlich scherzhaft meinte, kam bei mir überhaupt nicht gut an. »Ich erinnere mich wage«, antwortete ich sarkastisch. Ja, Markus' Reaktion enttäuschte mich. Er hörte sich an, als passe es ihm gar nicht, dass ich spontan zurückkam. Ich hatte mit etwas anderem gerechnet.

Ich parkte vor dem Häuschen, stellte den Motor ab und atmete tief durch. Wie erwartet, stand sein Auto nicht auf dem Parkplatz. Insgeheim hatte ich gehofft, dass er sich einen halben Tag freinahm, um mir eine Freude zu bereiten. Doch fairerweise räumte ich ein, dass er nicht sofort alles stehen- und liegenlassen konnte, dazu war meine Rückkehr zu unvermutet.

Beim Betreten des Hauses hatte ich das komische Gefühl, als sei es unbewohnt. Wohnungen nehmen einen eigenartigen Geruch an, wenn sie nicht genutzt werden. Es ist, als neutralisieren sich die Düfte ihrer Bewohner. Ich schaltete das Licht an und mein Eindruck verstärkte sich. Eine Atmosphäre, die an ein aufgeräumtes Ferienhaus erinnerte, begrüßte mich. Ein zu kühles Haus für diese Jahreszeit, keine liegengelassenen Alltagsgegenstände, kein Geschirr in der Spülmaschine. Was hatte das zu bedeuten?

Mir wurde mulmig. Angespannt öffnete ich den Kühlschrank und es traf mich wie ein Schlag in die Magengrube: Keinerlei frische Lebensmittel, nicht einmal das Sechserpack Bier, das er sich nach dem Feierabend gönnte. Markus hatte immer einen gesunden Appetit und wenn er auf etwas Wert legte, dann auf einen üppig gefüllten Eisschrank. Hektisch rannte ich ins Obergeschoss und in unser Schlafzimmer. Mich traf der nächste Schlag: Das Bettzeug lag ohne Bezug auf der Matratze.

»Was ist hier los?«, murmelte ich und forschte weiter, um Beweise für den sich abzeichnenden Super-GAU zu finden. Im Badezimmer fehlten sämtliche seiner Toilettenutensilien. Noch mehr Beweise benötigte ich nicht, um zu begreifen, dass hier etwas ganz und gar nicht stimmte. Nun wurde mir auch klar, warum er so komisch am Telefon reagiert hatte.

Meine Beine begannen zu zittern und ich hatte das Gefühl, den Boden unter den Füßen zu verlieren. Schockiert setzte ich mich auf die oberste Stufe der Treppe, stützte den Kopf in die Hände und Tränen der Verzweiflung schossen wie Fontänen hervor. Ich wusste, dass wir uns voneinander entfernt hatten, aber dass er offensichtlich ausgezogen war, das kam völlig unerwartet.

Die Monate meines Einsatzes hinterließen immer mehr verbrannte Erde.

Ohne jegliches Zeitgefühl saß ich, mit Jacke, Handschuhen und Mütze bekleidet, auf der Treppe im vorderen Flur und wartete auf meinen Ehemann, der mir eine Erklärung schuldete. Müdigkeit, Erschöpfung und ein nur notdürftig geheiztes Haus lösten ein klammes und fröstelndes Gefühl in mir aus. Obwohl ich Durst verspürte, bewegte ich mich nicht. Der Magen knurrte, da ich kaum etwas gegessen hatte, und verstärkte das flaue Empfinden. Ich schüttelte immer wieder den Kopf und fragte mich verzweifelt, welche Hiobsbotschaften mich noch erwarteten. Irgendwann hörte ich, wie die Haustür aufgeschlossen wurde. Wie vom Blitz getroffen sprang ich auf, rannte die Treppe hinunter und stieß fast mit Markus zusammen.

»Wann hattest du vor, mir zu sagen, dass du hier nicht mehr wohnst?« Ich stampfte mit dem Fuß auf und schmetterte die Worte ihm in einer ungewohnten Lautstärke entgegen. »Das ist das Allerletzte, du bist ein fieser Arsch, zwölf Jahre einfach so wegzuwerfen, ich glaube es nicht.« Wie aus einer Kanone schossen die Anschuldigungen heraus. Mir war nicht nach Diplomatie zumute. Ich fühlte mich hintergangen und unendlich verletzt.

Er ließ mir die Möglichkeit, mich abzureagieren und Dampf abzulassen, um mich anschließend auf eine vernünftige Gesprächsebene einlassen zu können. »Es tut mir leid, so hatte ich das nicht geplant«, erwiderte er ruhig. Ich betrachtete ihn und abrupt schnupperte ich ein neues Parfüm an ihm. Markus benutzte von jeher ein und dieselbe Marke. Etwas anderes auszuprobieren, hatte er stets vehement abgelehnt. Spätestens jetzt schrillten sämtliche Alarmglocken. *Das* typische Signal für einen Eroberungszug.

»Nein? Wie denn? Wolltest du eine Nachricht im Büro hinterlassen?« Meinen Sarkasmus zu verbergen, versuchte ich erst gar nicht. »Oder per Sprachnachricht, das ist ja heutzutage ein beliebtes Instrument.«

»Jedenfalls wollte ich nicht, dass du es auf die Art und Weise erfährst.« Er stand betreten vor mir. Er, der gern jedem Konflikt aus dem Weg ging, musste Farbe bekennen.

Ich lachte höhnisch. »Und, wer ist die Auserwählte? Kenne ich sie? Was für eine miese Schlampe, eh, ich kann es nicht fassen …«

»Billy, lass uns bitte vernünftig reden.« Beschwichtigend hob er die Arme, trat einen Schritt auf mich zu und wollte mich mit einer Hand am Oberarm berühren.

»Fass mich nicht an, ich warne dich!«

»Schon gut.« Sogleich ging er auf Abstand.

»Falls du glaubst, dass ich hier ausziehe und du machen kannst, was du willst, dann hast du dich geschnitten.«

»Du wolltest das Haus doch gar nicht mehr.«

Seine ruhige Art steigerte das Gefühl, von ihm verletzt und hintergangen worden zu sein. Wütend riss ich mir die Mütze vom Kopf und warf sie nach ihm. »Was hat das damit zu tun?«, schrie ich, sodass der Hals und der Rachen noch mehr schmerzten. »Das ist so link, ich hasse dich und ich hoffe, du wirst mit deiner neuen Tussi glücklich. Ich werde dafür sorgen, dass du, du …« Mir fiel nichts ein. Kinder hatten wir nicht, die er zukünftig nicht sehen durfte, das Haus wollte *ich* nicht und da er ausgezogen war, er augenscheinlich auch nicht. »Ach, kein Bein mehr auf die Erde bekommst …«, polterte ich zusammenhangslos. »… und diese Frau, wie hinterhältig muss man sein.«

»Billy, halt den Mund und komm mal wieder runter.«

Seine Stimme hatte einen noch nie zuvor gekannten dominanten Klang, der mich abrupt verstummen ließ. Vor Aufregung liefen mir die Tränen die Wangen herunter und der Rotz aus der Nase.

»Komm her.« Er öffnete unvermittelt seine Arme und ich ließ mich in die Umarmung fallen. Sanft streichelte er mir über den Kopf. Diese Geste löste einen erneuten Weinkrampf aus. »Billy, es tut mir so unendlich leid, aber ich kann nicht mehr mit dir zusammen sein.«

Ich sah ihn tränenerfüllt an. »Ich weiß, dass es in den letzten

Monaten für dich sehr schwer war. Warum gibst du uns nach all der Zeit nicht den Hauch einer Chance?«

Er zuckte mit den Schultern und ich ahnte, dass er mir die Wahrheit ersparen wollte.

»Du liebst eine andere, stimmt's?«, presste ich hervor.

»Ja.« Er war nun mal nicht der Mann der großen Worte.

Ich schloss die Augen und drückte mich an meinen ehemaligen Fels in der Brandung. Ich weiß nicht, wie lange wir so eng umschlungen ausharrten. Dennoch blieb es eine ungewöhnliche Geste für das Ende einer langjährigen Partnerschaft, von der wir dachten, dass sie ewig hält und wir uns niemals verlieren würden.

Das Leben ist nicht planbar, ebenso wenig wie seine Gefühle, das war die bittere Erkenntnis, die ich aus diesem Augenblick mitnahm.

Jetzt hatte ich alles verloren. Meine Ehe. Die Chance, Samuel an meiner Seite zu haben und letzten Endes auch mich selbst.

Weichenstellung

Ethan Grafenberg

Ein Mann meines Alters und mit meiner Biografie erlebt im Laufe seines Lebens die unterschiedlichsten Erfolge sowie Tragödien. Dabei spielt es keinerlei Rolle, ob im privaten oder geschäftlichen Rahmen, diese Erfahrungen formen den Charakter. Mich haben viele Beweggründe angetrieben, dass sich meine Lebensgeschichte genauso entwickelte. Das Streben nach Macht und Geld zählte zweifelsohne zu den vorherrschenden Prioritäten. Manch einer mag es verwerflich finden, da ich dabei auch Wege einschlug, die an der Grenze der Legalität verliefen und die ich nötigenfalls überschritt. In diesen Fällen geschah es zunächst aus Leichtsinnigkeit, Überheblichkeit oder schlicht und ergreifend, um meine Familie zu schützen. Ich war immer ein Kämpfer und habe mir genommen, was ich wollte. Doch Zeiten und Ansichten ändern sich, wenngleich in meinem Fall unerwartet. Vielleicht ein Wink des Schicksals? Vermutlich, dennoch ließ ich die Richtung, in der es mich trieb, offen.

Aufgeschreckt durch meine Festnahme zog sich durch die Branche ein Gewittersturm sondergleichen. Ich vermutete, die Aktenvernichter liefen auf Hochtouren und hoch bezahlte Fachanwälte freuten sich über zahlreiche neue Mandate. Noch in der Nacht der Verhaftung tauschte ich mich mit Sievers aus und wir vereinbarten, mit den Behörden zu kooperieren. Die Akten und die Computer, welche die Steuerfahnder aus meinem Büro geschleppt hatten, ließen wenig Spielraum für andere Strategien. Im Gegenzug erwarteten wir von der Staatsanwaltschaft selbstredend Entgegenkommen und strafmildernde Umstände. Genaugenommen, bin ich nicht die erste Person, die der Steuerhinterziehung in Millionenhöhe überführt wurde, und gewiss nicht die letzte. Für die Öffentlichkeit unbegreiflich, für mich jedoch von Vorteil, fallen die Strafen überschaubar aus, wie prominente Beispiele zeigen. An dem kleinen Steuersünder statuiert der Staat zur Abschreckung stattdessen gern ein Exempel. Die Frage der Verhältnismäßigkeit des Strafmaßes bei Steuerhinterziehung ist auch für einen Insider wie mich schwer nachvollziehbar.

Es war für mich ein zugegebenermaßen ungewöhnlicher Moment, als mir Hauptkommissarin Sybille Winkler, alias Cecilia Ballier, in einem vertraulichen Gespräch gegenübersaß. Es erstaunte mich, wie schnell sie den Glamour, der mich fasziniert hatte, hinter sich gelassen hatte. Vor mir saß eine junge Frau mit streng zurückgekämmten Haaren, die sie zu einem Pferdschwanz zusammengebunden hatte. Ihre Gesichtszüge zeigten sich hart, abweisend und entschlossen. Ob ihre Haltung gespielt war, als ein Schutzmechanismus diente oder ihrer realen Empfindung entsprach, konnte ich nicht einschätzen. Wahrlich eine Frau mit zwei Gesichtern.

»Nach Rücksprache mit meinen Vorgesetzten sind wir zu dieser inoffiziellen Unterredung zusammengekommen«, kam sie umgehend auf den Punkt. »Die Staatsanwaltschaft ist durchaus bereit, Inhalte des Gesprächs beim Strafmaß positiv zu berücksichtigen.«

»Davon gehe ich aus, sonst säßen wir nicht zusammen.«

Sie schaute mich emotionslos an. »Herr Grafenberg, überschätzen Sie Ihre Position nicht«, schoss sie scharf zurück.

Es entlockte mir ein süffisantes Lächeln, ich erwiderte jedoch: »Das ist mir bewusst, dass sich die Rollen verändert haben.« Sie räusperte sich und ich hatte das Gefühl, sie für einen winzigen Moment aus der Reserve gelockt zu haben.

»Das, was uns interessiert und wobei wir auf Ihre Kooperation bauen, sind Ihre Kontakte zu der Loverboy-Szene, mit der Sie nach unserem jetzigen Kenntnisstand in Verbindung stehen.«

»Das ist gewissermaßen korrekt.«

»Ist es richtig, dass Sie seit 2003 an einem Ring finanziell beteiligt sind, der sich an der Ausbeutung minderjähriger Frauen bereichert?«

»Wenn Sie es so nennen wollen.«

Über ihrer Nasenwurzel bildete sich eine Zornesfalte und es war nicht zu übersehen, dass es in ihr brodelte. »Das Geschäftsprinzip basiert darauf, dass Mitglieder Ihrer kriminellen Vereinigung vornehmlich minderjährige Frauen emotional abhängig machen und sie anschließend zur Prostitution zwingen. Von dem Leid dieser Mädchen haben Sie jahrelang finanziell profitiert.« Ihre Augen funkelten mich voller Verachtung an und ich wurde das Gefühl nicht los, als stecke mehr dahinter, als nur der berufliche Ehrgeiz. »Ist das so? Haben Sie sich daran bereichert?«

»Ja.« Ich hielt es für sinnvoller, meine Antworten auf ein Minimum zu beschränken.

»Kennen Sie einen Mann, der sich Joe nennt?«

Ich nickte.

»Mit bürgerlichem Namen Jochen Schulte?«

»Ja.«

»Kennen Sie weiterhin einen Antonio Bressan?«

»Ich bin ihm nicht persönlich begegnet.«

»Möglich, dennoch wissen Sie, dass wir gegen ihn wegen Zwangsprostitution in mehreren Fällen ermitteln?«

»Mein Anwalt hat mich darüber in Kenntnis gesetzt.«

Sie saß kerzengerade vor mir und fixierte mich. Immer wieder schob sie einen Stift auf dem Tisch hin und her. »Im Zuge der Ermittlungen hat sich der Verdacht erhärtet, dass sich Jochen Schulte, alias Joe, für den Tod der siebzehnjährigen Kirsten Schlüter im Jahr 2004 verantwortlich zeigt.«

Mein Anwalt hatte mir ausdrücklich geraten, die Fakten zu bejahen beziehungsweise nicht infrage zu stellen. »Mir persönlich ist der Name nicht bekannt.«

»Vielleicht Kessy?«, spie sie hervor.

»Tut mir leid, nein.« So viel unterdrückter Zorn ließ mich auf einen persönlichen Beweggrund schließen. *2004…, da war sie noch selbst ein Teenager.*

Sie fing sich wieder. »Sie können jedoch bestätigen, dass im Jahre 2004 der Verdächtige aktiv in der Loverboy-Szene tätig war und Frauen für den Ring beschafft hat?«

»Das kann ich bestätigen.«

Sie biss sich auf die Lippen und eine immense Anspannung ging von ihr aus. »Herr Grafenberg, Sie werden darüber eine eidesstattliche Erklärung abgeben, welche die Grundlage für die Zerschlagung des Rings bildet und der Strafverfolgung dient.«

»Im Gegenzug wird mein Name aus dem Fall herausgehalten.« Es war an der Zeit, auch meine Forderung deutlich zu formulieren. Unfassbar, dass ich mit der Frau atemberaubenden Sex hatte. Ihre Abteilung hatte sie in einen vortrefflichen Schauspielkurs gesteckt.

»Das ist der Deal.« Sie atmete tief durch. »Ich will diesen Joe und alle anderen, die das Leben der Mädchen zerstören. Obwohl ich sehr gern auch die Hintermänner strafrechtlich verfolgt hätte.«

»Frau Winkler«, ich machte eine Pause und genoss, wie sich ihre Augen beim Klang ihres richtigen Namens weiteten, »man kann nicht alles haben.«

»Nein, offensichtlich nicht.« Sie seufzte. »Sie werden im Zuge des Verfahrens mit einer Geldstrafe belegt, die einer speziellen Organisation zufließt, welche sich dem Schutz und der Betreuung der Mädchen widmet.«

»So wurde es mir kommuniziert.« Ich suchte ihren Blick. Sie wich mir aus, aber ich fixierte sie, bis sich unsere Augen trafen. »In der anderen Sache habe ich ebenfalls Ihre Zusage?«

»Sie sind nicht ursächlich für den Tod der Frau in dem Loft Ihres Sohnes verantwortlich. Mit dem Auffinden der Leiche konnte das forensisch belegt werden.« Wie ein Roboter spulte sie den Satz ab.

Ich wusste, dass sie die Deals hasste, die mich glimpflich davonkommen ließen. Was sie vermutlich noch viel mehr ärgerte, war ihre Entscheidung, mich eingebunden zu haben, statt ihre Kollegen zu informieren. Für mich bedeutete es jedoch einen Trumpf. Ich offenbarte den Fundort der Leiche. In einer ehemaligen Abbaugrube von Düngekalk im Norden Deutschlands, die mittlerweile zu einem Naturschutzgebiet geworden war, exhumierte die Polizei den Körper der jungen Frau. »Das dürfte auch in Ihrem eigenen Interesse liegen, dass das nicht an die Öffentlichkeit gelangt.« Mein gekränktes Ego hinterließ bei mir Spuren, sodass ich die Spitzen nicht zurückhielt. »Aber es waren wohl andere Zeiten, nicht wahr, Cecilia?« Diese abschließende Provokation gönnte ich mir.

Sie schloss für eine Sekunde die Augen. Vor mir saß ein Vulkan, der am liebsten Feuer spucken würde und es nur mit Mühe zurückhielt. »Wir sind fertig.« Sie erhob sich ruckartig. »Alles Weitere wird die Staatsanwaltschaft mit Ihren Anwälten besprechen.«

Ich erhob mich ebenfalls. »Davon bin ich überzeugt.« Wir standen uns verhältnismäßig nah gegenüber, nur der Tisch trennte uns. Sie packte fahrig ihre Akten zusammen und vermied weiteren Blickkontakt. »Noch eine kurze persönliche Anmerkung zum Schluss.« Sie sah mich irritiert an. »Als Cecilia Ballier hast du mir besser gefallen.«

Ihr Blick verdüsterte sich. »Es gibt Menschen, die erliegen gern einer Illusion, wenn man die richtigen Knöpfe drückt.« Mit festem Schritt und ohne sich noch ein weiteres Mal umzusehen, verließ sie das Besprechungszimmer der JVA.

»Wohl wahr …«, murmelte ich, das hörte sie jedoch nicht mehr.

Unabhängig von dem, was noch juristisch auf mich zukam, bestätigte sich mein Lebenscredo, dass man mit Einfluss und Geld schneller und komfortabler ans Ziel kam. Vielleicht sollte ich der schönen Cecilia Ballier dankbar sein, dass durch ihre verdeckte Ermittlung ein neuer Lebensabschnitt begann. Da landeten wir wieder bei den Schicksalsfragen und welchen Weg wir dadurch einschlugen. Möglicherweise spielte ich in dem künftigen Stück ihres neuen Lebens den Antagonisten, die Antwort auf diese Frage ließ ich zum jetzigen Zeitpunkt ungeklärt.

Bitterer Beigeschmack

Billy Winkler

Nach der Rückkehr musste ich einige der Verfehlungen gegenüber meinem Vorgesetzten Kaiser offenlegen. Erwartungsgemäß wurden die als Kollateralschäden unter den Teppich gekehrt. Im Falle einer missglückten Operation, so mein Verdacht, hätte es andere Konsequenzen für mich gehabt. *Fuck the System!*

Nach dem Gespräch mit Eth… Grafenberg hatte ich die JVA, so schnell es die Sicherheitsvorkehrungen erlaubten, verlassen. Kraftlos lehnte ich mich an die Mauer des Gebäudes und schloss die Augen. Ein ungemütlicher Wind pfiff mir um die Nase und der Regen schlug mir ins Gesicht. Urplötzlich wurde mir schwindelig, die Atmung beschleunigte sich unangenehm und ich begann zu hyperventilieren. Suchend sah ich mich nach etwas um, das mir Halt gab und taumelte zu einer Straßenlaterne, an der ich mich mit einer Hand festhielt. Konzentriert atmete ich bewusst ein und aus, zählte von einhundert in Zweierschritten zurück, um mich zusätzlich abzulenken. Nach ein paar Minuten hatte ich es überstanden und die Körperfunktionen pendelten sich ein. In der letzten Zeit reagierte mein Körper öfter in dieser beängstigenden Weise. Der Arzt hatte eine völlige Erschöpfung diagnostiziert und mir dringend eine Auszeit verordnet. Dass ich mich überhaupt aufraffte, mich untersuchen zu lassen, verdankte ich Frau Tausendschön, die trotz des Mutterschutzes mit mir in Kontakt blieb. Dafür war ich ihr äußerst dankbar, denn sie war die Einzige, mit der ich über meine persönliche Verfassung redete. Das Angebot, sie anzurufen, nahm ich an einem Abend in Anspruch, an dem es mir besonders mies ging. Da ich ihr nichts von den Gefühlen zu Samuel erzählt hatte, beschränkte ich mich auf die zahlreichen anderen emotionalen Baustellen.

»Ich komme mit all den Entwicklungen in meinem Leben nicht klar.« Die Tränen ließen sich nicht mehr zurückhalten. »Manchmal möchte ich einfach nur noch schlafen.«

»Es ist nachvollziehbar, nach so vielen Monaten in einer solchen Ausnahmesituation, ich weiß, wovon ich rede. Du brauchst eine Auszeit.«

»Dazu habe ich keine Lust, die Arbeit lenkt mich auch von der Trennung ab.«

»Billy, hier geht es nicht länger um Lust, sondern ausschließlich um deine Gesundheit.« Ihre Stimme klang mahnend. »Wenn du zum Arzt gehst, wird er dir das bestätigen.«

»Vielen Dank, deutlich wie immer«, schniefte ich, da ich genau das nicht hören wollte.

»Letztendlich entscheidest du selbst, was du tust, ich kann es dir lediglich ans Herz legen. Es ist auch keine Schande, nach Abschluss der Operation Urlaub zu machen oder im Ernstfall sich krankschreiben zu lassen.«

»Vielleicht, aber ich …«

»Begehe nicht denselben Fehler wie ich damals«, unterbrach sie mich. »Drei Monate Reha aufgrund einer heftigen Depressionsepisode.«

Ich hielt überrascht inne. »Oh, das wusste ich nicht.«

»Das ist kein Thema, das ich öffentlich breittrete.«

»Ja, ich gehe zum Arzt«, stimmte ich widerwillig zu.

»Nicht nur hingehen, sondern die Diagnose und den Rat ernst nehmen.«

Die Warnung des Mediziners, mich auszuruhen, schlug ich in den Wind, da ich sowieso kein Zuhause mehr hatte, in dem ich mich wohlfühlte. Die Trennung und der endgültige Auszug von Markus setzten mir extrem zu. Obwohl ich die treibende Kraft war, fühlte ich mich elend, verlassen und verletzt. Aber ich sah keinen Sinn darin, einen Versuch zur Rettung unserer Ehe zu unternehmen. Er hatte sich für die andere Frau, eine neue Kollegin, entschieden. Das Schicksal hält seltsame Zufälle bereit, denn nur durch meinen Undercovereinsatz kamen die beiden sich näher. Die Frau, deren Namen ich nicht hören wollte, wohnte wenige Kilometer von uns entfernt und hatte einen kleinen Hof von ihren Eltern geerbt. Ideal für Markus, der sich nun handwerklich austoben und seine halb fertigen Arbeiten mit dieser Tussi teilen konnte.

Hektisch griff ich in meine Jackentasche und holte ein kleines Döschen mit Pillen hervor. Die Beruhigungstabletten hatte mir der Arzt verschrieben, um die leichten Panikanfälle zu behandeln und falls möglich vorzubeugen.

Erschöpft wischte ich mir den Regen aus dem Gesicht. Es dauerte noch einen Moment, bis ich mich in der Lage sah, ins Präsidium zurückzufahren. Obwohl es mir auch davor grauste, da die Kollegen einen kleinen vorweihnachtlichen Umtrunk organisiert hatten. Das bevorstehende Weihnachtsfest nervte mich und ich hasste alles und jeden, der sich damit beschäftigte.

Die Konfrontation mit Ethan Grafenberg wühlte mich auch Stunden danach noch auf. Ich kombinierte die Gesprächsfetzen, die ich zwischen ihm und seinem Anwalt im Büro aufgeschnappt hatte, suchte in den entsprechenden Akten und sukzessive setzte sich ein Puzzleteilchen nach dem anderen zu einem klaren Bild zusammen. Die Verdachtsmomente erhärteten sich, aber uns fehlte noch der entscheidende Beweis, der auch vor Gericht standhielt, um diesen Joe dranzukriegen. Gern würde ich ihm eine Mordanklage anhängen, doch dabei spielte die Staatsanwaltschaft nicht mit. Vermutlich schoss ich übers Ziel hinaus, da die Entwicklung in mir einen Adrenalinkick nach dem anderen auslöste.

Ich hielt mich an diesem ansatzweise positiven Gefühl fest wie an einer Rettungsleine.

Niemals wäre mir der Gedanke gekommen, dass durch die verdeckte Ermittlung mein größtes Anliegen, die Verantwortlichen von Kessys Tod zu ermitteln, in kausalem Zusammenhang stand. Wenigstens ein Hauch von Freude und Genugtuung hätte aufkommen müssen, doch ich empfand nichts von dem. Im Gegenteil, ich quälte mich mit Selbstvorwürfen, da ich es nicht früher erkannt hatte. Der Drang zum Perfektionismus erlaubte mir zum wiederholten Mal in meiner beruflichen und privaten Laufbahn kein Lob für mich. Sobald ich ein Ziel erreicht hatte, veränderten sich die Maßstäbe nach oben, sodass das Geleistete an Bedeutung verlor. Hatte mich dieses Verhaltensmuster auch bei der Operation unaufhaltsam weiter getrieben? Dachte ich aus dem Grund nicht mehr über die Konsequenzen nach und überschritt alle Grenzen? Ich hatte Sex mit der Zielperson, vertuschte einen Todesfall und lebte übertrieben die Identität der Cecilia aus. Hatte ich dadurch mich als Billy verloren?

»Ich will so nicht mehr weitermachen«, murmelte ich in die Stille des Büros. »Es muss sich etwas ändern.« Nur was? Vor allen Dingen, was hatte ich in der Hand?

Unglücklich hörte ich das Lachen der Kollegen, die im Nachbarbüro die Feier genossen. Ohne mich zu verabschieden, schlich ich zu meinem Auto und sehnte mich in dieser Sekunde nach dem komfortablen Wagen der Cecilia. Im Inneren der alten Karre fror ich genauso wie draußen. Der Regen prasselte auf das Dach, durch den Atem beschlugen die Scheiben und alles um mich herum war grau und verschwommen. In meinem Kopf kreisten die Gedanken rasend schnell, mitunter nur bruchstückhaft. *Ausbildung zur Profilerin? Wann finden wir einen Käufer für unser Haus? In Frankfurt bleiben? Sich in ein anderes Bundesland versetzen lassen? Den Polizeidienst gänzlich schmeißen? Wie es Samuel wohl geht? Ob er ab und zu an mich denkt, ohne mich gleich erwürgen zu wollen?* Ich schüttelte den Kopf. Wieso fiel er mir ein, wenn ich über meine ungewisse Zukunft nachdachte?

Mit einem Seufzer startete ich den Motor. Hier und jetzt, in der fiesen, kalten, frühabendlichen Dunkelheit, fand ich keine Lösung für meine Lebenssituation. Lediglich der Entschluss, etwas zu ändern, hatte sich in den letzten Minuten manifestiert.

In drei Wochen war Weihnachten und mit dem anstehenden Jahreswechsel ein guter Zeitpunkt, Veränderungen herbeizuführen. Ein kleiner Hoffnungsschimmer breitete sich aus, der jedoch nicht lange anhielt.

Trennungen rufen immer unerwünschte Kommentare von Menschen hervor, auf die man keinerlei Wert legt. Insbesondere in solchen Zeiten zeigt sich, wer hinter einem steht, wer ein echter Freund ist. Verärgert und enttäuscht stellte ich fest, dass unser gemeinsamer Freundeskreis für meinen Mann Verständnis aufbrachte, nicht aber für mich. Durch die von Mai bis November gelaufenen verdeckten Ermittlungen, hatten meine privaten sozialen Kontakte gelitten, was sich jetzt bemerkbar machte. Markus hatte sich in der Zeit mit vielen unserer Bekannten getroffen und ihnen sein Leid geklagt, dass mein Beruf vor allem stehe. Insbesondere die Frauen, die mit Leib und Seele Hausfrau und Mutter waren, stimmten ihm zu, dass es an der Zeit sei, eine Familie zu gründen und die Karriere hinten anzustellen. Ich bin mir sicher, dass er es nicht mit bösen Absichten verband, aber dadurch kam es unweigerlich zu einer Parteiergreifung für meinen geschundenen und vernachlässigten Ehemann.

Es machte mich sprachlos, wie dreist sich sogenannte Freunde in die persönlichsten Entscheidungen einmischten. Der allgemeine Zuspruch bestärkte Markus darin, mich zu verlassen und eine neue Beziehung einzugehen.

Alles und jeder schien mir in den letzten Wochen in den Rücken zu fallen, ohne auch nur einen Gedanken daran zu verschwenden, wie es mir dabei ging.

Als ich eine Stunde später zu Hause vorfuhr, staunte ich nicht schlecht. Überall brannte Licht, die Haustür stand offen und ein Kleintransporter parkte direkt vor dem Eingang. Gleichermaßen irritiert und wütend sprang ich aus dem Wagen. Gerade wurde das Sofa aus dem Haus geschleppt und ich blaffte einen der Männer an: »Hey, was machen Sie da?«

»Nach was sieht es denn aus?«, bekam ich die lapidare Antwort.

»Markus!« Schreiend rannte ich hinein. »Markus!« Ich sah mich um. Ihn entdeckte ich nicht, aber eine sogenannte Freundin, die in meiner Küche Sachen in einen Karton verstaute. »Seid ihr bekloppt? Was soll das?«

»Billy, reg dich nicht auf, wir helfen Markus nur, ein paar notwendige Dinge zusammenzupacken.«

»Ich soll mich nicht aufregen?« Meine Stimme überschlug sich. »Finger weg von den Sachen.« Am liebsten hätte ich ihr eine gescheuert und alle rausgeworfen.

Zwei weitere, mir fremde Männer schleppten das letzte Teil des Sofas hinaus. Nur Staub und Krümel erinnerten daran, dass da vor ein paar Minuten noch ein Wohlfühlmöbel stand. Wie eine Furie rannte ich nach oben und stieß wortwörtlich mit Markus zusammen.

»Kannst du mir mal sagen, was hier für eine Scheiße abgeht?«

»Billy, tut mir leid, aber ich brauche die Möbel. Wir wollen uns …«

Ich unterbrach ihn. »Es ist mir scheißegal, was ihr zwei Liebeskasper wollt, *wir* hatten eine Vereinbarung. Es sind ebenso *meine* Sachen … Ja, klar ich vergaß, dass dich das einen Dreck interessiert.« Wir hatten uns darauf geeinigt, dass ich so lange in dem Haus wohnte, bis wir einen Käufer fanden. Ich bestand jedoch darauf, dass er die Möbel erst dann abholte, damit ich mich noch etwas heimisch fühlte. Jeder kann nachvollziehen, wie mies es ist, in einer zur Hälfte leer geräumten Wohnung zu leben.

Meine Anspannung schoss in ungeahnte Höhen. »Ich dachte, wir wollten die Trennung einvernehmlich gestalten?«

»Ja, schon, aber es hat sich heute ergeben …«

Seine schwache Rechtfertigung brachte mich erst recht auf die Palme. »Das war doch zu hundert Prozent die Idee deiner Neuen!«, blaffte ich und mein Hass auf die Rivalin erreichte das nächsthöhere Level. »Du kannst hier nicht einfach auftauchen und unseren gemeinsamen Hausstand rausschleppen.« In meinem Hals hatte sich ein dicker Kloß gebildet. Mit geballten Fäusten stand ich vor ihm. »Ich erkenne dich nicht mehr wieder.«

»Billy, ich erkenne dich auch seit Langem nicht mehr, deshalb sind wir jetzt genau an diesem Punkt.« Sein Tonfall nahm eine für mich fremde Schärfe an. »Ich nehme nur das mit, was wir vereinbart hatten.«

»Ja, aber erst wenn das Haus verkauft ist.« Meine Stimme kippte von Wut ins Weinerliche. *Nur nicht heulen, reiß dich zusammen!*

»Ich habe dich wieder mal nicht erreicht und es musste schnell gehen. Du weißt doch, vor Weihnachten ist es immer hektisch, und heute hatten ein paar unserer Freunde Zeit.«

»Es sind *deine* Freunde Markus und nicht meine. Es ist *dein* neues Leben und nicht mehr meines.«

»Außerdem ist Marianne schwanger …« Sofort leuchteten, trotz der verfahrenen Situation, seine Augen.

»Bitte was?« Ein ICE rauschte heran und riss mich von den Gleisen und zerfetzte meine sterbliche Hülle.

Mein Nacken verspannte sich und ich war froh, eine Beruhigungstablette genommen zu haben. Ohne deren Wirkung hätte ich für nichts garantieren können. Eine gefühlte Ewigkeit hatten wir unser Leben geteilt, es gab Pläne, und nun? Alles in Schutt und Asche und ein fremdes Baby. Die Verbitterung darüber, dass er uns keinerlei Chance gab, die Spannungen zu beseitigen, klärte sich auf. Mein Geduldsfaden riss und das Bestreben nach einer harmonischen Trennung löste sich in Luft auf. »Okay, nimm mit, was du anscheinend so dringend brauchst«, schnaubte ich. »Ich gebe dir noch genau eine Stunde, dann will ich dich hier nicht mehr sehen!«

»Das hast du nicht allein zu entscheiden«, gab Markus' bester Freund ihm Rückendeckung. Ralf, den auch ich über die Jahre als guten Kumpel betrachtet hatte, schaute mich giftig an.

Mit einem Mal fragte ich mich, ob Markus nicht doch irgendwelche Horrorgeschichten über unsere Ehe erzählt hatte. »Halt dich da raus.« Wenn Blicke töten könnten, dann hätte Ralf jetzt das Zeitliche gesegnet. Erneut wandte ich mich Markus zu. »Ich will auch, dass du die Schlüssel abgibst, dass das klar ist.«

»Billy, lass uns in Ruhe reden.« Markus stand nun wie ein begossener Pudel vor mir. Vielleicht hatte er sich wie so oft keine Gedanken über die absurde und ungeheuerliche Aktion gemacht. Doch das war mir in diesem Moment gleichgültig.

Ich hatte in den letzten Wochen oft genug zugelassen, dass man mich verlässt. Damit war jetzt Schluss.

»Das ist ein bisschen spät. Wie gesagt eine Stunde …« Brüsk drehte ich mich um, hielt jedoch einen Moment inne und wandte mich noch einmal an Markus. »Ach übrigens, viel Spaß beim Bauen einer Kinderwiege.« Eine Bemerkung, die ich mir nicht verkniff, da er stets davon geschwärmt hatte. »Wenn du die so baust, wie das meiste hier im Haus … na dann gute Nacht.« Ich sah ihn hasserfüllt an und ihm glühten die Ohren. Das passierte immer, wenn er sich aufregte.

Fluchtartig rannte ich die Treppenstufen hinunter, vorbei an den Helfern, setzte mich ins Auto und raste davon. Nun endlich erlaubte ich mir Tränen. Was für ein demütigendes Verhalten. Warum kam es bei einer Trennung zu den schlimmsten Streitereien um das Hab und Gut oder aus sonstigen Gründen. Man hatte sich doch mal geliebt – auch Markus und ich liebten uns gefühlt ein ganzes Leben.

Ich fuhr ziellos durch die Dunkelheit, da ich das Bedürfnis hatte, mich von dem Haus so weit wie möglich zu entfernen. In Gedanken ließ ich das letzte Jahr Revue passieren. Ich erinnerte mich an die Unzufriedenheit, an die ständigen Diskussionen und an das verloren gegangene Begehren, einander zu lieben und sich zu fühlen. Ein zartes Aufflackern, kurz bevor ich in eine andere Welt abtauchte, hatte einen Hoffnungsschimmer ausgelöst.

Doch die Monate danach veränderten mich, ob ich es mir eingestehen wollte oder nicht. Dinge, die mir nie wichtig waren, bekamen einen neuen Stellenwert. Sich als Frau begehrenswert zu fühlen, weckte in mir ein bis dahin unbekanntes Bedürfnis. Mit meinem Einkommen konnte ich mir zwar kein Luxuspenthouse leisten, aber mir zumindest ein komfortables Leben gestalten und die Karriere ausbauen, ohne mich ständig rechtfertigen zu müssen. Ein Haus, so wie wir es besaßen, entsprach nicht meinen Wünschen.

Erstmals gestand ich mir ein, dass die Trennung unvermeidlich war. Dass die Lebensplanung endgültig scheitert, wird sich kaum einer sofort eingestehen. Auch ich angelte nach einem abgeknickten Strohhalm, obwohl unsere Herzen nicht mehr füreinander schlugen. Meines gehörte Samuel, mit dem ich es nie würde teilen können. Vermutlich litt ich deshalb intensiver unter der Trennung. Markus hatte sich verliebt und durfte sein neues Gefühl der Zuneigung mit der anderen Frau erleben. Etwas, was mir verwehrt blieb.

* * *

Zwei Wochen nach dem Desaster mit dem Ausräumen der Möbel musste ich mich erst wieder sammeln. Es klappte erstaunlich gut. Ich beschloss, mir im Wohnzimmer eine Kuscheloase einzurichten, in der ich chillte und schlief. In der oberen Etage nutzte ich nur noch das Bad. Das, was einmal unser gemeinsames Schlafzimmer war, hatte ich zum Ankleideraum degradiert. Bereits am nächsten Tag fuhr ich in ein Möbelhaus und kaufte mir eine Wohnlandschaft, die meine Wünsche erfüllte. Durch den Holzofen entstand eine wohlige Wärme. Duftkerzen und Kuscheldecken waren genau das Rezept, um mich zu erholen. Spontan reichte ich Urlaub bis ins neue Jahr hinein ein, der mir auch gewährt wurde. Sämtliche familiäre, weihnachtliche Verpflichtungen sagte ich ab und tauchte in meinem neuen Refugium unter.

Endlich kam ich zur Ruhe. Die Panikattacken verschwanden, der Appetit kehrte zurück und ich schlief täglich bis zu zwölf Stunden. Den Rest verbrachte ich mit unsinnigen Dingen wie im Internet zu shoppen, Onlinegames zu spielen und platte Familiensoaps im Fernseher anzuschauen. Endlich fing ich wieder an, Bücher zu lesen, stundenlang Musik zu hören und einfach mal die Seele baumeln zu lassen. Wie sehr mir das gefehlt hatte, bemerkte ich erst jetzt.

Mit der Ruhe kamen die Gefühle für Samuel in Fahrt. Das war in diesen Tagen der einzige Punkt, der mich quälte und unter dem ich litt. Meine Sehnsucht hatte sich ins Unermessliche gesteigert. Ich konnte es manchmal nicht aushalten. Schließlich trieben mich die unzählig geweinten Tränen und die Stunden der Einsamkeit ins Blue66. In einer der schlaflosen Nächte kam mir die Harakiri-Idee, ihn heimlich zu beobachten. Oder sollte ich gar den Mut aufbringen, ihn anzusprechen. Was aber sagt Frau in einer solchen Konstellation? *»Huhu, ich bin die ehemalige Cecilia, na ja eigentlich heiße ich Billy, ich dachte ich wünsche dir mal ein besinnliches Fest.«* Ironie stand mir schon immer hervorragend. Zigmal überlegte ich, ob es klug war, da ich nicht davon ausging, dass er mich mit offenen Armen empfing. Im Gegenteil, ich befürchtete sogar, dass er mich von der Security hinauswerfen ließe. Aber es half nichts, ich musste mich den Geistern stellen und herausfinden, was Realität und was Illusion war. In den Zeiten der Sehnsucht verwandelte sich der Schmerzlichvermisste in einen Heiligen. Ich wusste, dass bei einem realen Zusammentreffen die Gefahr bestand, dass das Wunschdenken wie eine Seifenblase zerplatzte. In meinem Kopf schwirrten die aufregendsten und heißesten Träume herum, das lag an einem winzig vorhandenen romantischen Gen. Tagelang hatte ich gegrübelt, ob ich es wagen sollte, bevor ich jeglichen Mut zusammengenommen hatte. *Billy Winkler, willst du etwa kurz vor dem Ziel kneifen? Es ist wichtig, herauszufinden, ob deine Gefühle Teil einer Sinnestäuschung sind, nur dann wirst du Ruhe finden.*

Mit der Entscheidung das emotionale Abenteuer zu wagen, stellten sich mir neue Probleme in den Weg. Ich hatte nichts zum Anziehen. Niemand, der den hippen Klub besuchte, kleidete sich mit einer Hose eines Modediscounters. Weiterhin besaß ich keine Pumps. Nicht mal die meiner Hochzeit, da ich zu dem Anlass bequeme Ballerinas getragen hatte. Es half nichts, ich musste mich neu einkleiden. Eine Horrorvorstellung, mich unter die hysterische Masse der Weihnachtsfanatiker zu mischen. Am nächsten Morgen düste ich dennoch ins *Skyline Plaza*, denn da kannte ich mich aus. Um das Weihnachtsgeschäft im vollen Umfang mitzunehmen, öffneten die meisten Boutiquen früher. Es war ein Wettlauf mit der Zeit, bis es hier zum Äußersten kam und sich die Massen durch die üppig und kitschig dekorierten Ebenen quetschten. Letztendlich ließ ich mich anstecken und die Kreditkarte *ver*glühte, nachdem ich mit diversen Tüten den Rückweg in mein Refugium antrat. Zuhause breitete ich die Beute auf dem Bett aus. »Du kannst wahrlich stolz auf dich sein, Billy Winkler.«

* * *

An einen Ort wie diesen zurückzukehren, fühlte sich unwirklich an. Obwohl mich die Türsteher des Blue66 sicherlich erkannten, vermied ich es, den VIP Eingang zu nutzen. In mir tobte ein Orkan und ich vermutete hinter jeder Säule Samuel, der mich beobachtete. Zu meiner eigenen Überraschung wippte mein Körper im Rhythmus des Beats. Ich bestellte mir ein Bier und ließ den Blick umherschweifen. Dann passierte es aus heiterem Himmel: Ich, Billy Winkler, wurde von einem, zwar mäßig attraktivem, aber immerhin, Kerl angesprochen. Doch der brüllende Smalltalk stresste mich und ich signalisierte nach einer Weile mein Desinteresse.

Den in den emotionalen Heiligenstand versetzten Mann meines Herzens entdeckte ich nicht. Ab einer gewissen Zeit ging mir der Lärm auf die Nerven und ich gab mir maximal noch eine halbe Stunde. Danach betrachtete ich die Operation als gescheitert. Ich seufzte und wieder kroch die Traurigkeit in mir hoch. Doch dann urplötzlich …

Die Besucher des Blue66 hielten abrupt alle in ihrer Bewegung inne. Es war wie in einem Fantasyfilm, in dem sie auf geheimnisvolle Art und Weise in der Zeit eingefroren waren.

Ein skurriler Anblick, der mir einen Schauder über den Rücken jagte. Schwarze, starre Umrisse in einer von Nebel und Laserstrahlen durchzogenen Atmosphäre, die uns den direkten Augenkontakt ermöglichten. Da stand Samuel, genauso wie ich ihn in Erinnerung hatte. Ein weißes Hemd, das er lässig über der

Jeans trug, die Ärmel umgeschlagen, in cooler Haltung, einen Drink in der Hand. Mir wurde abwechselnd heiß und kalt. *Was für eine verrückte Idee, sieh zu, dass du verschwindest.* Was hatte ich damit bezweckt? Augenscheinlich wollte ich mir kurz vor Weihnachten selbst noch einmal einen Faustschlag versetzen. Die Masse bewegte sich wieder und die Musik donnerte durch die Location, so, als habe es den magischen Moment nie gegeben.

Dieser unwirkliche Augenblick, in dem Samuel und ich uns wie in einem Kokon verfingen, bestätigte mir, dass meine Empfindungen keiner Fantasie entsprangen. Im Gegenteil: Durch meinen Körper rauschten unzählige Stromschläge. Das Verlangen, ihn in meiner Nähe zu spüren, nahm ungeahnte Ausmaße an. Ich musste mich trauen, das Unmögliche zumindest zu versuchen, egal wie seine Reaktion ausfiel. Das war ich mir zum Jahresende schuldig.

Ein ungewöhnliches Interview

Samuel Grafenberg

Wie in unserer schnelllebigen Zeit üblich, glätteten sich die Wogen in der Öffentlichkeit nach wenigen Wochen. Dass es hinter den Kulissen brodelte, bekamen nur Insider mit. Ein paar Freunde, die indirekt betroffen schienen, sprachen mich an. Insbesondere Johannes Felderstett, ein ehemaliger, mehr oder weniger guter Freund aus der Schulzeit, zeigte sich ausgesprochen interessiert. Er begründete es damit, dass er seinen beruflichen Schwerpunkt als Anwalt für Steuerrecht sah und überlegte, wieder nach Frankfurt zurückzukehren. Es war mir alles egal … Dass Frederik von all dem erfuhr, ließ sich nicht vermeiden, da wir ebenfalls ins Visier der Steuerfahndung gerieten.

Mein Vater sollte zu Weihnachten aus der Untersuchungshaft entlassen werden, da er mit der Staatsanwaltschaft Deals ausgehandelt hatte. Eine Fluchtgefahr erachteten sie mittlerweile für gering. Unabhängig davon wurde eine horrende Kaution gefordert, die ich zur Verfügung stellte, da all seine Konten eingefroren waren. Zumindest die, von denen die Behörden Kenntnis hatten. Mein alter Herr blieb ein gewiefter Fuchs, das musste ich immer wieder anerkennend feststellen. Erstaunlicherweise verliefen die Betriebsprüfungen des Blue66 und des Cateringservice problemlos. Glücklicherweise verbissen sich die Prüfer nicht in marginale Details. So fand auch ich langsam zu meinem üblichen Leben zurück.

Der Name Cecilia Ballier wurde bei den Treffen mit meinem

Vater nicht erwähnt. Wie es ihm dabei erging, verbarg er wie gewöhnlich hinter einer Maske aus Härte und Pragmatismus. Ein einziges Mal informierte mich der Anwalt, dass die Angelegenheit mit der toten Frau aus dem Loft geklärt sei.

Der Fall Anita von Hofmeister fand keinerlei Beachtung. So wie es schien, hatte die Kommissarin, deren richtigen Namen ich mittlerweile kannte, nichts unternommen. Sie hatte Wort gehalten. Das rechnete ich ihr hoch an, was aber nichts an der Gesamtlage änderte. Aufs Neue fragte ich mich, wie man sich derart verstellen konnte, nur um in seinem Job erfolgreich zu sein? Wie hatte mein Vater sie genannt? Eine Polizeihure? Eine harte Bezeichnung, jedoch mit einem gewissen Wahrheitsgehalt. Was trieb sie an, jegliche Grenzen zu überschreiten? Im Internet fand ich wenig über Sybille Winkler. Auf den Fotos, die ich sah, wirkte sie unscheinbar. Ein Frauentyp, für den ich mich niemals im Leben interessiert hätte. Trotzdem war es erstaunlich, wie Kleider, Make-up und Frisur eine blasse Gestalt in ein Glamourgirl verwandelten. Wenn die Umstände nicht mit solchen schwerwiegenden Konsequenzen einhergegangen wären, hätte ich es gern als Witz des Jahres ausgerufen, mich in eine Mogelpackung verliebt zu haben.

Regelmäßig packte mich ebenso eine immense Wut auf diese Frau. Was ich allerdings wirklich hasste, waren meine verdammten Gedanken und nächtlichen Träume, die mich morgens gerädert aufwachen ließen. Ich bezeichnete mich zunehmend als verrückt, dass ich sie nicht aus dem Kopf bekam. Eine emotionale Scheiße, die ich so schnell wie möglich loswerden wollte.

Mich traf der Schlag, als ich sie im Blue66 sah. Ich vermutete, dass sie es darauf anlegte, dass sich unsere Blicke kreuzten. Es erstaunte mich, dass dieser Augenblick etwas Magisches an sich hatte. Trotz der unzähligen Tänzer, der lauten Musik und der Lasershow zogen sich unsere Blicke wie magisch an. Doch nach einem kurzen Moment beschloss ich, mich in mein Büro zu verziehen. Ich wollte sie nicht sehen, redete ich mir ein.

Durch die Turbulenzen der letzten Zeit war vieles im Blue

liegen geblieben. Da ich zu Weihnachten plante, ein paar Tage in die Berge zu verreisen, wollte ich mir noch einmal den Personalbestand für die Events anschauen und sicherstellen, dass alles reibungslos lief. Gerade als ich mich in die Arbeit vergraben wollte, klopfte es an meine Bürotür. Verbissen blickte ich auf den Bildschirm und murmelte ein: »Herein.« Als sich die Tür von innen schloss, wendete ich mich dem Besucher zu: »Hey, Frederik, was gibt es?«

»Samuel, hier ist eine Frau, die sagt, du hast sie persönlich eingeladen, sich für den Service vorzustellen.« Er grinste breit, als würde er sich bestens amüsieren.

»Was grinst du so?«

Er zuckte mit den Schultern, aber ich ahnte, dass er davon ausging, dass ich mir wieder mal eine kleine Entspannung gönnte.

»Ich habe weder jemanden zum Vorstellungsgespräch eingeladen noch steht eine Verabredung an.«

»Gut, dann sage ich ihr, dass sie sich geirrt hat.«

»Mhm, mach das.« Ich schaute wieder auf den Bildschirm.

»Aber schade ist es doch.«

Frederik wollte gerade die Tür schließen, als ich unvermittelt meine Meinung änderte, da ich den Hauch einer Ahnung bekam. »Egal, schick sie zu mir.«

Er nickte und verschwand. Ein paar Minuten später klopfte es erneut.

»Ja.« Langsam öffnete sich die Tür, Musikfetzen schallten herüber und meine Verwunderung erreichte einen neuen Höhepunkt.

»Hallo, Samuel.« Die Frau, die in der Tür stand, war weder Cecilia Ballier noch Sybille Winkler. »Danke, dass du Zeit hast. Frederik sagte, dass du immer ein kleines Interview führst, um dein Personal besser kennenzulernen.« Sie wirkte auf mich nervös, aber entschlossen.

Ich räusperte mich, lobte mich jedoch insgeheim für die Vorahnung. Was hatte das zu bedeuten? Neugierig betrachtete ich sie. Hübsch. Nicht so schrill wie Cecilia und keineswegs so unscheinbar wie Sybille auf den Bildern. Sie trug ein graues, kurzes Kleid, das ihrer Figur schmeichelte und ihre üppigen Brüste hervorragend durch den tiefen Ausschnitt zur Geltung brachte. Ich schluckte und versank in den Augen, die mich vom ersten Augenblick vereinnahmt hatten. Die langen Wimpern, der Ausdruck, der das Geheimnisvolle widerspiegelte. Ein Mund, der durch sein geschwungenes Lippenherz Sinnlichkeit versprach. Sie einen Moment berührt zu haben, hatte sich wundervoll angefühlt …

Die Realität holte mich zurück, denn es stand die Person vor mir, die dem Leben meines Vaters und letztendlich auch meinem geschadet hatte. Für eine Sekunde überlegte ich, sie hochkant hinauszuwerfen. Doch dann kam mir eine Idee. »Ja, das stimmt, ich interessiere mich für das Personal, das sich um meine anspruchsvollen und verwöhnten Gäste kümmert.«

Sie kam einen Schritt näher. Die hohen Schuhe streckten ihre ohnehin schlanken Beine.

»Das ist ein Teil des Erfolges. Nimm bitte Platz.« Ich wies mit dem Kopf in Richtung Besprechungstisch, auf dem ich unzählige Male willige Frauen gefickt hatte. »Magst du etwas trinken?«

»Ein Wasser.« Sie setzte sich und ich spürte ihre Anspannung. Aber darauf nahm ich keine Rücksicht. Letztendlich hatte sie sich freiwillig in die Höhle des Löwen begeben.

Völlig unerwartet ergab sich die Möglichkeit, viele Fragen zu klären. Ich setzte mich ihr gegenüber, lehnte mich zurück und nippte an einem Drink und sie an ihrem Wasser. Bei mir machte sich ebenfalls eine kribbelige Angespanntheit breit. »Kannst du mir erst einmal deinen Namen nennen?«

»Ja, natürlich.« Keine Regung war auf ihrem Gesicht zu erkennen, aber ich wusste bereits, dass sie hervorragend schauspielern konnte. »Billy, von Sybille.«

»Nennen dich deine Freunde so?« Auch ich versuchte, meine Mimik zu kontrollieren.

»Es nennt mich keiner Sybille, da ich finde, der Name passt nicht zu mir.«

»Was machst du beruflich? Ich nehme an, der Job, sofern du ihn bekommst, ist eine Nebenbeschäftigung?«

»Ich bin Beamtin.« Sie senkte ihren Blick. »Bei der Polizei.«

Ein spannender Moment, mehr aus ihr herauszulocken. »Was genau?«

»Sitte und zuletzt im Dezernat gegen Wirtschaftskriminalität.« Sie sprach es leise aus und ihre Wangen röteten sich ein wenig. »Ich werde vermutlich eine andere Richtung einschlagen.«

»So? Warum?« Ich hielt meine Fragen bewusst knapp.

»Die letzten Fälle haben mich persönlich zu sehr mitgenommen.« Jetzt trafen sich unsere Blicke. »Es ist gefährlich, wenn man als Ermittlerin die Distanz verliert.« Nervös trank sie ihr Wasser aus.

Ich fand es hochinteressant, dass sie sich darauf einließ und mir offensichtlich Rede und Antwort stand. »Inwiefern?«

Sie presste die Lippen aufeinander. »Ich habe als verdeckte Ermittlerin gearbeitet und mich zu sehr in dem Leben meiner falschen Identität verloren.«

»Schau an, daher kenne ich dein Gesicht. Ich habe die ganze Zeit überlegt, wo wir uns schon einmal begegnet sind.«

Sie nickte. »Ich war einige Male hier und auf einem Sommerfest haben wir uns ebenfalls gesehen.«

»Ich erinnere mich vage. Eine faszinierende Frau in einem weißen Kostüm?«

»Ja, genau.« Sie lächelte, vermutlich weil ich mich als Mann an ihre Garderobe erinnerte.

»Was treibt eine Ermittlerin an, über ihre persönlichen Grenzen zu gehen?« Ich spielte auf das Verhältnis zu meinem Vater an. »Ehrgeiz?«

Sie seufzte kaum hörbar. »Ja, aber auch der Druck, Ergebnisse zu liefern. Die Operation hat einiges an Mitteln verschlungen.«

Ich konnte mir ein Grinsen nicht verkneifen, da ich mir ausrechnete, was unter anderem das Appartement gekostet hatte. Ihr Cabrio. Ihre Garderobe. »Löblich, dass du dir um die Steuermittel, die die Behörden verblasen, Gedanken machst.«

»Tja, wenn alle sich an die Gesetze hielten …«, erwiderte sie unerwartet spitz.

»Was meinst du damit genau, dass du dich in der vorgetäuschten Identität verloren hast?« Neugierig wartete ich auf ihre Antwort. Sie überlegte und ihre Gedanken ratterten.

»Ich habe das Leben in den Kreisen genossen. Es gab Menschen, die mich unerwartet fasziniert haben. Das war unprofessionell.« Wieder wich sie meinem Blick aus. Sie saß mir mit einem geraden Rücken gegenüber und ihre Hände lagen bewegungslos auf der Tischplatte. Sie kam mir ein wenig vor wie eine Studentin bei ihrer mündlichen Prüfung.

»Ich habe mal gelesen, dass verdeckte Ermittler oftmals den legalen Weg verlassen, um ans Ziel zu kommen.«

»Das kommt vor«, murmelte sie und ihre Unruhe nahm zu. Sie knetete ihre Hände, rückte den Stuhl zurecht.

»Zum Beispiel Sex mit dem Verdächtigen?« Diese Frage schmetterte ich ihr mit einer abfälligen Tonlage entgegen. Ich wollte, dass sie die Hosen runterließ.

»Ja, verdammt!«, schrie sie schlagartig heraus und sprang auf. Damit hatte ich ihren wunden Punkt getroffen. Sie stand vor mir und alles an ihr bebte. »Ich habe es getan, sonst …«

Auch ich schoss hoch. »Sonst was? Wäre die Operation gescheitert?«

»Ja, und ich wollte, dass ich noch länger in der für mich neuen Welt bleiben durfte.« Ihre Augen füllten sich mit Tränen. »Denn es gab einen Mann, der sich für mein wahres Ich niemals interessiert hätte.«

Die erste Träne löste sich und ich rechnete damit, dass sie gleich fluchtartig das Büro verließ. Ich setzte ihr immer mehr zu und langsam erweckte sie in mir Mitleid. Es baute sich zunehmend eine knisternde Spannung zwischen uns auf. »Wie kann man echte Gefühle entwickeln, wenn alles nur auf Beschiss ausgelegt ist?«, fuhr ich sie trotzdem erneut an. »Das funktioniert nicht.«

»Es hat mein Leben komplett durcheinandergebracht. Meine

Ehe ist zerbrochen und ich bin nicht mehr dieselbe wie vor dem Einsatz«, erwiderte sie, ohne konkret auf die Anschuldigung einzugehen.

»So, so verheiratet. Das wird ja immer dramatischer.« Es klang sarkastisch, dennoch bewunderte ich zunehmend ihre unverblümte Ehrlichkeit bewunderte und ging einen weiteren Schritt auf sie zu. Sie harrte aus. Das Knistern nahm zu und in mir erwachte das Verlangen, sie zu berühren. Sie benutzte einen anderen Duft, der mich noch mehr ansprach. Cecilia trug ihre Haare stets als wilde Lockenmähne, Billy hingegen hatte sie geglättet, was mir besser gefiel. »Nicht nur deines, das kannst du mir glauben.« Mein Ton klang unbeabsichtigt ärgerlich.

Sie schluckte und wischte sich verschämt den Tränentropfen mit dem Handrücken weg. »Es war ein Fehler hierherzukommen.« Sie wandte sich ab und ging zur Tür.

Was wollte ich? Ich musste eine Entscheidung treffen. Entweder hielt ich sie auf, was ein Eingeständnis meiner Gefühle bedeutete oder ich ließ sie ziehen und wir würden uns vermutlich niemals wieder begegnen. Sie öffnete die Bürotür und sofort drangen die hämmernden Bässe zu uns durch. In mir tobte ein riesiger Zwiespalt. Es hatte Augenblicke zwischen uns gegeben, die mich berührten. Die Nacht, als ich ihr von Anita erzählte, war nur einer davon. Doch was war echt? Was gespielt? Zählte es zu ihrem Auftrag, auch mir näherzukommen, um das Vertrauensverhältnis zu meiner Familie zu festigen? Allerdings hatte sie viel riskiert, um den Tod des Mädchens zu vertuschen, und damit einen hohen Vertrauensbonus bei uns erreicht. »Nein, es ist kein Fehler«, entfuhr es mir. »Es zeugt von Stärke.«

Ob meiner Worte hielt sie inne. »Keine Ahnung, wie ich das bewerten soll.« Doch dann zuckte sie mit den Schultern. »Ich wollte eher für mich herausfinden, was sich in meiner Gefühlswelt abspielt und dann damit abschließen.«

»Hast du es herausgefunden?« Ich näherte mich ihr.

»Ja, das habe ich.« Unendliche Traurigkeit kennzeichnete ihr Gesicht, die Wangen glühten und ihre Haltung verriet höchste

Anspannung. »Meine Gefühle sind echt und keine Illusion aus der Zeit des Einsatzes. Das hilft mir ein wenig über diese unerträgliche Zerrissenheit hinweg und verrät mir etwas darüber, wer ich bin und was für mich wahr und real ist.«

Ein Moment der absoluten Offenbarung. Mein Bedürfnis, sie in den Arm zunehmen und zu küssen, wuchs, dennoch bewegte ich mich nicht.

»Doch ich weiß auch, dass du niemals mit einer Frau wie mir zusammen sein kannst. Ich passe nicht in deine Welt und habe durch meine Arbeit zu vieles kaputtgemacht, um jemals wieder Vertrauen aufzubauen.« Ohne eine weitere Sekunde zu zögern, rauschte sie durch die Tür. Falls ich ihr sofort folgte, konnte ich sie noch aufhalten …

… aber ich verharrte in meinem Büro.

Obwohl sie mir heute Abend mehr denn je gefiel, sah auch ich keine Zukunft für eine Beziehung. Es stimmte mich traurig, da Gefühle zuzulassen nicht zu den Dingen gehörte, die mir leicht fielen. Cecilia, Billy, hatte mein Herz berührt, aber um sich weiterhin darauf einzulassen, war zu viel Porzellan zerbrochen worden. Die unzähligen Scherben ließen sich nicht wieder nahtlos zusammensetzen. Aus heiterem Himmel fiel mir eine japanische Tradition ein, die sich *Kintsugi* nannte, um gesprungenes Keramik kunstvoll zu reparieren. Dem Zerbrochenem neue Schönheit einzuhauchen, das war das Ziel der Kunstfertigkeit. Seufzend kam ich jedoch zu dem Entschluss, dass selbst eine Technik aus dem 15. Jahrhunderts uns nicht half. Es gab zu viele Splitter …

Oh Du Fröhliche

Billy Winkler

Was gibt es Schlimmeres am Ende des Jahres, als vor den Trümmern seines Lebens zu stehen? Vermutlich ist die Betrachtung und Bewertung maßlos übertrieben, was jedoch nichts an meinem Weltschmerz änderte. Heroisch hatte ich mich für das Alleinsein an Weihnachten entschieden, doch je näher das Fest heranrückte, desto mehr Frust kam in mir auf. Natürlich hätte ich jederzeit zu meiner Familie fahren können, was ich allerdings aufgrund der eigenen Prinzipien ablehnte. Es kam einer persönlichen Niederlage gleich, was wahrscheinlich ebenfalls übertrieben war. Ein weiteres Motiv, insbesondere den Kontakt zu meiner Mutter zu meiden, lag eindeutig an ihrem Gejammer und ihrem Missfallen, dass Markus und ich uns getrennt hatten. Sie neigte gern zu Vorwürfen, was meine Arbeitszeiten betraf. Sie verstand nicht, wie wichtig mir der Job war. Dass er Vater wurde, verschwieg ich bewusst und bat auch ihn, dies bei seinem obligatorischen Anruf nicht zu erwähnen. Mein Vater nahm die Entscheidung ohne großes Trara an. Er erwähnte lediglich, dass er es schade fand, nicht mehr mit Markus in seinem Hobbykeller herumzuschrauben. Das nannte ich mal einen gesunden Egoismus.

Mit der Trennung rächte es sich, dass ich mich niemals um einen eigenen Freundeskreis bemüht hatte. Markus war die treibende Kraft und so wechselten sie auf seine Seite. Auf ein paar läppische Anrufe von einigen Ehefrauen verzichtete ich gern. Sollten sie doch alle in ihrem weihnachtlichen Familienglück ersticken. Meine Kollegin Claudia hatte sich Urlaub erkämpft und verbrachte die Zeit in den Bergen. Bei dem Gedanken kam erneut Wehmut auf. Wie lange war es her, dass ich auf Ski stand?

Doch egal, an was ich dachte, es fühlte sich alles, wirklich alles, abgrundtief mies an. Voraussichtlich würde mir sogar bei einem Lottogewinn in Millionenhöhe nichts Positives einfallen.

Die Menschen, die durch die Straßen hetzten, nervten mich. Niemand schaute nach rechts oder links, sondern nur starr geradeaus, um ja alles termingerecht zu erledigen. Es gibt keine anderen Feiertage, die in dem Maße überschätzt werden. Der Wunsch, im Kreise seiner Lieben zur Ruhe zu kommen, sich in gemütlicher Atmosphäre das zu holen, auf das man das gesamte Jahr über verzichtet hatte, trieb sie an. Verordnete Harmonie, die schiefgehen musste. Mich wunderte es, dass die Tötungsdelikte in dieser Zeit nicht massiv zunahmen. Überrascht stellte ich fest, dass ich die Hektik zum ersten Mal bewusst wahrnahm, da ich mich persönlich entschleunigt hatte. Auch ich war in der Vergangenheit gestresst hin und her gehastet, um allem und jedem gerecht zu werden. Dazu gehörten der Geschenke-Einkaufs-Marathon, die Terminplanung, wo und wann wir wen besuchten, was es zu Essen geben sollte … Die Liste ließe sich beliebig verlängern. Markus und ich hatten uns regelmäßig gestritten, da mir der Trubel über den Kopf wuchs und er sich wie immer gern aus den Vorbereitungen heraushielt.

Das alles war für mich Anlass genug, meine Entscheidung zu treffen, Weihnachten allein und in Ruhe zu verbringen. Dass mich plötzlich die Angst vor der Einsamkeit erwischte, damit hatte ich nicht gerechnet. Alleinsein und das Gefühl der Einsamkeit sind zwei unterschiedliche Empfindungen. Letzteres schmerzte und ich assoziierte es mit Verlassensein und dass sich kein Mensch für mich, für Billy, interessierte. Für mein emotionales Dilemma sorgte natürlich die Trennung von Markus und der Irrsinn, Samuel im Blue66 aufgesucht zu haben. Es war eine Blamage für mich. Was hatte ich mir nur dabei gedacht? Da konnte ich auch gleich an rosa Einhörner glauben, denen Liebe und Glück zuflogen.

Oft lag ich schlaflos im Bett und spielte die Szene unaufhörlich durch. Jedes Mal kam ich zu der Feststellung, dass ich anders hätte vorgehen sollen. Je länger ich das Gespräch analysierte, desto mehr wünschte ich mir, mich in einem Mauseloch zu verkriechen, um mich nie wieder mit irgendjemandem auseinandersetzen zu müssen. Der Ärger, alles verkehrt gemacht zu haben, verursachte ein unangenehmes Schamgefühl. Mit seinem merkwürdigen Interview hatte Samuel es geschafft, mich vollends aus der Reserve zu locken. Aus seiner Sicht ein gelungener Schachzug, da er vieles von mir erfuhr. Mein Ziel, herauszufinden, ob meine Gefühle bei einem Wiedersehen noch anhielten, war eine Farce. Ich hatte mir selbst etwas vorgemacht.

Wenn ich ehrlich in mich hineinhörte, hatte ich auf die Rosa-Einhorn-Variante gehofft. Auch die malte ich mir in meinen Träumen zigmal aus. Der winzige magische Moment, als sich unsere Blicke begegneten, hatte alles verändert. Wieso beeinflussen manchmal Nanosekunden das Leben, die Gefühle? Wer oder was steuert das und nimmt in Kauf, dass der Kummer wächst. Immer wieder sah ich sein Gesicht, sein verschmitztes Lächeln und ich erinnerte mich an das intensive Gespräch, als er sich mir öffnete, das uns auf eine sehr besondere Weise verband. Diese Stimme, seine Begabung für Musik und Gesang – noch immer lief es mir eiskalt den Rücken herunter, sobald ich daran dachte. Der zarte Kuss, der so … *ach ich will daran nicht mehr denken*. Die Fragen, wie es sich anfühlte, wenn er mit den Fingerspitzen über meine Haut strich und wir eng umschlungen zusammenlagen, mit ihm zu schlafen, vereinnahmten mich trotz Gegenwehr mittlerweile restlos. Leider bescherte mir das Kopfkino ungewollt feuchte Träume, die am nächsten Morgen besonders fies nachwirkten. Der Moment des Erwachens zog mich jedes Mal in ein tiefes Loch aus Hoffnungslosigkeit.

Der lächerliche Plan, nach dem Besuch im Blue66 abzuschließen, war gescheitert. Mein Herz wurde täglich schwerer und der Kummer drückte auf das Gemüt. Da fragte ich mich noch, warum ich in Weltuntergangsstimmung zerfloss? Meine hohe Kunst der Akzeptanz von unveränderlichen Gegebenheiten existierte nicht mehr. Ich konnte die Ereignisse des vergangenen Jahres nicht ändern, doch die Frage, wie sich mein Leben ohne den Einsatz entwickelt hätte, hämmerte unaufhörlich in meinem Kopf. Ein fatales Gedankenspiel, bei dem ich nur verlieren konnte. Ich musste versuchen, in die Zukunft zu schauen.

Eine Zukunft ohne Markus. Ohne Samuel.

Gravierende Entscheidungen standen an. Dass unser Haus spätestens im Frühjahr des nächsten Jahres den Eigentümer wechselte, daran bestand keinerlei Zweifel. Entweder suchte ich mir hier in der Gegend eine neue Bleibe oder ich entschied mich für eine Versetzung. Mal überwog die eine, kurze Zeit darauf wieder die andere Idee. Hatte ich mich zu Beginn meines Urlaubs noch damit beruhigt, dass ich nach der dringend benötigten Erholungsphase einen Weg für mich finden würde, musste ich erkennen, dass meine Planlosigkeit zugenommen hatte. Ich bin Sternzeichen Krebs, und Menschen dieses Tierkreiszeichen hassen massive Veränderungen. Obwohl ich dem Hokuspokus mit den Horoskopen eher skeptisch gegenüberstand, sah ich mich in dem Fall mit der Eigenschaft konfrontiert.

Nach all den scheinbar falschen Entscheidungen, die ich dieses Jahr getroffen hatte und all den Konsequenzen, mit denen ich rang, fürchtete ich mich vor einer weiteren.

Einen Tag vor Heiligabend fasste ich den Entschluss, mich bis nach den Feiertagen von der Welt abzuschotten. Ich wollte niemanden sehen und hören, stattdessen mich ganz dem Weltschmerz hingeben. Mir fehlte im Augenblick die Kraft, rational und zukunftsorientiert zu denken. Vielleicht fühlte ich mich nach einer angemessenen Trauerphase besser und schaffte es mit klarem Verstand, Entscheidungen zu treffen. Um die Zeit meiner freigewählten Isolation zu überstehen, stürzte ich mich an diesem Tag bereits um acht Uhr morgens in das Getümmel des örtlichen Supermarktes. Primär ging es mir darum, meinen Weinvorrat aufzustocken. Eilig schob ich den Einkaufswagen durch die Gänge, um noch vor der zu erwartenden Invasion das Weite suchen zu können. Ich war so sehr in meine Gedanken versunken, dass ich ohne Vorwarnung auf Markus und seine neue Partnerin stieß.

»Billy, schön dich zu sehen«, stammelte er verlegen.

Ich sah ihn mit zusammengekniffenen Augen an und sprühte Gift in die Richtung der Frau, mit der er in harmonischer Zweisamkeit durch den Supermarkt schlenderte. Abfällig beäugte ich die Rivalin. Seit wann stand Markus auf weibliche Rundungen? Große Brüste, ja, aber sie hatte einen Hintern wie ein Brauereigaul. Hämisch malte ich mir aus, wie sie während der Schwangerschaft wie ein Hefekloß auseinander gehen würde.

»Das kann ich nicht behaupten«, fauchte ich. Neben dem Wiedersehen packte mich sofort die Verbitterung, dass er mit ihr einkaufte und ich es in der Vergangenheit immer allein erledigen musste. »So ändern sich die Zeiten.«

Er wusste genau, worauf ich anspielte, und da er mich und meine Mimik kannte, leitete er sofort den Rückzug ein, um einer verbalen Eskalation meinerseits vorzubeugen. »Ich wünsche dir ein schönes Weihnachtsfest.«

»Weißt du was, Markus«, zischte ich und sah ihn böse an. »Ich hoffe, euch bleibt der Weihnachtsbraten im Halse stecken.«

»Was für eine Unverschämtheit«, nuschelte die Neue. »Müssen wir uns das anhören?«

Mein Aggressionspegel erhöhte sich. »Ach, und was Sie angeht«, fuhr ich meine Nachfolgerin an. »Kaum in der Firma und sich gleich dem Erstbesten an den Hals werfen.«

»Das ist eine Unverschämtheit«, wiederholte sie sich und versteckte sich hinter Markus, der sich schützend vor sie stellte. »Schatz, ich will gehen.«

Dass sie ihn *Schatz* nannte, ließ mich Rot sehen. »Konfrontation ist nicht so Ihr Ding?«, stänkerte ich weiter. »Na ja, dann haben sich ja zwei gefunden, die in einer rosaroten Welt ohne Konflikte leben und alles andere totschweigen. Herzlichen Glückwunsch!«

»Billy, lass es gut sein«, versuchte Markus zu beschwichtigen. »Du schießt jetzt wirklich übers Ziel hinaus.«

»Ich soll es gut sein lassen? Ich schieße übers Ziel hinaus? Ha, das ist ja wohl ein Witz«, schnaubte ich so laut, dass bereits die ersten Leute auf mich aufmerksam wurden und uns kopfschüttelnd ansahen. Ich zitterte vor Aufregung. »Du machst es dir wirklich leicht. Aber so warst du ja schon immer. Easy Living, nur keine Diskussionen, sich mit nichts auseinandersetzen und wenn es richtig anstrengend wird, den Schwanz einziehen.« Ich wusste, dass ich mich völlig danebenbenahm, dennoch gelang es mir nicht, mich zusammenzureißen. Der gesamte Frust entlud sich in diesem Moment.

»Soll ich das jetzt mit dir hier diskutieren?« Auch sein Blick verdüsterte sich.

»Ja, warum nicht?« Ich sah beide kampflustig an, obwohl es in mir rumorte und ich mich scheiße fühlte. Aber meine wahren Gefühle wollte ich gewiss nicht zeigen. »Das wäre ja mal was Neues, wenn wir diskutieren.«

»Bist du jetzt schon betrunken?« Markus wies mit dem Kopf auf meinen Einkaufswagen.

»Pahh, und wenn dem so wäre, was geht es dich an?«

»Es ist besser, wir beenden das hier sofort.«

»Weißt du, was ich dir sowieso schon lange sagen wollte?« Ich musste den Schmerz über das Zusammentreffen irgendwie kompensieren. »Du bist ein echtes Arschloch!«

Markus entglitten die Gesichtszüge und ich schoss mit meinem Einkaufswagen in Richtung Kasse. Nur weg! Abermals so ein Moment, der mir meine desaströse Lage dokumentierte. Wieso mussten die beiden ausgerechnet zur gleichen Zeit dort einkaufen wie ich? Außerdem gab es etliche andere Märkte. Was für ein ätzender Zufall, den ich jedoch meinem aktuellen, allgegenwärtigen Pechgen zusprach. Mit hochrotem Kopf stellte ich mich in die Schlange, da ich das Gefühl hatte, alle sahen mich abschätzig an. Die hysterische Ex-Frau hat sich in der Öffentlichkeit nicht im Griff, solche oder ähnliche Gedanken wies ich denen zu, die mit mir an der Kasse warteten. Toll!

Es kostete mich viel Kraft und Mühe, nicht den gesamten Tag heulend auf meiner Kuscheloase zu liegen. Aus Trotz kramte ich im Keller nach der Kiste mit dem Weihnachtsschmuck, um wenigstens etwas Dekoratives in Sachen Weihnachtsfest vorzuweisen. Aber schon während ich herumstöberte, verließ mich die Motivation. Bis auf zwei Weihnachtsengel, in deren gefaltete Hände ich eine Kerze stecken konnte, beließ ich es dabei. Was für eine alberne Idee!

Unschlüssig wanderte ich durch das Haus, konfrontierte mich damit, dass das alles hier demnächst Vergangenheit sein würde. Ich begann, aktiv Abschied zu nehmen. Bei dem Blick ins Bad erinnerte ich mich an die Badewanne aus dem Penthouse. Ein Seufzer entglitt mir. Kurzentschlossen drehte ich den Wasserhahn auf. Ein heißes Bad tat mir höchstwahrscheinlich gut. Das Wasser plätscherte vor sich hin und ich schaute aus dem Fenster. Der Himmel zeigte sich grauverhangen, es sah nach Schneefall aus. Es war ewig her, dass es in unserer Gegend zu den Festtagen geschneit hatte. Meistens kam der erste Frost im November, blieb ein, zwei Wochen und ab Mitte Dezember stiegen die Temperaturen an, sodass der Wunsch nach einer weißen Weihnacht dahinschmolz.

Um einen Hauch von Luxus zu simulieren, kippte ich Unmengen von Badezusätzen in die Wanne, um im Schaum zu versinken. Ich liebte das Geräusch, wenn die Schaumblasen knisterten. Mit ein paar Kerzen zauberte ich mir eine gemütliche Atmosphäre, die ich mit einem Glas Rotwein vervollständigte. Wie erhofft, entspannte das heiße Wasser meine müden Glieder, der Wein schmeckte und ich goss das Glas noch zweimal voll, bis ich aufgeweicht nach über einer Stunde aus der Wanne kletterte.

Der Alkohol beschwingte mich ein wenig. Es war genau der richtige Pegel, um es sich mit einer Tiefkühlpizza gemütlich zu machen. Zu mehr hatte mein Interesse beim Einkauf nicht gereicht. Zugegebenermaßen unterschätzte man die Qualität der heutigen Tiefkühlpizzen. Aber zu Weihnachten? Diese dämliche Pizza schaffte es, dass meine Stimmung kippte. Trübsinnig knabberte ich am Teigrand und öffnete die zweite Flasche. Was Samuel wohl machte? Vermutlich dinierte er in einem angemessenen Rahmen mit seinem Vater oder er veranstaltete wieder einmal eine Koksparty, die mit einem unverfänglichen Fick endete. Bei der Vorstellung krampfte sich alles in mir zusammen. War ich ihm denn noch weniger wichtig als ein Gelegenheitsfick?

Ich hörte die Glocken der Dorfkirche, die zum Gottesdienst einluden. Durch die Fenster sah ich, wie die ersten Schneeflocken vom Himmel fielen. Ein Anblick, der mich seit jeher faszinierte. In eine Wolldecke gewickelt, da ein leichtes Frösteln meinen Körper durchlief, legte ich mich auf den Rücken und das Gedankenkarussell startete. Wie so oft in letzter Zeit wanderten meine Gedanken zu meiner Kindheit und zu Kessy.

Ich hatte Kessys Eltern benachrichtigt, dass wir die Hintergründe des Todes ihrer Tochter nach so vielen Jahren aufklären konnten, doch fühlte es sich für mich zwiespältig an. Es wurden wieder alte Wunden aufgerissen, und das kurz vor Weihnachten. Ein schwacher Trost, aber immerhin ein Abschluss, da sie nun endlich erfuhren, was ihre Tochter in den letzten Tagen ihres Lebens durchgemacht hatte. Es gab nichts Schrecklicheres, als die Ungewissheit, ein schwarzes Loch der Unkenntnis, das Spielraum für die schlimmsten Fantasien schaffte. Sofort kamen mir die Eltern von Anita in den Sinn. Ich hatte lange überlegt, sie aufzusuchen, es jedoch verworfen. Es war nicht mein Fall und ich konnte nicht die ganze Welt retten. Möglicherweise war das eine harte Einstellung, die aber dazu beitrug die erforderliche berufliche Distanz zu wahren, die mir in der letzten Zeit verloren gegangen war. Den strafrechtlichen Aspekt verdrängte ich sowieso.

Durch den schweren Rotwein begann ich schläfrig zu werden. Den Heiligen Abend zu verschlafen, erschien mir eine sinnvolle Lösung, um nicht noch mehr ins Grübeln zu verfallen. Das Einzige, wovor ich mich fürchtete, waren meine Träume, die mir ein glückliches Zusammensein mit Samuel vorgaukelten.

Ein Geräusch, welches der Klingel ähnelte, ließ mich hochschrecken. Zunächst ordnete ich es meinen wirren Träumen zu. Natürlich hatte mein Unterbewusstsein erneut mit meinen Emotionen und Sehnsüchten gespielt. Das Geräusch wiederholte sich. Da schellte wahrhaftig jemand an der Haustür. Wer in aller Welt besuchte mich um diese Zeit? Sollte ich es ignorieren? Wieder ertönte der Klingelton und meine Neugier siegte. Völlig verknautscht, die Wolldecke um mich geschlungen, schlurfte ich zur Tür. Erneut hallte der Ton in meinen Ohren.

»Ja, ja … Wer ist da?«, brummte ich verschlafen, da mich der Lärm nervte. Ich hatte nie verstanden, warum Markus sich für einen solch penetranten Ton, der sich wie eine kurz vor dem Kollaps stehende Kreissäge anhörte, entschieden hatte. Es gab durchaus schmeichelndere Varianten.

»Samuel!«, drang eine Männerstimme zu mir durch.

Blitzartig wurde ich wieder klar. Es war, als kündigte sich der Leibhaftige an. Welch passender Vergleich an diesem Abend. »Wer? Wie? Ich glaube, Sie haben sich in der Tür geirrt«, versuchte ich, meine Verblüffung erst einmal mit Floskeln zu überspielen.

»Billy, mach bitte auf. Es ist kein Scherz, ich bin es wirklich.«

Mir stockte der Atem. Was sollte ich tun? Entgeistert reflektierte ich mein Erscheinungsbild. Eine angetrunkene Frau, ungeschminkt, die, wie ein Indianer mit einer Decke über den Schultern, wacklig im Flur stand. Ganz zu schweigen von dem unsexy Jogginghosen-Ensemble unter dem Deckenumhang. Ich rieb mir mit den Händen übers Gesicht. Mein Herz schlug hundertmal so schnell wie vor wenigen Minuten. »Was willst du?«

»Machst du auf? Es ist scheißkalt hier draußen.«

»Was willst du?«, wiederholte ich meine Frage, die ich ernst meinte. »Es ist Weihnachten und dazu noch mitten in der Nacht …« Schlotternd stand ich vor der verschlossenen Tür, die mich nur wenige Zentimeter von dem Mann trennte, nach dem ich mich seit Wochen unendlich sehnte. Trotzdem schaffte ich es nicht, diese Barriere zu entfernen und die Haustür zu öffnen.

»Ich möchte mit dir reden.«

»Worüber?« Ich lehnte mich an die Wand, um nicht umzufallen, da meine Beine zitterten.

»Über uns«, hörte ich ihn sagen.

Ich schloss für einen Augenblick die Augen und alles drehte sich. »Ich verstehe nicht, was du meinst.« Ich hatte mir in den letzten Tagen nichts sehnlicher gewünscht, als dass Samuel auf mich zukam. In tausend wundervollen Traumsequenzen hatte ich mir jedes Detail ausgemalt, aber mit der unverhofft eintretenden Realität kam ich nicht zurecht, sie überforderte mich endgültig. »Das macht keinen Sinn«, rief ich durch die Tür. Was sollte ich bloß machen?

»Objektiv betrachtet hast du recht, aber es gibt manchmal im Leben eine unbekannte Komponente, die alles über den Haufen wirft.«

»Ach?!« Ich näherte mich, um einen Blick durch den Türspion zu werfen. Da stand er, in einer Daunenjacke und mit einer Mütze auf dem Kopf und sah ein bisschen aus wie ein Schneemann, da die dicken Flocken unablässig auf ihn niederschwebten.

Er näherte sich mit dem Gesicht ebenfalls dem Spion, sodass er visuell noch ein Stück an mich heranrückte. »Es ist verrückt, dass ich hier bin.«

Langsam rutschte ich an der Tür herunter, setzte mich mit angezogenen Knien auf den Boden und zog die Wolldecke fester um mich. War das ein Traum, ausgelöst durch zu viel Alkohol? Ich kniff mir zur Vorsicht in den Arm. »Autsch«, entfuhr es mir.

»Was sagst du? Hey, bitte lass mich herein ...«

»Nichts ... Was meinst du mit unbekannten Komponenten?«

»Ich werde es dir nicht sagen, wenn du mich nicht hereinlässt«, kam es entschlossen zurück.

Oje, was sollte ich tun? Ein komisches Gefühl der freudigen Erregung erfasste mich. Weihnachten umgab man sich üblicherweise mit Menschen, die einem etwas bedeuten. Ich schluckte. Das konnte doch nicht sein!

»Bist du noch da?«, hörte ich ihn. »Falls ich mich geirrt haben sollte, gehe ich wieder.«

»Was meinst du?«, presste ich hervor und in meinem Magen rumorte es.

»Okay, mich hat dein Besuch im Blue beeindruckt. Du hast Stärke gezeigt.«

»Findest du?«

»Ja, und danach ist mir einiges klar geworden.« Ich hörte, wie er von einem Fuß auf den anderen trat. Der frisch gefallene Schnee knirschte.

»Was?« Meine Lippen zitterten und ich musste mich konzentrieren, dass die Zähne nicht aufeinanderschlugen.

»Du hast deinen Job gemacht … Zwar mit einigen extremen Aktionen und einem für uns problematischen Ergebnis …«

»Nett formuliert«, fiel ich ihm ins Wort und kauerte mich mehr zusammen. Ich war das Abbild eines Häufchen Elends. Lediglich ein Stück Aluminium trennte mich von dem Mann, in den ich mich unendlich verliebt hatte. Was für eine absurde Situation.

»Du hast mich sofort interessiert.«

»Nicht ich, sondern die Kunstfigur«, warf ich ein. »Mich hättest du niemals beachtet.« Die Verbitterung kam erneut hochgekrochen.

»Das siehst du so. Aber es steckte von Beginn an ein großer Anteil Billy Winkler in Cecilia.«

»Ach ja?« Mich verwunderten seine Worte immer mehr. »Was soll das bringen?«, flüsterte ich. »Es gibt für uns keine gemeinsame Basis.«

»Da stimme ich dir zu. Objektiv betrachtet ist es eine beschissene Grundlage.«

»Ich weiß nicht, ob ich es möchte.« Was für eine verdammte Lüge. Meine Augen hatten sich mit Tränen gefüllt und jede Faser meines Körpers und vor allem meines Herzens schrie nach ihm. Doch ich schaffte es weiterhin nicht, die Tür zu öffnen. Wollte ich mich schützen? Vor etwas, was mir suspekt erschien?

»Es tut mir leid, vielleicht habe ich mich getäuscht. Entschuldige die Störung«, hörte ich ihn unvermittelt sagen.

Nein, nein, geh nicht! Wie vom Blitz getroffen sprang ich hoch und öffnete endlich. Samuel war bereits auf dem Weg zu seinem Wagen. Ängstlich starrte ich ihm nach, kam mir vor wie eine verlorene Seele in all dem leuchtenden Weihnachtsglanz. Das konnte ich nicht zulassen, sonst würde mein Herz endgültig zerbrechen. Ich zog meine Decke fester um mich und brachte in letzter Sekunde den Mut auf, mich dem Zusammentreffen zu stellen. Die Schneeflocken tanzten durch die Nacht, der Mond warf ein diffuses Licht und von irgendwoher hörte ich Orgelmusik. Niemand war auf der Straße zu sehen, keine Spuren im Schnee, bis auf die Abdrücke vor dem Häuschen. Da stand er, den Kragen seiner Jacke hochgeschlagen, und sah mich an. Wartete auf ein Wort, einen Satz von mir. Erneut war es wieder einer dieser magischen Momente, der eine tiefe Verbundenheit verriet.

»Bitte, fahr nicht …«, rief ich ihm zu und die Tränen kullerten über meine Wangen. »Du hast dich nicht getäuscht!«

Das Fest der Liebe

Samuel Grafenberg

Es gibt Momente im Leben, die vergisst man nicht, insbesondere, weil sie unwirklich erscheinen, sogar etwas Absurdes beinhalten. Billy, in eine Decke gehüllt, völlig verstrubbelt und aufgewühlt in der Tür stehen zu sehen, gehörte zweifelsohne dazu.

Mit einem verschämten Blick ließ sie mich hinein und nuschelte: »Ist nicht so toll, und es ist nicht aufgeräumt. Von mir ganz zu schweigen.«

»Ich kann nicht erwarten, dass mich eine top gestylte Frau empfängt, wenn ich sie am Weihnachtsabend sozusagen überfalle.« Mir gefiel ihre schüchterne Art viel besser, als das stetig fröhlich aufgesetzte Auftreten einer Cecilia. »Schön, dass du mich noch hereingelassen hast.« Ich zog Jacke und Mütze aus, um meine Schuhe hatte sich bereits eine Pfütze gebildet.

»Ja, es ist unglaublich, wie heftig es schneit.« Sie stand, immer noch in die Decke gewickelt, vor mir und ihre Augen suchten nach einem Punkt, den sie fixieren konnte.

»Hey, schau mich mal an.« Es trennte uns nur ein unbedeutender Meter. Sie hob ihren Kopf und lächelte. Ihre Wangen glühten. Das Verlangen, sie zu küssen und sie endlich wieder zu berühren, wuchs. Ein Kribbeln, das sich vom Scheitel bis zur Sohle zog, und das ich besonders intensiv in der Magengegend merkte, breitete sich aus. In der letzten Zeit hatte ich genug Gelegenheit, über dieses lange vermisste Gefühl nachzudenken. Etwas sehr Schönes, was jeder Mensch erleben sollte, aber das sich viele aus Angst vor Zurückweisung verboten.

»Es ist alles so scheiße gelaufen«, platzte es plötzlich aus ihr heraus. »Das lässt sich doch niemals mehr reparieren.« Tränen der Verbitterung rannen über ihre Wangen.

Mit dem Daumen wischte ich ihr einen Tropfen weg. Selbst diesen winzigen Augenblick der Berührung empfand ich wie einen Stromschlag.

»Es wird immer zwischen uns stehen.«

»Das weißt du gar nicht. Oder bist du ein Medium, das in die Zukunft sieht?«, flüsterte ich. Nun trennten uns nicht mal mehr fünfzig Zentimeter.

»Zumindest sehe ich gerade wie eine Schamanin aus«, erwiderte sie leise mit einer verschnupften Stimme. »Sexy sieht anders aus.«

»Hey!« Ich legte eine Hand unter ihr Kinn und zwang sie so, mich anzusehen. »Eine wunderschöne und begehrenswerte Frau muss sich nicht immer in Dessous präsentieren, das ist nur eine Verpackung.«

»Wie bei einer Pralinenschachtel.« Zum ersten Mal wich ihre Traurigkeit und ein süßes Grinsen vertiefte ihre Grübchen.

»In dem Fall ist es keine Überraschung, da ich weiß, was sich dahinter verbirgt.«

Unsere Blicke begegneten sich schließlich, ohne dass Billy gleich wieder wegsah. Diese langen Wimpern, die ihre Augen umrahmten, und der schöne Mund mit dem ausgeprägten Lippenherz übten eine magische Anziehungskraft auf mich aus. Es gibt Sekunden, die fühlen sich wie eine winzige Ewigkeit an und die minimalsten Bewegungen werden sichtbar. Vorsichtig, wie um den bezaubernden Moment zu schützen, fanden sich unsere Münder zu dem ersehnten Kuss. Ihre Zunge strich leicht über meine Lippen. Liebevoll berührten sich die Zungenspitzen. Ich ließ die Jacke und Billy die Decke zu Boden fallen. Sanft drückte ich sie gegen die Wand. Aus dem behutsamen Herantasten entbrannte ein leidenschaftlicher Kuss.

»Ich habe so oft davon geträumt und mich gefragt, wie es sich anfühlt, dass wir uns ohne den verbotenen Faktor umarmen«, murmelte sie in den wenigen Sekunden, die ihr das Reden ermöglichten. Ihre Atmung beschleunigte sich.

Üblicherweise ging ich fordernd vor, suchte schnelle sexuelle Befriedung. Mit ihr hingegen genoss ich die sich zu einem Orkan aufbauende Lust, die mehr versprach als ein rein körperlicher Orgasmus.

Es bedurfte keinerlei Fragen. Übergangslos übernahm unsere Leidenschaft die Führung. Es war wie eine Explosion, eine heiße und innige Gier, das Bedürfnis, sich zu berühren, zu spüren und miteinander zu verschmelzen. Wir drängten in das Wohnzimmer zu ihrer Schlafstätte. Unsere Kleider säumten den Weg dorthin.

»Ich möchte dich ansehen«, raunte ich. Meine Erektion wuchs mit dem Betrachten ihres begehrenswerten Körpers. Die prallen Brüste, die vor Erregung gehärteten Nippel und die Signale, die sie sendete, raubten mir den Verstand. »Leg dich auf den Rücken.«

Ihr nach Berührungen lechzender Körper bewegte sich lustvoll. Ich beugte mich über sie und genoss den Anblick, wie sie sich mit geschlossenen Augen immer wieder über die Lippen leckte, leise stöhnend bei meinen ersten Küssen an ihrem Hals. Jeden Millimeter mit der Zungenspitze zu erkunden, war Erotik pur. Sie öffnete ihre Schenkel und meine Finger strichen ihren Venushügel entlang, kreisten über ihre Scham, sodass es ihr erneut einen Seufzer entlockte.

Ihr Unterleib bewegte sich begehrlich. In ihre nasse und durchblutete Vagina einzutauchen, die angeschwollenen Schamlippen zu betasten, war, als versanken meine Finger in einem kurz vor der Explosion stehenden Vulkan. Mein Kopf tauchte zwischen ihre gespreizten Beine. Die minimalste Berührung des Kitzlers mit der Zunge ließ sie laut aufstöhnen. Noch nie war mir bewusst geworden, dass eine vor Geilheit pochende Scheide so aufregend roch. Zu sehen, wie sich ihre Vaginalmuskeln bewegten und ihre Säfte zu schmecken, die glitzernd ihre zarte Haut benetzten, erfüllte meine Sehnsüchte. Mein Glied war prall, die Lustsäfte perlten über meine Eichel und ich hielt es kaum mehr aus.

»Ich will dich endlich spüren!« Ihre Stimme klang wie ein sehnsuchtsvoller Schrei.

In sie einzudringen, die herrliche Enge zu spüren, auszuharren und dabei in Billys Gesicht zu sehen, schaffte es abermals zu einem der geheimnisvollen Momente heranzuwachsen. Ihre Beine umschlangen mein Becken. Im Gleichklang der Bewegungen überflutete uns ein Höhepunkt aus ehrlicher und zutiefst empfundener Leidenschaft, der vieles bislang Erlebte übertraf.

Ich lag auf dem Rücken und hielt sie in meinen Armen, unsere Wangen berührten sich. Minuten intensiver Ruhe, der Vertrautheit.

»Wie kann es sein, dass sich in deiner Nähe alles verändert?«, hauchte sie. »So als gäbe es die Vergangenheit mit ihren Hindernissen nicht.«

»Manchmal ist es Liebe!«

Zärtlich benetzten ihre Lippen mein Gesicht und sie drückte ihren Körper noch dichter an meinen heran. »Es ist Weihnachten, das Fest der Liebe.«

»Sogar mit Schnee, das ist verrückt.« Unvermittelt kam mir eine Idee. »Magst du die Berge?«

»Ja, ich bin früher regelmäßig zum Skilaufen in die Alpen gefahren. Wie kommst du darauf?«

»Hast du Lust, mich spontan zu begleiten?«

Sie stützte sich auf ihre Ellbogen und sah mich an. »Wie willst du jetzt noch ein Hotelzimmer bekommen?«

»Das brauchen wir nicht. Es sei denn, du hast etwas gegen eine einsame Hütte.«

»Wow!« Ihr Gesicht strahlte. »Das ist ein lang gehegter Traum.«

»Mein Vater hat sie vor vielen Jahren gekauft, als es noch nicht so einen Hype darum gab.« Die Erwähnung meines alten Herrn löste bei ihr sofort ein Schamgefühl aus, das konnte ich sehen. »Billy, ich habe das abgehakt. Das solltest du ebenfalls versuchen.«

Sie seufzte. »Ich kann es probieren.«

»Okay, dann pack ein paar Sachen zusammen und auf geht's.« Aufmunternd knuffte ich sie in die Seite.

»Was, jetzt?«

»In der Nacht ist kein Verkehr und wir erreichen ohne Stau morgen Früh den Skiort, frühstücken und lassen uns anschließend mit dem Schneemobil zur Hütte bringen. Das hatte ich eh so geplant.« Hätte Billy mich abgewiesen, hatte ich diesen Plan B bereits in der Tasche.

»Ich fasse es nicht.« Ihr kamen die Tränen. »Das hört sich wie ein Weihnachtsmärchen an.«

»Wie sagen die Romantiker?«, fragte ich rein rhetorisch und lächelte sie an. »Manchmal werden Märchen über Nacht wahr!«

Epilog

Billy Winkler

Eine sternenklare und eiskalte Nacht verabschiedete das alte Jahr. Im Tal feuerten die Menschen ihr Neujahrsfeuerwerk ab und wir konnten die Ausläufer der bunten und glitzernden Sternenschweife sehen. Dick eingepackt standen wir vor der Hütte und begrüßten auf romantische Weise das neue Jahr. Fackeln erhellten den Eingangsbereich der eingeschneiten Blockhütte. Der äußere Eindruck ließ kaum vermuten, welche Gemütlichkeit mich erwartet hatte. Es gab keinen besonderen Luxus, so wie ich es von den Grafenbergs angenommen hatte. Ethan hatte bewusst darauf verzichtet, wie Samuel mir erzählte. Dass er so natur- und umweltbewusst dachte, hatte ich ihm nicht zugetraut.

»Haben wir nicht alle zwei Gesichter?« Samuels Schmunzeln löste bei mir jedes Mal Gänsehaut aus.

Aus der Hütte hallten sanfte Klänge zu uns. Musik, die ich niemals zuvor gehört hatte. Eine Mischung aus orchestralem Sound, der an sakrale Mönchsgesänge erinnerte. Ein atmosphärischer Chormix, der exakt in unsere Gefühlswelt passte und mich in diese Nacht tief eintauchen ließ. »Das vergangene Jahr hatte es in sich«, murmelte ich und lehnte mich an Samuel, der seinen Arm um mich gelegt hatte. »Mein komplettes Leben hat sich verändert.« Ich merkte, wie er die Umarmung verstärkte. »Niemals habe ich jedoch mit einem solchen romantischen Ausklang gerechnet. Es ist wie in einem Märchenfilm.« Die Rührung, die sich in mir ausbreitete, konnte ich nicht in Worte fassen. Ich kämpfte gegen die Freudentränen an, auch weil sie sonst vermutlich auf meinem kalten Gesicht festfroren.

»Es hat sich in der Tat vieles verändert, mit dem ich ebenso niemals gerechnet habe.« Er klang nachdenklich. »Ereignisse, die auf den ersten Anschein hin übel und katastrophal erschienen, entpuppten sich unverhofft positiv.«

»Wenn ich mir überlege, wie sich die Vorgänge miteinander verwoben haben, absolut verrückt.«

»Bist du erleichtert, dass du endlich die Todesumstände deiner Freundin Kessy aufgedeckt hast?«

»Ja, es war ein wunder Punkt, der mich mein gesamtes Leben begleitet hat.« Es berührte mich, von ihr zu sprechen.

»Ich bleibe auch bei meinem Entschluss.«

»Anitas Eltern aufzusuchen?« Er nickte. »Das beweist Mut und Stärke.« In meiner Stimme schwang Bewunderung mit.

»Das habe ich von dir übernommen.« Er machte eine Pause. »Sie werden mich hassen.«

Ich drehte mich um, sodass wir uns ansehen konnten. »Einerseits sicherlich, auf der anderen Seite erhalten sie endlich Gewissheit. Aber wir stehen es gemeinsam durch.«

Seine Augen spiegelten wie meine unser neu gefundenes Glück, das uns die Kraft gab, unlösbar geglaubte Dramen zu bewältigen.

»Ohne dein Auftauchen im Blue, ständen wir heute Nacht nicht hier«, vervollständigte er mein Hochgefühl.

»Ich weiß«, flüsterte ich und mein Herz machte vor Freude einen imaginären Luftsprung. »Obwohl ich voller Zweifel war.«

»Ich hatte einfach genug von den ganzen Affären, bei denen es sich immerzu um Sex drehte. Jede Frau haben zu können, mit ihnen zu spielen, hat für mich jeglichen Reiz verloren. Es hat mich alles nur noch angekotzt.«

»Meine Ehe war auch seit Langem vorbei, aber ich habe an der praktischen Gewohnheit festgehalten.« Ich musste ihm spontan einen Kuss auf die Lippen drücken. »Der verdeckte Einsatz hat mir erstmals gezeigt, dass ich aus mir als Frau etwas machen kann. Das hat mich wahnsinnig aufgewühlt.«

»Du bist wunderschön, Billy Winkler!« Samuel nahm mein Gesicht in seine Hände. »Ein wundervoller Mensch, den man einfach lieben muss. Du hast das Leben aus einer anderen Perspektive betrachtet, die mir so nie bewusst war.«

»Vielleicht sollte alles so sein und der rote Faden des Schicksals hat uns zusammengeführt.« Ich wunderte mich über meine poetische Formulierung, die aber aus tiefstem Herzen kam. »Es ist ein Geschenk.«

»Ja, eines der schönsten Weihnachtsgeschenke, die ich je hatte.«

In der Nacht erlebte ich Augenblicke, die ich niemals vergessen werde, egal, was das Leben für uns noch bereithält. Denn die Zukunft ist eine unbekannte Komponente. Doch wenn sie von der Liebe geleitet wird, mache ich mir keine Sorgen.

* * *

Die Eltern von Anita reagierten überraschend gefasst auf die Wahrheit. Das Ende der Ungewissheit überwog offensichtlich. Samuel konnte seinen Vater dazu bewegen, den Ort der Leiche preiszugeben, um nach sterblichen Überresten zu suchen. Für die Eltern bedeutete es, ihre Tochter endlich begraben zu können und einen Ort der Trauer zu haben, den sie jederzeit aufsuchen konnten. Das Ereignis schlug Wellen und kostete Samuel viel Kraft. Aber wir standen es gemeinsam durch. Um uns von all dem Mist zu erholen, ließ ich mich beurlauben und wir tauchten endlich in unser Paradies ein, welches wir uns hart erkämpft hatten. Dass allerdings etliche Schlangen um uns herumzüngeln, damit rechne ich. Momentan ist Samuels und mein Garten Eden jedoch durch eine unüberwindbare Mauer abgeschirmt.

Über all das werden wir uns Gedanken machen, wenn wir wieder in Frankfurt sind. Vielleicht verzeiht mir Ethan irgendwann. Es stimmt mich traurig, dass ich ihn derart verletzt habe. Dass er sich in mich verliebte, war gewiss nicht mein Plan und aufgrund seiner üblichen Verhaltensweise nicht zu erwarten. Wie so vieles nicht …

Markus ist jetzt Vater. Ob ich mich mittlerweile darüber freuen soll, kann ich nicht mit Gewissheit sagen. Die Scheidung steht an. Vielleicht habe ich es auch deswegen hinausgezögert, damit er sich mit dem lästigen Papierkram zur Anerkennung der Vaterschaft rumschlagen muss. Den Hausverkauf gehen wir jedoch zusammen an, so hoffe ich es zumindest. Er bleibt ein Chaot und es gelingt ihm nicht immer Prioritäten zu setzen. Ich bin gespannt, wie wir uns schlagen und ich gebe mein bestes, ihm nicht die verträumten *Papa-Strahle-Augen* auszukratzen.